AUSGEROCKT

Torsten Wohlleben

www.schuenemann-verlag.de

Text: Torsten Wohlleben
Satz und Buchgestaltung: Carl Schünemann Verlag Bremen

Printed in EU 2010 | ISBN 978-3-7961-1970-5

Torsten Wohlleben

Ausgerockt

Carl Schünemann Verlag Bremen

Teil eins

Der Pakt

1

Die Treppenstufen des alten Mehrfamilienhauses, in dem er wohnte, waren abgewetzt, einige Fliesen waren gerissen oder an den Kanten zerbröckelt. In den Ecken der Stufen sammelte sich Straßenschmutz.
Seine Einzimmerwohnung lag im vierten Stock. Er hatte sich aus gutem Grund angewöhnt, freihändig zum Briefkasten hinunterzulaufen. Wenn er nicht daran dachte und mit der Hand über das lackierte Holzgeländer fuhr, spürte er wieder den unangenehmen filzigen Belag und nahm sich erneut vor, es nie wieder anzufassen.
Es war kurz vor Mittag. Er hatte gerade sein Frühstück unterbrochen, um sich ein paar Werbeprospekte aus dem Briefkasten zu holen. Zum Frühstück blätterte er oft in Prospekten. Er kaufte die beworbenen Dinge nicht, er sah sich bloß gerne alles an.
Linus fand, dass Prospekte wie Bilderbücher für Erwachsene waren. Die Kinder lernten, was ein Frosch war, die Erwachsenen lernten, was HD-Ready war.
Als er unten ankam, hatte Linus das Gefühl, an seinen Fingern klebe etwas von dem filzigen Geländerbelag, obwohl er sich sicher war, dass er es nicht angefasst hatte.

Die hohen Briefkästen waren geradlinig nebeneinander aufgereiht. Der Anblick erinnerte an einen riesigen Patronengürtel.
Sein Kasten war der zweite von links. Linus rüttelte an der Klappe, bis sie scheppernd aufflog und etliche Prospekte herauskippten. Er bückte sich, um sie von den staubigen Fliesen aufzusammeln.
Noch auf der Treppe durchsuchte er den kleinen Stapel nach Briefen und Lieferservice-Karten. Als er sich zwischen dem zweiten und dritten Stock befand, stieß er auf den Brief.
Er vergaß einzuatmen, sein Puls machte einen Aussetzer.
Es war der Brief, auf den er gewartet hatte, den er gefürchtet hatte und von dem er geträumt hatte. Er schob ihn zurück zwischen die Prospekte und stieg hinauf in den vierten Stock.

Es verging über eine Stunde, bis Linus den Brief wieder aus dem Stapel zog. Sein Kaffee war längst kalt geworden, das Toastbrot pappig. Er hielt den schmalen Umschlag mit beiden Händen fest und setzte sich auf einen abgewetzten Cocktailsessel gleich neben der Zimmertür.
Während er mit beiden Daumen sachte über den Umschlag strich, als könne er seinen Inhalt noch beeinflussen, fiel sein Blick auf eine *Fender Japan* Gitarre, die vor ihm auf dem Boden lag, folgte blinzelnd einem kurzen Kabel, welches von der Gitarre zu einem kleinen Verstärker führte, und kam auf dem darauf angebrachten Schriftzug *Roland Cube* zur Ruhe. Dann wanderte sein Blick zu den drei hohen Flügelfenstern.
Irgendwo hinter diesen schmutzigen Scheiben musste doch Zuversicht zu finden sein. Zuversicht.
Linus riss den Umschlag auf, zog den Brief heraus und faltete ihn auf. Dann sah er noch einmal aus dem Fenster, und ohne es bewusst heraufbeschworen zu haben, erlebte er einen kurzen Moment tiefer innerer Ruhe.
Sein Blick glitt hinab auf den Brief.

Den Inhalt erfasste er sofort. Er war geübt, filterte gewisse formale Merkmale oder nur ein einziges aufblitzendes Wort.
Dieses Mal war es, neben dem verräterisch geringen Gesamtumfang des Textes, das Wort »leider«, zweite Zeile rechts, das Linus gleich ins Auge fiel.

Sehr geehrter Herr Keller,

vielen Dank für die Zusendung Ihrer Demo CD »Planecrash«. Nach eingehender Prüfung müssen wir Ihnen leider mitteilen, dass wir keine Möglichkeit für eine erfolgreiche Zusammenarbeit sehen. Bitte werten Sie diese Absage nicht als persönliches Urteil und haben Sie bitte Verständnis, dass wir unsere Entscheidung aufgrund der Vielzahl der Einsendungen nicht weiter begründen können. Wir wünschen Ihnen bei Ihren Bemühungen weiterhin viel Erfolg.

Mit freundlichen Grüßen
Tobias Glattauer
A & R, Sony BMG

Linus faltete den Zettel zusammen und schleuderte ihn wie eine Frisbeescheibe von sich. Ein zweifach gefalteter Brief flog natürlich nicht wie eine Frisbeescheibe. Das Blatt öffnete sich mit einem Flattergeräusch und landete mit der Schrift nach oben auf der Gitarre.
Wie ein Leichentuch auf einem Traum.

Er hatte gewusst, dass die meisten Menschen mit ähnlichen Ambitionen wie den seinen einmal diesen Moment erlebten. Die Ankündigung eines schwarzen Loches, das sie nicht noch einmal würden überspringen können.
Er hatte es gewusst. Aber, wie viele andere vor ihm, hatte er nicht geglaubt, dass es ausgerechnet ihn treffen würde.

Und auch er, Linus Keller, hatte nicht noch einmal die Kraft, über sein schwarzes Loch hinwegzuspringen.
Es war Zeit, hinabzusteigen.

2

Draußen war es kalt und dunkel. Es roch nach Autoabgasen. Der Wind trug das Rauschen der Stadtautobahn in ein kleines verwaistes Gewerbegebiet in Bremen Grolland.
Linus Keller mochte dieses Rauschen. Für ihn war es Akustik gewordenes Fernweh. Die Ahnung vom Leben anderer Menschen.
Linus kettete sein Fahrrad an eine Straßenlaterne vor einem alten Bürohaus, schloss eine verkratzte und mit anarchistischen Motiven bemalte Plexiglastür auf und stieg eine breite Treppe in den ersten Stock hinauf. Nur das flackernde Licht der einzigen intakten Neonröhre beleuchtete die Stufen.
Der Proberaum befand sich am Ende eines lang gezogenen Korridors in einem ehemaligen Großraumbüro. Der Raum war mit zwei zusätzlichen Türriegeln gesichert. Linus musste dreimal aufschließen.
Drinnen knipste er eine alte Stehlampe an. Holger, der Schlagzeuger, hatte das antike Stück angeschleppt. Der Proberaum war ansonsten spartanisch eingerichtet, was durch das warme orangerote Licht der Lampe durchaus wirkungsvoll ausgeglichen wurde.
Linus blieb an der Tür stehen und versuchte, sich die Kulisse genau einzuprägen. Ein Foto im Geiste, für das Archiv seiner Erinnerungen. Die Gitarrenverstärker standen im Halbkreis vor Holgers Schlagzeug. Jeweils vor den Verstärkern lehnten ihre Gitarren in billigen Ständern, und rote und weiße Kabel übersäten den Boden wie der kalt gewordene Rest einer Portion Spaghetti.
Wahrscheinlich, so dachte Linus, wirst du das jetzt zum letzten Mal

so sehen. Er machte ein paar Schritte durch den Raum und ließ sich auf eine leere, Kopf stehende Bierkiste sinken. Er rieb sich die Hände, legte sie ineinander, krallte sie aneinander und drehte sie, bis sie verkeilt waren.

Sie waren *The Planes*. Sie hatten es besonders witzig und cool gefunden, ihr Demo-Album *Planecrash* zu nennen. Jetzt fand Linus es bloß noch ironisch.

The Planes hatten mit dem Brief von Sony BMG endgültig ihren Absturz erlitten. Und es würde keine Überlebenden geben. Wie sehr hatte Linus sich gewünscht und manchmal wirklich geglaubt, dass ihr Flugzeug fliegen würde.

Ein Scheppern erschreckte ihn.

Holger war gegen die alte Stehlampe gestoßen, der Schirm war heruntergefallen. Er zog den Ständer samt Glühbirne vor sein Gesicht und sang in Elvis-Manier: »Well, there's one for the Keller, two for the Blues …«

»Du bist es.« Linus erhob sich von der Bierkiste und streckte die Hand aus, eine Geste, die Holger mit gespielter Empörung zurückwies.

»Mann, Linus. Wir sind zu jung zum Händeschütteln. Schlag ab!« Er hielt die flache Hand in die Höhe.

Sie waren zweiunddreißig.

Linus versuchte einzuschlagen, sie trafen nicht richtig, die Hände rutschten lautlos aneinander vorbei. Holger ignorierte auch das, stirnrunzelnd.

»Na also! Clap-Hands ist wieder angesagt!«

Er ging zu seinem Schlagzeug und zog eine Flasche Bier aus einer halbvollen Kiste.

»Dann erzähl mal. Warum diese außerordentliche Versammlung? Hattest du Sehnsucht nach der moderigen Luft hier drin?«

Linus machte sich auch ein Bier auf und setzte sich wieder auf die Kiste. Die Raumluft war wirklich unangenehm feucht. Das Gebäude wurde im Winter kaum beheizt.

»Wohl kaum. Eher Sehnsucht nach meiner Gitarre. Wenn überhaupt.«
»So, so.« Holger lehnte sich an die Fensterbank hinter seinem Schlagzeug. Sie prosteten sich zu und tranken einen Schluck. Linus deutete mit der Flasche auf Holgers Beine.
»Das ist so was von … also, ich kann dir gar nicht sagen, wie out solche Lederhosen sind. Seit mindestens zwanzig Jahren aus der Mode.«
Holger hob gleichzeitig Schultern und Augenbrauen. »Was bedeutet das schon … Mode! Rock 'n' Roll ist zeitlos, oder?«
Linus lächelte müde.
Holgers äußere Erscheinung hatte sich seit Ende der achtziger Jahre kaum verändert. Als sie sich kennengelernt hatten, trug Holger Jeanshosen, Jeanswesten, gerne mit aufgenähten Stickern, und dazu spitze Stiefel.
Mitte der Neunziger hatte er eine Korrektur vorgenommen, indem er die Stiefel durch Chucks und die halblangen rot gefärbten Haare durch seine schwarze Naturpracht ersetzt hatte, aber mehr war bis heute nicht passiert. Außer, dass er nun auch noch diese geschmacklose Lederhose besaß.
»Was ist nun so wichtig, dass ich auf meine tägliche Dosis Casting-Terror verzichten muss?«, fragte Holger grinsend.
»Ich wollte warten, bis die anderen da sind.«
»Muss ja sehr wichtig sein, wenn du hier so einen Brimborium machst.« Holger kniff die Augen zusammen. »Wir haben doch nicht etwa einen Vertrag mit Universal?«
Linus schüttelte den Kopf. »Die haben schon vor Wochen abgesagt, falls du dich erinnerst.«
»Ja, richtig. Na dann lass mal überlegen. Wer hatte denn noch nicht abgesagt? EMI? Virgin? EastWest?«
»Kein Plattenvertrag. Lass gut sein.« Linus nahm einen Schluck Bier. Draußen hörte er Autoreifen auf Kies knirschen. Er stellte sich ans Fenster, um einen Blick hinauswerfen zu können.
Holger hingegen schien sich nicht für die Welt außerhalb der Schei-

ben zu interessieren. »Heißt das, du hast eine Absage bekommen? Oder heißt es nur, du hast keine Zusage bekommen?«
Linus war erleichtert, als er Brunssens silbernen Mercedes sah. Der Wagen stand im Lichtkegel einer Laterne vor dem Gebäude. Brunssen war der Bassist der *Planes*. Bezeichnender war, dass Brunssen das einzige Bandmitglied war, das einem geregelten Beruf nachging. Er war Bankkaufmann. Das hieß nicht, dass er dem Projekt Band mit weniger Leidenschaft gegenüber stand als die anderen. Er hatte nur weniger Zeit.
Meistens kamen Brunssen und Lennard zusammen mit dem Mercedes. Lennards Wohnung lag auf dem Weg.
Als sie hereinkamen, sah Linus zwei Gesichter, die unterschiedlicher nicht dreinblicken konnten.
Lennard sah unbekümmert und gelangweilt aus. So sah er fast immer aus. Sein schlaksiger Körper steuerte wie ferngelenkt die halbvolle Bierkiste an, bevor auch nur ein Gruß über seine Lippen ging. Manchmal sprach er während der Bandprobe kein einziges Wort. Ihm genügte es, seine Gitarre sprechen zu lassen.
Als Linus ihn kennengelernt hatte, hatte er Lennard für etwas dümmlich gehalten, aber schnell war ihm klar geworden, dass Lennards Verhalten Ausdruck eines sehr schlichten, aber gutherzigen Gemüts war.
Lennard setzte sich auf einen Verstärker und nahm seine Gitarre zur Hand, um sie zu stimmen.
Brunssen hingegen schien bereits zu wissen, warum Linus zum Bandtreffen geladen hatte. Hatte Brunssen überhaupt jemals daran geglaubt, dass sie es schaffen könnten?
»Na, Herr Keller. Ist es so weit?«, brummte er.
»Ist was so weit?«, fragte Lennard.
»Bist du eigentlich wirklich so begriffsstutzig oder machst du uns seit Jahren was vor?«, fragte Brunssen. Eine Antwort erwartete er nicht.
Linus hielt ihm eine Flasche Bier hin, aber Brunssen wedelte bloß mit den Autoschlüsseln. »Also, was liegt an, Herr Keller?«

»Sony hat geantwortet«, murmelte Linus und stellte verwundert fest, dass Holger sich die Hände rieb und einen lustvollen Blick auf die Bierkiste warf. Überlegte er tatsächlich, ob die Flaschen für eine spontane Feier reichen würden?

Brunssen hingegen nickte wissend, während Lennard wieder konzentriert an seiner Gitarre schraubte, als würde ihn das alles nichts angehen.

»Ich wusste es. Es gibt immer jemanden, der echtes Talent erkennt. Dass es nun ausgerechnet Sony BMG ist, wirft zwar meine Weltordnung durcheinander, aber damit kann ich leben«, sagte Holger.

Brunssen schüttelte genervt den Kopf. »Komm runter, Mann. Es ist eine Absage.« Dann sah er Linus an. »Stimmt doch, oder?«

Linus nickte. »Lag heute in meinem Briefkasten.«

»Kann ich sie sehen?«, fragte Holger.

»Was willst Du denn da sehen?«, keifte Brunssen. »Es ist doch immer dasselbe. Tut uns leid, nicht persönlich nehmen, viel Glück noch, Tschüss!«

Holger sah Linus an.

»Das trifft es ziemlich genau«, sagte Linus und gab ihm den Brief.

Holger las ihn leise für sich, offensichtlich mit höllischer Konzentration, denn gemessen an den paar Zeilen dauerte es ziemlich lange. Brunssen verlor die Geduld, riss ihm den Brief aus der Hand und schleuderte ihn in eine Ecke, ohne auch nur einen Blick darauf geworfen zu haben. »Suchst du darin nach versteckten Botschaften? Zaubertinte, die langsam zum Vorschein kommt? April, April, Sie haben den Deal?«

Holger machte ein paar Schritte mit ausdruckslosem Gesicht, hob den Brief auf und las ihn erneut.

Dann sagte er trotzig: »Sony BMG ist ohnehin nicht unser Metier. Es gibt andere, die werden die Qualität unserer Songs erkennen.«

»Was für andere?«, fragte Brunssen.

»Na, die anderen.« Doch nun, schlagartig, wurde aus Trotz Unsicherheit. »Es gibt doch noch andere?«

Linus schüttelte den Kopf. Holger wollte etwas sagen, doch Brunssen kam ihm zuvor: »Mach jetzt keinen Akt draus. Vorbei ist vorbei.«
Linus nahm beunruhigende Veränderungen in Holgers Gesicht wahr. Eine verhärtete Mundpartie und angestrengt zusammengekniffene Augen, die sich beim Sprechen kurz weiteten und dann schnell wieder zu Schlitzen wurden. »Wieso sollte ich keinen Akt draus machen? Dass es dir nichts bedeutet, haben wir doch immer gewusst. Du machst Karriere, so oder so. Aber das heißt nicht, dass ich mich damit so einfach abfinden muss. Hab ich recht, oder was?«
Er sah erst Lennard an und dann Linus, der sich räusperte und dann ruhig sagte: »Ihr habt beide recht. Scheiße. Jeder spricht halt für sich. Es bringt jedenfalls nichts, wenn wir uns jetzt gegenseitig anmachen.«
»Absolut«, stimmte Brunssen zu. »Also vergesse ich mal die kleine Stichelei. Fakt ist, wir haben beschlossen, dass dieses unser letztes Demo war. Was nicht ist, das ist nicht. Tut mir leid.«
Linus wusste nichts zu sagen. Er zog erneut eine Bierflasche aus der Kiste, öffnete sie und hielt sie Brunssen vor die Nase. Eine Geste der Verlegenheit, denn Brunssen hatte ja bereits signalisiert, dass er nichts trinken wollte. Dieses Mal ließ er seine Autoschlüssel jedoch in der Gesäßtasche verschwinden und griff nach der Flasche. Er prostete Holger zu. »Lass uns nicht streiten, Alter. Wir haben es versucht.«
Solche Worte hörte Linus gerne. Seine Band hatte ein würdigeres Ende verdient als den obligatorischen Streit, dieses lupenreine Klischee. Linus hasste Streit.
Aber in welcher Stimmung es auch immer verlaufen würde, es war das Ende. Vor allem Brunssens Entschlossenheit ließ daran keinen Zweifel.
Vor etwa einem Jahr, als die Weihnachtsverkäufe in den Geschäften längst beendet waren, aber noch bevor die ersten Osterhasen in den Verkauf gekommen waren, hatten die *Planes* beschlossen, ihr letztes Demo-Tape aufzunehmen. Bei keinem ihrer Versuche, eine Plattenfirma zu finden, hatten sie sich so leidenschaftlich bemüht wie bei diesem letzten.

Obwohl sie immer von ihrer Musik überzeugt gewesen waren, hatte kein anderes Demo sie so stolz gemacht, denn nichts davon war so gut wie *Planecrash*.
Die zwölf Songs waren eine runde Sache, jeder für sich ein kleiner Hit mit Ohrwurmpotenzial und doch so eigenwillig wie ein Befreiungsschlag für die von Einheitsbrei genötigten Ohren der Deutschen. So hatte Holger es einmal formuliert und sie alle hatten das wunderbar treffend gefunden. Und sie hatten entsprechend hohe Erwartungen gehabt, was die Reaktionen der Plattenfirmen anging, an die sie ihre Aufnahmen verschickten.
Allerdings hatten sie zu dieser Zeit auch einen Pakt geschlossen. Ein Versuch, ihren Realitätssinn und den Glauben an Erfolg in ein angemessenes Verhältnis zu setzen.
Der Pakt lautete: Sollten wir mit *Planecrash* keinen Plattenvertrag bekommen, werden wir die Band auflösen.
Linus hatte diese Verabredung von Beginn an wie ein Schutz vor sich selbst empfunden. Schutz vor der einer trostlosen Zukunft, in der er ewig arbeitslos sein und von einem Plattenvertrag träumen würde.
Heute nun war der Tag, an dem Sony als letztes von siebzehn Plattenlabels abgesagt hatte. Es war so weit.
»Dann wollen wir mal, was?«, sagte Lennard und sah sich dabei um, als wüsste er nicht, welches Kabel er zuerst aufrollen sollte.
»Das kann doch nicht euer Ernst sein.« Holger klang aufrichtig schockiert. »Ich meine, wollt ihr euch wirklich von so einer beschissenen Plattenfirma den Wind aus den Segeln nehmen lassen? Die haben doch keine Ahnung, das wissen wir doch! Und sie haben verdammt noch mal nicht das Recht, uns unseren Lebensinhalt zu nehmen. Wir werden weitermachen! Werden wir doch. Oder?«
Lennard sah aus, als wollte er »Yeah« rufen, verkniff sich im letzten Moment aber jede Reaktion und beobachtete Brunssen.
»Nichts da!«, raunzte der. »Erinnerst du dich noch daran, wie wir hier feierlich gesessen haben und den Entschluss gefasst haben? Holger? Erinnerst du dich?«

Holger zuckte mit den Schultern.
»Da hast du noch am lautesten geschrien: Ja, so muss es sein. Wenn's nicht klappt, muss auch mal Schluss sein. Das waren deine Worte, Holger. Aber das hast du nur gesagt, weil du sicher warst, dass es nicht dazu kommen würde. Du warst felsenfest davon überzeugt, wir würden mit dieser CD einen Vertrag bekommen.«
Brunssen musterte die Bandmitglieder der Reihe nach. »An diesem Abend haben wir alle das geglaubt.« Brunssens Blick kam auf Holger zur Ruhe. »Mich eingeschlossen.«
Bei der Erinnerung an jenen Abend musste Linus lächeln. Sie waren voller Zuversicht gewesen.
Dann lächelten sie plötzlich alle, wehmütig.
Linus hätte diesen versöhnlichen Moment gerne eingefroren oder, lieber noch, alle Beteuerungen über Bord geworfen und einfach angefangen, Songs für das nächste Demo zu schreiben, einfach weiterzumachen, neue Gitarrenseiten und Drumsticks zu kaufen, mehr Bier und Instantkaffee, eine Verlängerung der Pacht, irgendwann schließlich neue CD-Rohlinge und noch mehr Bier und Farbpatronen und Hoffnung, Glaube, Angst.
Also eine Verlängerung der Zeit, in der sich ihre Köpfe im Sand befanden.
Brunssen wusste das alles.
Linus beneidete ihn darum, dass er jetzt im entscheidenden Moment konsequent war, dass er nicht mit sich haderte, zumindest nicht sichtbar.
»Was wir geglaubt haben, zählt nicht mehr.« Brunssens Stimme klang wieder versöhnlicher. »Es hat halt nicht geklappt. Ich weiß, dass es nicht an unserer Musik liegt. Das ist doppelt schade, aber umso wichtiger ist es jetzt, dass wir unser Leben weiterleben und andere Dinge anpacken. Ich hab keine Lust, mit fünfzig noch in diesem muffigen Raum zu stehen und mir die Absagen der Plattenfirmen durchzulesen. Und ihr auch nicht! Irgendwann würdet ihr denken: Was hab ich nur die ganze Zeit gemacht? Mich zum Narren gemacht, das hab ich.

Noch ist es okay. Aber in zehn Jahren würde ich es mir nicht verzeihen, wenn wir heute Abend nicht aufgewacht wären.«
Im Probenraum war es nun still. Nur das Surren eines Transformators war zu hören. Dann gab es einen sanften Zischlaut. Lennard hatte sich noch eine Flasche Bier geöffnet.
»Brunssen hat recht. Es ist vorbei«, sagte Linus. Und er meinte es auch so. Aber sie würden Zeit brauchen, sich das einzugestehen. Abgesehen von Brunssen.
Da stand er, dieser breitschultrige Mann mit den weichen Gesichtszügen, der am Bass genauso gewissenhaft war wie in der Finanzwelt, der seine Hemden seit letztem Sommer eine Nummer größer kaufte, weil ihm inzwischen ein beachtlicher Bauch gewachsen war. Dieser Brunssen hatte sein eigentliches Leben nie aus den Augen verloren. Die Band war für ihn immer Hobby geblieben, hatte nie diesen Status erlangt, den Holger oder eben Linus ihr verliehen hatten. Ein Status, der dazu geführt hatte, dass sie sich halbwegs freiwillig in die Arbeitslosigkeit begeben hatten, um mehr Zeit für die Musik zu haben.
»Dann war's das jetzt?« Holger erhob sich von seinem Schemel. »Dann kann ich ja anfangen abzuschrauben, was?«
Linus nickte und spürte ein wehmütiges Ziehen in seiner Brust. »Wir können.«
Holger begann lustlos an den Beckenständern herumzuschrauben. Es sah nicht so aus, als wollte ein Schlagzeuger sein Drum-Set auseinandernehmen. Eher schien er auf ein Ereignis zu warten, auf einen Boten vielleicht, mit der Nachricht, man habe bei Sony die Briefe vertauscht.
Dann hörte Linus die Melodie, den behutsam angestimmten Anfang eines ihrer Songs.
Lennard hatte sich die Gitarre umgeschnallt, stand etwas verträumt vor seinem rauschenden Verstärker und spielte das Intro ihrer einzigen Coverversion, *More Than This*. Es war keine vollkommene Neuinterpretation, sondern eine druckvollere Version des späten Roxy-Music-Hits, die sich mit dem gebotenen Respekt am Original orien-

tierte. Linus hatte es heimlich immer als erste Singleauskopplung aus *Planecrash* gesehen.

Ehe er sich versah, setzte Holger statt der gewohnten Hängetoms behutsam mit der Hi-Hat ein, während Lennard den markanten Eingangslick des Songintros mehrmals wiederholte, um Linus und Brunssen Gelegenheit zu geben, ihre Instrumente vorzubereiten. Linus griff zögerlich nach seiner Gitarre, beobachtete im Augenwinkel Brunssen, der einen Moment unschlüssig dastand, schließlich zum Bass griff und seinen Verstärker aufdrehte.

Niemals zuvor, da war Linus sicher, hatten sie *More Than This* so kraftvoll, so leidenschaftlich gespielt wie an diesem Abend. Ohne ein Wort zu sagen oder sich zu beratschlagen, wie sie es sonst immer getan hatten, spielten sie einen Song nach dem anderen, spielten ihr gesamtes letztes Demo. Zwölf Songs.

In Linus' Stimme schwang anfangs die Enttäuschung mit, doch je länger er sang, desto kraftvoller klang er, schließlich beinahe wütend.

Hin und wieder sahen die anderen ihn an. Sie teilten seine Emotionen. Sie spielten ihr Abschiedskonzert.

Acht Jahre Bandgeschichte. Linus fand das beachtlich für eine Band, deren Motivation nur aus dem festen Glauben an das Unglaubliche bestanden hatte.

Nach etwa einer Stunde waren sie fertig. Sie ließen den letzten Akkord ausklingen, ohne das übliche Trommelfinale, wildes Seitengeschrabbel oder gleitende Bassläufe.

Es war ein E-Dur Akkord, und sie ließen ihn geduldig verklingen, sich selbst auslöschend, stolz, ohne trotzige Rückkopplungen, bis Linus nur noch das Rauschen der Verstärker hörte.

Brunssen stellte besonnen seinen Bass zur Seite, drehte seinen Verstärker leise, schaltete ihn aus und sagte: »Das war ziemlich gut.«

Dann nickte er Lennard zu. »Ich muss los. Kommst du mit?«

Lennard schnallte seine Gitarre ab. »Und unsere Sachen?«

»Kriegen wir jetzt eh nicht alles mit. Holen wir wann anders.«

Plötzlich sprang Holger hinter seinem Schlagzeug auf, riss seine Jacke vom Boden auf und verließ, ohne ein Wort oder einen Blick zu hinterlassen, den Proberaum.

Lennard zuckte mit den Schultern, Brunssen schüttelte den Kopf.

Linus ging zum Fenster. Er sah Holger mit aufgestelltem Kragen aus dem Haus gehen. Mit gebeugtem Rücken, eingezogenem Kopf und den Händen in den Taschen seiner Lederhose lief der Schlagzeuger durch den Lichtkegel der Laterne hindurch und an Brunssens Mercedes vorbei. Er sah sich nicht um und nicht zur Seite. Der Kopf war starr nach vorne gerichtet, auf die Dunkelheit des Gewerbegebietes, in der er verschwand.

»Das haut ihn glatt um«, sagte Linus leise, eigentlich zu sich selbst.

Brunssen hatte es gehört. »Jetzt hör auf. Wir haben hier das Ende der Band beschlossen, nicht das Ende unserer Freundschaft oder unseres Lebens. Der wird klarkommen.«

Linus wandte sich vom Fenster ab. Brunssen kam auf ihn zu, um ihm die Hand zu reichen. »Sieh zu, Keller.« Dann drehte er sich um und ging. Lennard hob kurz die Hand zum Gruß und folgte Brunssen zögerlich.

Linus setzte sich wieder auf die Bierkiste und stützte sein Kinn auf eine Hand. Sein Blick fiel auf einen der Beckenständer. Holger hatte den Sony-Brief darauf aufgespießt.

Plötzlich ging die Tür wieder auf und Brunssen steckte seinen Kopf hindurch: »Hey.«

Linus stand auf. »Was vergessen?«

»Im Grunde schon. Ich wollte dich noch mal an meine Hochzeit erinnern. Nächstes Wochenende.«

Natürlich. Vor einiger Zeit hatte Brunssen erzählt, dass er Ina heiraten werde. Linus war so mit sich selbst beschäftigt gewesen, dass er es vollkommen vergessen hatte.

»Klar. Ich freu mich«, brachte er schließlich hervor. Er erinnerte er sich daran, dass Brunssen von einer der ostfriesischen Inseln gesprochen hatte.

»Norderney, richtig?«

»Wangerooge. Auf dem alten Leuchtturm.«
»Ah ja, auf dem Turm. Klasse.«
»Es bleibt also dabei, dass du kommst?«
»Na klar.«
Brunssen lächelte. »Ganz schön unheimlich, was? Sie wird dann Ina Brunssen heißen.«
Linus wiederholte es mit großen Augen. »Ina Brunssen.«
»Vielleicht bindest du es den beiden anderen nicht vorher auf die Nase. Du weißt, wir feiern im kleinen Rahmen. Ich kann euch nicht alle einladen.«
Linus nickte.
»Also dann, ruf mich bis Donnerstag an, wenn du noch Fragen zum Ablauf hast. Lennard wartet, ich muss los.«
»Bis dann«, sagte Linus.
Brunssen sah verlegen aus. Er verließ den Raum, und nach einer knappen Minute hörte Linus das Schlagen der Autotüren, den Motor und schließlich Autoreifen auf Kies.

3

Die Trauung fand um elf Uhr morgens auf dem Leuchtturm von Wangerooge statt. Der Raum in etwa dreißig Meter Höhe war sehr klein, sodass nicht einmal die Hälfte der Gäste bei der Trauung selbst anwesend sein konnte. Brunssen hatte Linus gefragt, ob er Wert darauf lege, dabei zu sein, aber Linus fand, dass er nicht in den intimsten Familienkreis gehörte.
Während der Trauung saß er also mit Verwandten zweiten Grades und Kollegen ersten Grades auf Holzbänken auf dem Gelände des Turmes, sah zur Aussichtsplattform hinauf und wartete mit einer Handvoll Konfetti auf die Wiederkehr des Brautpaares.

Es war ein strahlender Vormittag. Der für die Inseln typische salzige Seewind strömte in angenehmer Regelmäßigkeit über das Land und erfrischte die Luft.
Linus stellte fest, dass er die Menschen, die in Brunssens Leben eine wichtige Rolle spielten, also Familienmitglieder, Trauzeugen, Freunde und Kollegen, überhaupt nicht kannte. Mal abgesehen von Brunssens Schwester Ramona, mit der er einmal gefeiert hatte. Das war allerdings schon eine ganze Weile her.
Linus blinzelte gegen die Sonne. Dort oben wurde ein Ja-Wort gegeben, während in seinem Inneren so etwas wie eine Trennung stattfand. Die Abtrennung eines Teils von ihm.
Die Zeremonie dauerte länger, als er erwartet hatte, erst um kurz vor zwölf war es so weit und Linus warf Konfetti, das sich mit dem Konfetti der anderen Gäste vermischte und so einen kurzen bunten Regen ergab.
Linus musste sich immer wieder klar machen, welch ein bedeutender Moment das für Brunssen war. Er musste sich zwingen, dem angemessen beizuwohnen, nicht bloß körperlich, sondern auch geistig. Es fiel ihm nicht leicht.
Auch als die Hochzeitsgesellschaft vom Leuchtturm zum Mittagessen ins Hotel wanderte, war er unachtsam. Er tat bloß so, als sei er bei der Sache, stellte Fragen an Brunssens Vater, konzentrierte sich aber nicht auf dessen Antworten. Wenn er selbst etwas gefragt wurde, gab er äußerst knapp Auskunft und fand sich dabei enorm uninteressant. Daher nahm er es niemandem übel, wenn er sich nach ein paar Floskeln gelangweilt von ihm abwandte.
Beim Mittagessen, dem Fototermin und der anschließenden Kaffeetafel änderte sich daran nichts.
Linus fühlte sich weder gut noch besonders schlecht. Ihm war, als befände er sich in einem mentalen und emotionalen Vakuum, einer Schleuse zwischen gestern und morgen.
Er lachte, wenn die anderen lachten, sprach nur, wenn er etwas gefragt wurde, spielte die meiste Zeit an der Manschette seines Bier-

glases herum, und sein Blick wanderte immer wieder sehnsüchtig zum Meer hinaus.

4

Die Meeresluft auf Wangerooge nötigte ihn, tiefer zu atmen, als er es in den letzten Jahren je getan hatte. Für einen Moment glaubte Linus, man könne sich den abgestandenen Muff eines Lebens einfach aus der Lunge pusten.

Er neigte dazu, Ereignisse, Lebensabschnitte und besonders die dazugehörigen Orte im Nachhinein in seiner Erinnerung zu romantisieren. Doch das Meer wallte und schäumte in keiner seiner Erinnerungen so schön wie in der Gegenwart.

Er war lange nicht an der Küste gewesen.

Die Wellen drängten vor, krallten sich in den Sand, zogen sich wieder zurück und hinterließen halbrunde glänzende Teppiche.

Er hatte eine Hand in der Tasche seines Jacketts, umklammerte darin sein Handy und überlegte, wem er diesen Moment per Kurznachricht mitteilen könnte.

Sein Daumen strich über das geschliffene Display, er zögerte. Linus fürchtete, dass der Versuch, diesen Moment zu einer Kurzmitteilung oder einem Handyfoto zu verarbeiten, ihn gleichzeitig zerstören würde. Möglicherweise war es schon immer so gewesen, und erst jetzt wurde es ihm bewusst.

Er verspürte den Drang, das Gerät ins Meer zu schleudern, doch der Impuls war nicht stark genug. Das Handy war längst ein Teil von ihm geworden.

Ein Teil von ihm.

Auch Musik war ein Teil von ihm.

Als er zehn Jahre alt war, hatte er im Zimmer seines Halbbruders Mark eine Musikkassette der Band *A Flock of Seagulls* gefunden.
Es war ein harter Winter, der von Mitte Dezember bis Anfang März nahezu jede Nacht neuen Schnee brachte. Linus war des Akkordeonunterrichts längst überdrüssig geworden, der Musik jedoch nicht. Er fixierte seit Wochen die Poster in Marks Zimmer. Fotografien, die neben den austauschbaren abgebildeten Stars immer diesen wunderbaren Gegenstand zeigten. Die Gitarre.
A Flock of Seagulls bestand aus vier Musikern. Gitarre, Bass, Keyboard, Schlagzeug. Mehr war nicht nötig. Linus musste bloß Gitarre lernen und drei weitere Musiker anheuern. Damit war die Idee geboren.
Eine Gitarre bedeutete nicht nur Spaß, sondern sie konnte all seine Probleme mit einem Schlag lösen. Linus hatte als Jugendlicher einen großen Bedarf an Geltung, den die Gitarre zu decken versprach. Für ihn war es auch kein Kinderkram, nein, es ging um etwas höchst Erwachsenes. Es ging um einen Beruf. Um den Glauben an eine Berufung.
Ein Glaube, der seit diesem Tag wie ein Ballon über ihm schwebte.
Doch Glaube allein schafft nicht die Realität. Der Ballon war nicht greifbar. Ganz im Gegenteil. Unmerklich setzte er sich in Bewegung und Linus musste ihm folgen, einen langen Weg folgen.
Und er tat es, folgte dem Ballon, als die Kindertapeten aus seinem Zimmer entfernt wurden. Folgte ihm, als er Holger kennenlernte, folgte ihm, als Mark in die USA auswanderte, folgte ihm, als Tante Hannah starb und er zu rauchen begann, folgte ihm, während er seine erste Wohnung bezog und eine Ausbildung machte und während er arbeiten ging und das Rauchen wieder aufgab. Gab schließlich auch das Arbeiten auf, um dem Ballon besser folgen zu können, schaute all die Jahre nicht nach links und nicht nach rechts, nicht nach unten. Immer nur nach oben, denn da schwebte er, der Ballon.
Und er ging weiter, ihm hinterher, ohne zu merken, dass der Abstand immer größer wurde, der Ballon immer kleiner, je älter Linus wurde.

Er setzte sich in einen Strandkorb und spürte, wie der Alkoholpegel, der sich im Laufe des Tages stabilisiert hatte, langsam absank. Sein Körper verlangte nach mehr, während sein Verstand ihm sagte, dass es besser gewesen wäre, nach Brunssens Tischrede Kaffee statt Bier zu trinken.
Er ließ seinen Blick über den Strand schweifen.

Fünfzehn Jahre waren seit Hannahs Tod vergangen. Er hatte ihr die Fernbedienung aus der Hand genommen und auf den Couchtisch gelegt.
Während hinter ihm leise die Tagesthemen verlesen wurden, hatte er ihren Namen gesagt, um sie zu wecken. Er hatte sie schon immer mit ihrem Namen angesprochen. Mark hatte sie Mutti genannt, für Linus war sie Tante Hannah.
Lange bevor er es gewusst hatte, hatte er gespürt, dass er nicht ihr leiblicher Sohn war, obwohl sie sich Mühe gegeben hatte, zwischen ihm und Mark keine Unterschiede zu machen.
Er hatte ihren Namen wiederholt, ein Mal zwei Mal. »Hannah. Hey, Hannah.«
Dann wurde ihm klar, dass sie tot war.
Auf den ersten Blick sah es aus, als würde sie schlafen. Doch je länger er sie betrachtete, desto friedlicher erschien ihm der Zustand. Ein Frieden, den kein Schlaf schaffen konnte.
Er holte eine Decke und legte sie über Hannahs Körper. Ihre Schultern und ihren Kopf ließ er frei, und den Fernseher ließ er laufen, ganz leise.
Dann ging er in die Küche, setzte sich an den Tisch und überlegte, wie spät es wohl in den Vereinigten Staaten sein mochte. Konnte er Mark anrufen oder würde der schlafen? Aber war es nicht völlig egal, ob er schlief? Musste er nicht sofort informiert werden, egal wie spät es war?
Linus war siebzehn. Er hatte keine Ahnung, was er tun sollte. Und so war sein ganzes Denken auf eine Tat ausgerichtet. Auf den nächsten

logischen Schritt. Mark anrufen. Der war älter. Der würde wissen, was zu tun war.
Linus erinnerte sich, dass die Zeitverschiebung nach Vermont sechs Stunden betrug. Man musste also sechs Stunden zurückrechnen. Oder vor.
Dann fiel ihm der Notizzettel in der Küchenschublade ein. Hannah hatte Marks Nummer darauf geschrieben.
Freizeichen. Doch keiner nahm ab. Er versuchte es noch mal, ließ es lange klingeln, doch es meldete sich niemand.
Er ging zurück ins Wohnzimmer, setzte sich auf die andere Seite des Couchtisches, stellte den Fernseher ein bisschen lauter und sah sich einen französischen Film an.
Hannah lag zugedeckt auf dem anderen Sessel, ihre Augen waren geschlossen. Linus stellte sich vor, sie würde nur schlafen.
Erst am frühen Morgen erreichte er seinen Halbbruder. Mark begann am Telefon zu weinen und Linus verstand nichts mehr von dem, was Mark sagte oder zu sagen versuchte. Marks Frau Cathy nahm den Hörer und erklärte Linus mit schwerem amerikanischem Akzent, dass er einen Arzt rufen solle, der den Tod feststellen und ihm bei allem Weiteren helfen würde. Im Hintergrund hörte er Mark schluchzen und stöhnen. Cathy versprach Linus, dass sie sehr bald zurückrufen würden, und legte auf.
Mark war damals zu Cathy in die USA gegangen, weil er sie liebte und weil er die USA aus dem Kino kannte und mochte. Und weil Cathy ihn ebenfalls liebte, ihm sogar einen Job in der Firma ihres Vaters in Burlington besorgen konnte, hatte es nicht die geringsten Zweifel an Marks Zukunft gegeben.
Nach nur einer halben Stunde rief Mark zurück, nur unwesentlich gefasster. Während des Redens brach seine Stimme immer wieder und er hatte Mühe, sich zusammenzureißen. Er sagte, er habe es bisher niemals bereut, so weit weg zu sein. Außer heute. In diesem Moment wünschte er sich, er könnte zu Hause sein. Bei seiner Mutter. Linus konnte das verstehen. Mark tat ihm leid.

Nachdem sie aufgelegt hatten, rief Linus seinen Hausarzt an, der ihn schon als Kind behandelt hatte, und während er auf das Eintreffen des Arztes wartete, setzte er sich zu Hannah ins Wohnzimmer, verabschiedete sich von ihr und versprach, sie zu besuchen, wenn er selbst eines Tages tot sein würde.
Am folgenden Vormittag komponierte er mit der Gitarre einen Song für Tante Hannah, der den Titel *Song für Tante Hannah* trug. Dann wurde er traurig.

Eine starke Windböe schlug in den Strandkorb ein. Linus schüttelte sich vor Kälte. Er knöpfte das Jackett so weit es ging zu und legte seine Hände ineinander verschränkt in den Schoß. Er senkte den Blick.
Dieses Runtergucken muss ein Ende haben, dachte er. Es war an der Zeit, sich in seiner Welt umzusehen, auch wenn der Anblick nicht erfreulich sein würde.
Die letzten fünfzehn Jahre seines Lebens waren übersät mit Spuren. Überreste nicht genutzter Chancen. Ein Lebensweg voll davon.
Seine Energie und Ausdauer hatte er dem gewidmet, was am wenigsten Erfolg versprach, und zwar konsequent.
Er überlegte, ob er Brunssen anrufen sollte. Er wollte diese Dinge jemandem sagen. Wollte keine digitalen Fotos und Buchstaben mehr versenden, sondern sprechen. Sprechen und hören. Irgendetwas Tröstliches. Vielleicht würde Brunssen gewohnt pragmatisch anmerken: Tja, Keller. Wir wollten Erfolg. Wir haben ihn nicht bekommen. Nun suchen wir ihn woanders, in etwas kleinerem Maße vielleicht.
Das Handy lag in seiner Hand, der Eintrag Brunssen war bereits aufgeblättert, doch Linus steckte das Telefon wieder ein. Brunssen hatte vor wenigen Stunden geheiratet. Vermutlich lag er jetzt mit seiner Braut im geschmückten Bett in dem erstklassigen Hotel und wollte keinen Gedanken an die Band verschwenden. Wer könnte ihm das verdenken?
Linus zog das Handy wieder hervor und rief ihn an.
»Ja?«

»Hey. Ich bin's.«
»Hey, Alter.« Brunssen klang zufrieden. »Genießt du die Insel?«
»Ich sitze in einem Strandkorb und beobachte ein Rudel Möwen. Vor allem krame ich alten Ballast raus. Werde ihn auf der Rückfahrt über Bord werfen.«
»Ein Rudel Möwen …« Brunssen lachte. »Gut so. Spann mal aus.«
»Ja, das sollte ich wohl.« Und so verkniff Linus sich die brennenden Fragen zum Sinn des Großen und Ganzen, obwohl er so dringend Antworten brauchte.
»Wir sagen allen Bescheid, dass es heute Abend ein Treffen in einer kleinen Cocktail-Bar neben unserem Hotel gibt. Wer Lust hat, kann kommen. Nur damit du Bescheid weißt.«
»Kommst du denn auch?«, fragte Linus.
»Wir wissen es noch nicht. Ina tun die Füße weh, kein Wunder bei den Schuhen.« Er lachte. »Wir werden uns erst mal etwas entspannen. Aber Ramona will auf jeden Fall hingehen.«
»Okay.«
»Also dann. Vielleicht bis später.« Brunssen legte auf.
Wir, wir, wir, dachte Linus, als er sein Handy einsteckte. Der Wind war kalt und hart geworden.
Ein älteres Paar mit einem kleinen Hund spazierte von der Promenade zum Meer hinunter.
Linus verließ seinen Strandkorb und lief ihnen den hölzernen Weg zur Promenade entgegen. Er ging in eine kleine Kneipe am Kaiserhof, um sich mehr Bier zu kaufen. Die Kellnerin gewährte ihm drei ungeöffnete Flaschen Jever, ohne dafür Pfand zu verlangen.
Mit dieser Verpflegung lief er zurück zum Strand, setzte sich in denselben Strandkorb, trank das gleiche Bier und fühlte sich mit jedem Schluck stärker und verlorener zugleich.
Er spielte mit dem Gedanken, eine Nachricht an Natascha zu schicken. Du hattest recht. Es war dumm von mir. Lass uns zusammenziehen.
Ihre Antwort würde lauten: Zu spät, du Ärmster!

»Du Ärmster« würde ihm mehr weh tun als »zu spät«.

Wahrscheinlicher war aber, dass er überhaupt keine Antwort erhalten würde.

Natascha hatte viel Geduld mit ihm gehabt. Sie hatte geglaubt, er würde wieder arbeiten gehen, was er zweifelsohne gekonnt hätte. Sie hatte gehofft, er würde allmählich zur Vernunft kommen und sie würden sich irgendwann eine gemeinsame Wohnung nehmen. Aber Linus hatte nichts dergleichen im Sinn gehabt. Er war vernarrt in die Idee gewesen, musikalisch erfolgreich zu sein, womit er Natascha letztendlich die Augen geöffnet hatte. Über sich.

Nein, sie würde nicht antworten. Er schrieb ihr trotzdem, schrieb, wie schön das Meer sei und dass er an sie denke. Sie hatten sich zwei Jahre nicht gesehen.

Es dämmerte allmählich. Linus schaute immer wieder auf das Handy in seiner Hand, sehnte sich nach einer Antwort, doch wie erwartet kam nichts zurück.

Über dem Meer zogen dunkle Wolken auf.

Das Bier war leer. Linus verließ seinen Platz, um sich mehr davon zu besorgen. Erste Regentropfen versanken im Sand. Er begann zu laufen, wollte mit Nachschub zurück im Strandkorb sein, bevor es einen Platzregen gab. Seine Gedanken und Gefühle standen längst unter dem Einfluss des flüssigen Gifts, das so viele trügerische Emotionen erzeugte, und so fand er es auf verklärte Weise romantisch, alleine in einem Strandkorb auf Wangerooge zu sitzen und sich vollaufen zu lassen, während der Himmel den Strand vollaufen ließ.

Die Vorstellung, Natascha könnte ihn so sehen, gefiel ihm. Sie war sein Publikum, nicht anwesend, doch er glaubte daran, dass sein momentaner Zustand, sein transparentes Leiden, ihr irgendwie telepathisch bewusst wurde.

Sie war sein Publikum. Ihm fiel sonst niemand ein, den es kümmerte, was er tat.

5

Brunssen stand mit einem Becher Kaffee in dem kleinen Apartment im Kaiserhof.

»Hier, trinken.«

»Wo bin ich? Wer sind Sie?«, murmelte Linus. Ein Scherz, der seinen Zustand kaschieren sollte. Er hatte furchtbare Kopfschmerzen und suchte nach einer kühlen Stelle im Kopfkissen, die er sich auf das Gesicht drücken konnte. Ihm war schlecht.

»Ist gestern spät geworden, was?«

»Und feucht. Woher …«

»Ramona.« Brunssen stellte den Kaffeebecher auf den Nachttisch. »Ihr geht es auch nicht besonders. Allerdings sitzt sie schon beim Frühstück.«

Brunssen zog Linus das Kissen vom Gesicht. »Also, Kaffee, anziehen, bisschen Wasser ins Gesicht, und dann machen wir einen Spaziergang.«

Linus rollte sich embryonal zusammen, doch sofort kam ihm die Haltung vor Brunssen erbärmlich vor. Er richtete sich auf und verharrte einen Moment auf der Bettkante, bis sein Kreislauf sich stabilisierte. »Du solltest dich als Bräutigam nicht mit einer Schnapsleiche rumschlagen müssen.«

»Ina geht mit ihren Eltern spazieren, da kann ich doch wohl etwas Zeit mit meinen Kumpel verbringen.«

Linus nippte an dem Kaffee, stellte fest, dass er kalt war, und ließ ihn stehen.

Erst als sie am Meer waren, erwachten in ihm zögerlich die Lebensgeister. Er drängte Brunssen, nahe am Wasser zu laufen, damit er den Strandkorb nicht sehen musste, in dem er gestern so konsequent an der heutigen Verfassung gearbeitet hatte. Vom Strandkorb aus war er betrunken zur Cocktailbar gelaufen, wo er Ramona getroffen hatte. Ramona, sonst niemanden.

Sie hatten gescherzt, ob denn eigentlich allen die Füße weh täten, hatten sich Cocktails bestellt und über die träge Hochzeitsgesellschaft gelästert. Später hatte Ramona zwei Flaschen Wein aus ihrem Zimmer geholt und Linus in seinen Strandkorb begleitet.
Bei der Erinnerung an den Weißwein drehte sich Linus der Magen um. Er konzentrierte sich auf Brunssen.
Der hatte die Hände in den Taschen seiner daunengefüllten Jacke. Der Kragen war bis über die Ohren zugezogen.
»Nett, dass du dich um mich sorgst«, sagte Linus. »Hat das einen bestimmten Grund?«
»Ich will einfach Zeit mit einem Kumpel verbringen.« Brunssen ließ seinen Blick über das Meer schweifen. »Weißt du, Keller, das hier ist der Beginn eines neuen Abschnitts. Für mich. Und mir ist das irgendwie wichtig, dass ich etwas aus dem vorigen Abschnitt mitnehme.«
Linus runzelte die Stirn. »Und da nimmst du ausgerechnet mich?«
Brunssen nickte. »Ja. Unter anderem.«
»Da fühl ich mich aber geehrt.«
»Du weißt doch, wie ich das meine. Sag mal, hast du dir eigentlich schon überlegt, was du jetzt tun wirst?«
»Inwiefern?«
Brunssen lachte kurz und legte Linus eine Hand auf die Schulter, als sie sich dem Ende des mittleren Strandabschnitts näherten. »Ich kann dir genau sagen, inwiefern. Du hast keinen Plattenvertrag und keinen Job. Da liegt die Frage doch nah, was du jetzt vorhast.«
Linus zuckte mit den Schultern. Er ärgerte sich über Brunssens Wortwahl. Vor einigen Tagen hätte es noch geheißen, WIR haben keinen Plattenvertrag, aber Brunssen hatte sich bereits ausgenommen, hatte eine Perspektive.
»Du hast übrigens auch keinen Plattenvertrag«, sagte Linus. Es klang trotziger, als er es wollte.
Brunssen blieb stehen und sah ihn an. »Ich werde dir mal was sagen, Herr Keller. Wir haben fast zehn Jahre zusammen Musik gemacht. So was verbindet.«

Linus nickte, Brunssen fuhr fort. »Ich mag euch alle. Auch Lennard und Holger. Das sind super Typen. Hätten Ina und ich uns kein Limit setzen müssen, dann wären die beiden auch hier. Aber es gibt große Unterschiede zwischen dir und Holger. Ich meine, bei ihm erwarte ich nichts anderes. Der lässt sich jetzt hängen und eiert so rum.«
Linus merkte, dass Brunssen in seinem Gesicht nach einer Reaktion forschte. Schließlich fuhr er fort. »Aber du, Keller, du hast doch mehr in der Birne als diese ganzen verrückten Ideen. Was ich meine ist, dass du den gleichen Anspruch an das Leben hast wie ich.«
Linus setzte sich wieder in Bewegung, in die Richtung, aus der sie gekommen waren.
»Und was soll mir das jetzt sagen?«, fragte er, obwohl er genau wusste, was es ihm sagen sollte.
Brunssen folgte ihm. »Du wirst irgendwann ziemlich dumm aus der Wäsche gucken, wenn du nicht ganz schnell eine neue Richtung findest. Hier ist Sackgasse, verstehst du?«
Wieder machte Brunssen eine Pause und musterte Linus. »Bewirb dich doch bei deiner alten Firma.«
Linus lachte. Die Richtung, die das Gespräch nahm, wurde ihm unangenehm. »Sicher. Die haben nur darauf gewartet, dass ich wiederkomme. Hey, Rockband war nix, ich würde gerne wieder hier arbeiten.«
Brunssen verdrehte die Augen. »Nimm es nicht so wörtlich. Was ich meine, ist bloß, dass du keine Zeit mehr damit vergeuden solltest, unserem alten Traum nachzuhängen. Wir werden keine Rockstars mehr. Ich weiß nicht, Keller … ich glaube, es gibt immer einen Bruchteil, der so was schafft, und es gibt den überwältigenden bedauernswerten Rest, der hinten runter fällt. Die Frage ist nur, wann dieser Rest …«
»Wie kommst du darauf, dass ich irgendwem oder irgendwas nachhängen würde?«
Brunssen hob abwehrend die Hände. »Die ganze Nacht hast du Ramona davon erzählt, wie tragisch es doch ist, dass wir verkannte Mu-

sik-Genies sind. Du warst überzeugend. Meine Schwester hält dich heute für die Wiedergeburt John Lennons.«

Linus lachte. Brunssen nicht. »Ramona hat in dieser einen Nacht mit dir trotz ihrer eigenen Besoffenheit erkannt, wie es dir zu schaffen macht, dass wir keine Musik mehr machen. Ich meine, du tust ihr leid.«

Nun grinste Linus bloß noch schwach. »Da kannst du mal sehen. Es fällt mir nicht leicht. Genau. Aber du führst dich gerade auf wie ein Schuldenberater. Merkst du das? Ich weiß, was ich zu tun habe. Dauert nur etwas länger als bei dem verheirateten Bankkaufmann.«

Brunssen versetzte Linus einen Stoß an die Schulter. Eine harmlose Geste, doch hier traf ein ausgeschlafenes Schwergewicht auf einen Körper, dessen Kreislauf und Gleichgewichtssinn noch instabil waren.

Linus kippte um. Er landete mit der linken Körperseite der Länge nach im nassen Sand, aus dem das Wasser gerade erst zurückgeflossen war. Er schaffte es nicht, schnell genug aufzustehen, bevor die nächste Welle kam und ihn zur Hälfte in kaltes Salzwasser tränkte.

Linus raffte sich auf. Trotz seiner Müdigkeit erklang seine Stimme laut und klar: »Was soll denn der Scheiß?«

Brunssen sah verdattert aus. Vielleicht hatte er damit gerechnet, dass sie darüber lachen würden, aber Linus war nicht mehr danach zumute. »Hast du sie nicht alle? Für wen hältst du dich? So eine Scheiße.«

»'Tschuldigung, Alter. Ich wollte dich bloß anhauen.«

»Glückwunsch. Du hast mich ins Meer geschubst.«

»Das war doch keine Absicht.« Etwas hilflos stand Brunssen da, die Hände wieder in den Taschen, den Kopf in den Kragen gezogen. »Weil du immer so auf dem Bankkaufmann herumhackst. Das ist Scheiße, Keller. Ich weiß, dass ich ein Bankkaufmann bin. Du sagst das immer, als wäre ich ein Nazi.«

»Quatsch.« Linus hob seinen tropfnassen linken Arm und versuchte das Ausmaß der Sauerei zu erkennen. Dann warf er Brunssen einen kühlen Blick zu und begann, seine Jacke auszuwringen.

Ein wenig war ihm nun doch zum Lachen zumute, doch indem er das zeigte, beschwor er eine entgegengesetzte Reaktion Brunssens herauf. Der Hinweis auf den verheirateten Bankkaufmann hatte ihn gekränkt. Das wusste Linus, und das war nicht mehr rückgängig zu machen.

Brunssen wurde laut. »Bloß weil ihr es einfach nicht kapiert und eure Kinderhirne immer noch auf dem Stand von neunundachtzig sind, muss ich mir nicht vorwerfen lassen, dass ich einem Beruf nachgehe. Wir sind erwachsene Männer, Alter. Zumindest hätte ich es von uns beiden gedacht.«

Linus lief zu einem Strandkorb, um seine Jacke abzulegen. Brunssen stapfte ihm hinterher. »Außerdem, warum regst du dich so auf? Ein Rockstar, der an ein bisschen Salzwasser zugrunde geht? Die Typen von der *Bloodhound Gang* pissen sich auf der Bühne ins Ohr, da mach dir mal wegen dem Wasser keine Sorgen.«

In Linus kam neue Wut auf. Das Ziel war nicht konkret, es war nicht Brunssen, doch er war der Auslöser, derjenige, der das Tor geöffnet hatte. Argumente verloren ihre Bedeutung. Plötzlich hatte Linus das Gefühl, dass das gesamte Gespräch ein einziger Angriff auf ihn, auf seine Autonomie war. Er fühlte sich behandelt wie ein Kind, und das passte ihm nicht. Er hasste es. Seine Aufmerksamkeit war nur noch auf Brunssen gerichtet, seine nassen Klamotten interessierten nicht mehr.

»So, der Bankkaufmann erlaubt sich, über den Rockstar zu urteilen.«

»Der Bankkaufmann ist wenigstens einer. Der Rockstar ist jetzt nur noch ein arbeitsloser Hobby-Gitarrist. Das weißt du selbst am besten.«

Linus hatte sich eigentlich wehren wollen, doch die Bezeichnung »arbeitsloser Hobby-Gitarrist« war nicht hinnehmbar.

Er nahm seine Jacke und lief, ohne ein weiteres Wort zu verlieren, Richtung Kaiserhof.

Als er einen verstohlenen Blick zurück warf, sah er Brunssen bereits in die andere Richtung verschwinden.

»So eine Scheiße muss ich mir nicht anhören«, fluchte Linus. Niemand konnte erwarten, dass er nach ein paar Tagen bereits Bewerbungen laufen hatte. Immerhin sprachen sie hier über einen entrissenen Lebensentwurf und nicht darüber, dass die Wunsch-DVD am Samstagabend schon ausgeliehen war.

Ganz offensichtlich, so dachte Linus, war Brunssen nicht bereit, sich in seine Lage zu versetzen oder zumindest einmal den Versuch zu unternehmen.

Und wenn er es so recht bedachte, hatte Brunssen noch nie versucht, sich in anderer Leute Lage zu versetzen. Er hatte schon immer, ganz der abgeklärte Banker, auf einem ziemlich hohen Ross gesessen.

Wütend stapfte Linus zu seinem Apartment, wütend duschte er und wütend packte er seine Koffer. Er ahnte, dass seine Wut die Tatsache verdrängte, dass Brunssen es gut gemeint hatte und dass er, Linus Keller, falsch reagierte. Aber er hasste es, wenn man ihn wie ein Kind behandelte. Er hasste es.

Nachdem er seinen Koffer gepackt hatte, erkundigte er sich an der Hotelrezeption, wann das nächste Schiff zum Festland ging. Auf dem Weg zum Anleger kaufte er sich in einem Supermarkt zwei Dosen Bier, die er wütend trank.

Fidel und Raúl

1

Als Linus seine Wohnungstür aufschloss, stieg ihm der säuerliche Geruch alter vertrockneter Nudelreste mit Tomatensoße in die Nase. Er stellte seine Tasche in den Flur und hängte seine Jacke auf. Ein Griff an den linken Ärmel bezeugte, dass der Streit mit Brunssen kein Tagtraum gewesen war. Der Stoff war noch feucht.

Linus ging duschen, erneut. Es war der Versuch, die Erinnerungen an ein versoffenenes und zerstrittenenes Wochenende abzuwaschen. Die äußere Reinigung konnte in seinem Inneren jedoch nichts bewirken.

Er setzte einen Kaffee auf. Während die Maschine röchelnd die Verwandlung von klarem Wasser zu brauner Brühe vollzog, räumte er seinen Verstärker und seine Gitarre aus der Mitte des Raumes an den Rand und warf eine Wolldecke darüber. Todeskandidaten bekommen vor ihrer Hinrichtung eine Mütze über den Kopf gezogen.

Den restlichen Nachmittag saß Linus wie hypnotisiert auf seinem Sessel und starrte durch die hohen Fenster hinaus. Nur ab und zu stand er auf, um seinen Becher mit neuem Kaffee zu füllen oder pinkeln zu gehen. Er funktionierte wie ein Befüllungstank, Zufuhr, Abfuhr, und erwartete davon nicht weniger als eine Erleuchtung.

Als es draußen bereits dunkel war, hatte Linus das Rumsitzen satt. Er fuhr mit dem Fahrrad zum Proberaum, um seine Sachen einzuräumen.
Die kleine rote Schrottlampe brannte, als er ankam. Offensichtlich waren Holger und Lennard am Wochenende hier gewesen und hatten vergessen, die Lampe auszuschalten. Ihre Sachen waren allerdings noch uneingeschränkt vorhanden, soweit Linus das beurteilen konnte.
Er sah sich um und überlegte, wo er anfangen sollte.
Die Gitarre und ein paar Kleinteile wie Kabel und Pedals konnte er mit dem Fahrrad transportieren. Den Verstärker würde er sich später von Lennard oder Brunssen mit dem Wagen bringen lassen.
»Wohl eher von Lennard«, murmelte er.
Mit allem anderen, einem alten Sofa, den Campingstühlen, auf denen sie in den Pausen immer gesessen hatten, dem Plastiktisch und der Kaffeeecke, in der sich allerhand Kram angesammelt hatte, wollte er am liebsten gar nichts mehr zu tun haben.
»Hey, Alter.«
Linus zuckte zusammen und drehte sich zur Tür.
Holger stand im Türrahmen. Er zwinkerte übertrieben mit einem Auge und zeigte auf die halbvolle Bierkiste zu Linus' Füßen. »Du wolltest dich doch wohl nicht mit dem Stoff aus dem Staub machen?«
Linus schüttelte nur den Kopf. Er wunderte sich nicht, dass Holger offensichtlich gut drauf war. Holgers Stimmungen waren für gewöhnlich so berechenbar wie die iranische Außenpolitik.
»Wie war die Hochzeit?«, fragte der, setzte sich auf die Bierkiste und fingerte zwischen seinen Beinen eine Flasche hervor. »Auch?«
Linus nickte wieder und nahm die Flasche. »Hochzeit war schön. Das Übliche halt. Eine Standesbeamtin, viele Leute, viele Fotos, Sonnenschein. Im übertragenen Sinne. Du weißt schon.«
»Hm. Nee, weiß ich nicht.«
»Du warst noch nie auf einer Hochzeit?«
»Nee. Bei wem denn auch?« Holger stand auf und ging zu seinem

Schlagzeug. Lustlos schraubte er daran herum und baute ein kleines Crash-Becken ab.
Vielleicht hoffte er, Linus würde ihn daran hindern, noch mal über alles reden wollen, aber nichts lag Linus ferner. Stattdessen griff er nach seinem Gitarrenkoffer und räumte die Texte, Kabel und Stecker raus, um Platz für die Gitarre zu schaffen.
»Noch Lust auf 'ne kleine Session?«, fragte Holger. »Nur du und ich? Wie früher?«
Er grinste schief. Es war sein ganz eigener, unverkennbarer Gesichtsausdruck, eine sympathische Grimasse, die sich unabhängig von seinem Alter nie verändert hatte. Holger war zweiunddreißig, aber dieses Grinsen war immer noch das eines Neunzehnjährigen.
Genau genommen war es das Grinsen jenes Neunzehnjährigen, der vor einem Jahr von der Schule abgegangen war und eine Lehre zum Kfz-Mechaniker begonnen hatte.
Kaum jemand hatte sich damals noch sonderlich für Holger interessiert, obwohl er zwei Jahre zuvor einer der buntesten Vögel in der Geschichte der Schule gewesen war. Und Holger war vor allem eins gewesen, was nicht jedem bunten Vogel zwangsläufig zueigen war: ein arger Problemfall.
Er hatte, abgesehen von schlimmeren körperlichen Auseinandersetzungen, so ziemlich alles auf dem Kerbholz, was man sich in fünf Jahren Realschule erlauben konnte, ohne zwangsläufig rausgeschmissen zu werden. Es waren nicht solche Arten von Vergehen, die andere einschüchterten. Eher ging es um Dinge, die niemandem persönlich wehtaten, aber die allgemeine Ordnung erheblich störten.
Feueralarm, eine Nackttour durch die Schulkorridore, Alkohol auf dem Gelände, Rauchen im Klassenzimmer.
Linus wusste nicht, was Holger bei den regelmäßigen Rapports gesagt oder versprochen hatte, aber er hatte die Lehrer immer wieder davon überzeugt, dass er sich bessern würde. Und sie hatten ihm immer wieder eine Chance gegeben.
Holger war ein Jahr zu spät eingeschult worden, weil seine Eltern

vergessen hatten, ihn anzumelden. Ansonsten hatte er immer durchschnittliche, in einigen Fächern sogar gute Noten gehabt.
Am Tag seiner Entlassung trug er über Schlips und Kragen ein breites Grinsen, nahm ein durchaus passables Abschlusszeugnis in Empfang und trank danach eine halbe Flasche Wodka, direkt unter den Augen der Eltern und Lehrerschaft. Man schickte ihn nach Hause. Der Lehrer, der ihm am Vormittag noch augenzwinkernd Respekt gezollt und seine Eskapaden heruntergespielt hatte, hatte sich so sehr über ihn aufgeregt, dass er – wie man hörte – zur Beruhigung selbst von dem beschlagnahmten Wodka getrunken hatte und am Nachmittag am Tresen einer stadtbekannten Kneipe gesehen wurde, in die er sonst nie ging. Der Mann schien Holger gemocht zu haben.
Für Linus hatte sich nie die Frage gestellt, ob er diese Geschichten glaubte oder nicht, denn er hatte das meiste mit eigenen Augen gesehen.
Er selbst war im Vergleich zu Holger unauffällig gewesen. Immer und überall gab es Typen, die die Aufmerksamkeit auf sich lenkten. Anführertypen, Alphatiere. Und diese Typen hatten Freunde, die glaubten, es mache sie bereits cool, mit dem Coolsten befreundet zu sein. Linus war weder ein Alphatier gewesen, noch einer von denen, die sich am Rockzipfel eines solchen tummelten. Stattdessen hatte der unauffällige Einzelgänger Linus sich dem Prototypen des sich selbst zelebrierenden Einzelgängers angenähert.
Holger, stadtbekannt, aber nicht sonderlich beliebt. Ein Aufmöbeln des eigenen Ansehens hatte Linus von dieser Annäherung somit ohnehin nicht erwarten können.
Aber Holger war Schlagzeuger, der einzige Schlagzeuger, den Linus kannte.

»Hallo? Jemand zu Hause?« Holgers Grinsen war intensiver geworden, so als wüsste er, woran Linus gerade gedacht hatte. »Also, kleines Duett gefällig? Schlagzeug und Gitarre wird seit den *White Stripes* durchaus wieder als Band anerkannt.«

Linus schüttelte den Kopf. »Nein, wirklich. Habe keine Lust.« Und um keinen Zweifel an seinen Worten zu lassen, ließ er die Gitarre auffallend schnell im Gitarrenkoffer verschwinden.
»Ist ja gut. Dann lass uns wenigstens die Kiste leermachen. Das Zeug sollte hier nicht verkümmern.«
Zu Linus' Erstaunen schmeckte ihm das Bier nach ein paar Schlucken bereits wieder. Außerdem hatte er keine Lust, nach Hause zu fahren, weil ihn dort ohnehin nichts erwartete.
»Also dann. Warum nicht.« Linus prostete Holger zu.
Holger lächelte. »Cool.«
Nach einer Pause bemerkte er ganz nebenbei: »Vielleicht haben wir ja später noch Lust, ein bisschen zu klampfen. Einfach so.«
Linus schnippte einen Kronkorken über den Teppich. »Lass gut sein.«

2

»Hannah!«, rief Linus und stürmte ins Haus. »Tante Hannah!«
Als er in die Küche kam, stand sie mit einer Schürze am Herd und rührte in einem Topf. Es roch nach Ravioli. Für Linus war es ein guter Tag. Der Erfolg in der Schule. Sonnenschein. Sein Lieblingsessen.
»Tante Hannah! Ich hab meinen Aufsatz vorgelesen. Und alle haben gelacht.«
Linus setzte sich auf einen Küchenstuhl, zog sein Heft aus der Tasche, schlug es auf und begann zu lesen.
»Jetzt nicht, Linus. Wir essen erst mal.«
Linus schlug das Heft wieder zu und schob es beiseite. »Aber danach kann ich ihn vorlesen.«
»Nach dem Essen muss ich erst mal einkaufen.«
Hannah deckte Teller und Besteck auf, dann stürzte Mark in die Küche. Er winkte ebenfalls mit einem Heft.

»Ich hab eine Zwei in Mathe!«, rief er strahlend.
Beim Essen berichtete Mark von den einzelnen Aufgaben seiner Mathearbeit. Linus hörte gut zu, denn in Mathe war er nicht besonders gut und vielleicht konnte er ja noch etwas von Mark lernen. Er nahm noch einen zweiten Teller. Tante Hannah und Mark fingen an, den Tisch abzuräumen.
Als auch Linus satt war, wollte er seinen Aufsatz vorlesen, doch Hannah musste einkaufen gehen. Mark hörte sich den Anfang der Geschichte an. Ein paar Sätze, mehr Zeit hatte er nicht, weil er sich noch umziehen musste, bevor seine Freunde ihn zum Handball-Training abholen würden.
Linus goss sich eine kalte Milch ein, popelte unbeobachtet in der Nase und las sich seinen Aufsatz selbst laut vor. Zweimal. Und er dachte daran, wie sie alle gelacht hatten in der Klasse. Jedenfalls einige. Der Lehrer hatte zumindest die ganze Zeit gelächelt.

Als Linus erwachte, war *Hundselend* das Erste, was ihm durch den Kopf ging. Nicht, weil er sich hundselend fühlte, was zweifelsohne auch zutraf. Nein, *Hundselend* war der Name der Band, den Holger ihm gestern aufgeschwatzt hatte.
Der Band. Ihrer Band. Ihrer neuen Band. Er hatte kein einziges Gitarrenkabel mit nach Hause genommen, aber er hatte eine neue Band.
Linus suchte eine kalte Stelle im Kissen und drückte sie sich auf die Stirn.
Holger hatte ihn beschworen, es noch einmal zu versuchen. Nur wir beide, hatte er gesagt, und Lennard vielleicht. Brunssen könnten sie leicht durch einen neuen Bassisten ersetzen.
Die Pläne waren überschnell gereift, Alkohol war der Dünger. Nachdem die Bierkiste geleert war, brachte Holger eine Flasche Martini ins Spiel, die Linus endgültig in den bewährten infantilen Geisteszustand versetzte, in dem er sich zuletzt in einem Strandkorb auf Wangerooge befunden hatte.
Er zog sich das Kissen vom Gesicht und hoffte inständig, dass Holger

so betrunken gewesen war, dass er sich heute an nichts mehr erinnern würde.
In dem Moment klingelte das Telefon. Linus schlug die Hände vors Gesicht und stöhnte. Nach mehrmaligem Klingeln nahm er ab. Früher oder später würde er das ja ohnehin klären müssen.
»Ja?«
»Ich bin's.«
Linus stützte seinen Oberkörper auf den freien Arm. Es war Brunssen.
»Hey, Alter.«
»Hey.« Brunssen machte eine Pause, die Linus Gelegenheit gab, sich auf der Bettkante aufzusetzen.
»Ich wollte mich bei dir entschuldigen.«
»Quatsch«, sagte Linus. »ICH muss mich bei DIR entschuldigen.« Und Linus hatte das Gefühl, dass das auch richtig war.
Brunssen scheinbar nicht. »Nein. ICH muss mich bei DIR entschuldigen«, konterte er. »Ich war beleidigend zu dir. Die Sache mit dem arbeitslosen Hobby-Gitarristen war ...«
»Hey, nein«, unterbrach Linus ihn. »Ich BIN ein scheiß Hobby-Gitarrist. Und ich bin so was von arbeitslos, das kannst du dir gar nicht vorstellen.«
»Ja, aber ich hätte es nicht so sagen sollen.«
»Hast du gerade JA gesagt?«
Brunssen lachte. »Aber du bist ein guter Songwriter. Ist ja auch was wert.«
»Danke. Ich hätte dich aber auch nicht als Bankkaufmann beschimpfen dürfen«, sagte Linus.
»Aber ich BIN ein Bankkaufmann. Kannst mich also ruhig so nennen.«
»Du bist dir wenigstens über vieles im Klaren.« Linus seufzte.
»Du doch auch, Alter. Du gehst nur andere Wege.«
»Tja, Umwege, schätze ich. Deine Wege sind dagegen schon beneidenswert ...«

»Okay, das reicht!«, sagte Brunssen bestimmt. »Wenn das hier jemand hört, muss er uns für total verweichlicht halten.«
»Richtig.«
»Schick mir einfach die Rechnung für die Reinigung.«
»Ach Quatsch. Das ist doch selbstverständlich, dass ich das übernehme.« Linus konnte sich das Lachen nicht verkneifen.
Brunssen auch nicht. »Das kann ich nicht akzeptieren, das geht auf jeden Fall auf meine Kosten.«
»Nicht doch.«
»Gehen wir nächste Woche mal ein Bier trinken?«
Das Wort Bier schlug diagonal in Linus' Schädel ein. »Klar, oder einen Kaffee vielleicht.«
»Klar. Bier, Kaffee, was auch immer. Ich ruf dich an.«
Sie legten auf. Ganz allmählich wurde Linus klar, dass dieses Gespräch ein durchaus positiver Impuls in einer beschissenen Gesamtsituation war. Er war erleichtert, dass Brunssen angerufen hatte. Wenn es nach ihm gegangen wäre, hätte es noch ein paar Tage gedauert, bis er sich zu einem Anruf durchgerungen hätte. Dabei war es um so vieles effektiver, sich zu entschuldigen und die Dinge zu klären, anstatt wochenlang mit dem bedrückenden Gefühl ungeklärter Streitigkeiten zu leben.
Streit mit sich selbst konnte er ertragen, das war reine Gewohnheit. Streit mit anderen hingegen war ihm zuwider.

Linus ging ins Bad. Als er sich die Zähne putzte, drang der Nachgeschmack vom Martini hervor. Ihm wurde schlecht.
Das Telefon klingelte wieder. Linus spülte sich den Mund aus, schluckte die Übelkeit runter, so gut es ging, trottete zum Hörer und nahm ab.
»ALTAAAAA! Von Null auf Eins! Nur für euch! HUNDSELEND! Mit ihrem krassen Song Scheiss die Wand an, Joanna!«
»Hallo Holger.«
»Na? Heute proben?«

Holger konnte sich offensichtlich noch an jede Einzelheit des Vorabends erinnern.
Linus seufzte. Entweder er schenkte Holger sofort reinen Wein ein und machte ihm klipp und klar, was er von der Idee einer neuen Band hielt, oder Holger würde so bald keine Ruhe geben.
»Proben, proben, proben!«
»Holger?«
»Proben?«
»Ich … der Alkohol versetzt einen manchmal in Zustände, in denen man nicht man selbst ist.«
»Duuuu FUCHS! Richtig! Wir kippen uns einen, bevor wir proben. Das wird prägend sein für unseren Stil.« Er lachte etwas irre. »Ich ruf Lennard an.«
»Nein, du verstehst mich nicht. Du hast mir gestern Martini eingeflößt, um mich willenlos zu machen.«
»Na ja, war auch nicht besonders schwer.«
»Ja. Mag sein.« Linus musste es einfach sagen. Enttäuschung hin oder her. »Also heute … da sehe ich ehrlich gesagt keine Erfolgschancen mehr für *Hundselend.*«
Stille in der Leitung.
»Also, um es auf den Punkt zu bringen …«
Stille.
»Ich habe erst mal keine Lust mehr auf Musik. Gar keine. Auch nicht auf *Hundselend.*«
Stille, noch kurz, dann machte es Klick, und es folgte ein langgezogener Piepton. Holger hatte aufgelegt. Natürlich. Es war albern, aber dennoch zu erwarten gewesen. Linus wurde wütend, weil es niemanden zu interessieren schien, dass er Streit hasste. Er spielte mit dem Gedanken, Holger zurückzurufen. Vielleicht konnte er ein Mindestmaß an Normalität wiederherstellen, mit dem sich der Tag besser verleben ließ. So schnell, wie Holger Normalität zerstörte, musste es doch leicht sein, sie auch wiederherzustellen.
Einfach aufzulegen, das fand Linus daneben. Natascha hatte das auch

immer getan. Aber die Vorstellung, jetzt gleich wieder mit Holger reden zu müssen, mit ihm diskutieren zu müssen, war ernüchternd. Linus wollte nur seine Ruhe haben.

Und so verbrachte er den restlichen Tag in seiner Wohnung.

Irgendwann am Nachmittag klingelte wieder das Telefon, doch dieses Mal nahm Linus nicht ab. Er starrte es bloß an, regungslos, emotionslos, und machte eine Denkpause, bis das Klingeln wieder aufhörte.

Nachdenklich betrachtete er sein Handy. Natascha hatte immer noch nicht auf seine Kurznachricht vom Meer geantwortet.

Als sie ihn vor zwei Jahren vor eine Wahl gestellt hatte, die sich für ihn wie »Ich oder die Band« angehört hatte, hatte Linus ihr erklärt, er müsse sich erst mal selbst finden.

Natascha hatte diese Aussage als das entlarvt, was sie war. Die einfachste und gebräuchlichste Ausrede für alles Mögliche, was man nicht ehrlich sagen kann oder mag, wenn man sich trennt. Man spielt den Verwirrten, nicht zuletzt das Opfer dummer Umstände und hofft auf ein mildes Urteil.

Ich muss mich erst mal selbst finden. Dieser Satz, so universell benutzt von Millionen von Menschen, Männern und Frauen, so tragisch in seiner Bedeutung, wenn er denn die Wahrheit beschreibt.

Erst jetzt wurde Linus klar, was es bedeutete, wenn man sich selbst nicht gefunden hat, sich nicht erkannt hat, nicht weiß, wer oder was man ist, was man will, wen man liebt.

Hatte er damals den richtigen Beruf erlernt? Hätte er studieren sollen? Hätte er diese eine Frau nicht verlassen dürfen? Oder die andere, damals? Gab es einen Punkt, an dem er sich besser anders entschieden hätte? Wann wäre der gewesen? Und wäre es nicht schon vor langer Zeit besser gewesen, den verdammten Ballon fliegen zu lassen? Oder hatte bloß jemand gefehlt, der ihn mit einer Nadel zerstört?

Draußen begann es zu regnen. Eine kleine Aufmerksamkeit des Zufalls.

3

Die Stufen der Rolltreppe erhoben sich aus dem Boden und trieben empor in den ersten Stock. Linus fragte sich, wie viele Bakterien wohl auf den dicken schwarzen Gummihandläufen hockten. Er fasste sie nicht an, während er aufwärts fuhr.

In den letzten Wochen hatten sich ziellose Streifzüge durch die Geschäfte im Zentrum gehäuft. Mittlerweile ging Linus nahezu täglich in die Stadt, ohne etwas zu kaufen.

Manchmal betrachtete er sich in den Spiegeln der Geschäfte. Das verzerrte Abbild einer Person, die er in Erinnerung hatte. Dann erschrak er und zwang sich zu einem Lächeln. Das harte Lächeln des Frustrierten, das von niemandem erwidert wird.

Manchmal zählte Linus, wie vielen Leuten auf der Straße und in den Geschäften er ausweichen musste, damit es nicht zu einem Zusammenstoß kam. Konnte es sein, dass immer er es war, der auswich? Ein rücksichtsloses Getummel, schwer zu ertragen. Er wollte zurück nach Hause, wo er gewesen war, als ihm die Decke auf den Kopf gefallen war und er sich entschieden hatte, hierher zu kommen.

Er lief durch die Abteilung für Damenunterwäsche auf die andere Seite des Stockwerks. Hier führte die Rolltreppe ins Erdgeschoss zurück.

Während er sich abwärts tragen ließ, rief Holger an, unbekümmert und laut und aufdringlich wie immer. Vor Kurzem noch hätte Linus sich gefreut. Es hätte seinen Harmoniebedarf befriedigt. Mittlerweile war es ihm egal.

Eine Stunde später trafen sie sich in Achims Beckshaus. Holger trug über seinem üblichen unmodischen Schick ein altes schwarzes Jackett, das an den Ärmeln spannte und seine schlaksige Gestalt unnötig betonte.

Nachdem er sich zu Linus an einen Tisch ans Fenster gesetzt hatte, sah er sich um und rümpfte die Nase. »Ob die hier wohl Bands spielen lassen?«

»Anderes Thema«, sagte Linus.

»Mach dir keine Sorgen. Ich meine mich. Vielleicht will ich ja irgendwann mal solo auftreten. Der Laden hier sieht geeignet aus.«

»Wie geht's dir?«, fragte Linus. Er wollte daran glauben, dass es möglich war, mit Holger über etwas anderes als Musik und Band und Auftritte zu reden.

»Gut so weit. Na ja, du weißt schon. Ich muss mich erst mal neu sortieren. So ohne die *Planes*, da muss man erst mal schauen, wo man bleibt.«

Linus sah Holger nachdenklich an. Vielleicht musste einfach mal alles gesagt werden, musste Holger sich gewissermaßen emotional entleeren, auskotzen, bevor er Ruhe geben würde. »Wir müssen uns alle neu orientieren. Ich meine, die letzten Tage und Wochen waren nicht unbedingt das, was ich sinnvoll nennen würde. Ich stand ziemlich neben mir.«

Holger nickte. »Ich habe überlegt, ob ich nicht vielleicht Kabarett machen sollte.«

Angesichts der unbekümmerten thematischen Sprunghaftigkeit seines Gegenübers ließ Linus die Schultern hängen und zog die Augenbrauen hoch.

Holger fuhr fort. »Ich meine, mal ehrlich, es gibt 'ne Menge Zeug, worüber man ablästern könnte. Musikindustrie, Castings, *Tokio Hotel*, die komödiantische Konkurrenz, also diese Comedians.«

Das Wort »Comedians« betonte Holger besonders herablassend.

»Was spricht dagegen, dass die Leute ein bisschen lachen?«, fragte Linus.

»Nix. Überhaupt nix. Aber diese Comedians, die sind nicht wirklich lustig oder talentiert, oder? Sie sind einfach nur gut im Lästern. Der ganze Witz dieser Leute, die da jeden Abend auf Sendung sind, beruht auf dem Prinzip des Lästerns. Die sind wie die asozialen Typen früher in der Schule, die sich auf Kosten anderer amüsiert haben. Sie schaffen nichts Eigenes. Zeigen bloß mit dem Finger herum und treten überall nach. Dieser Barth macht den Chauvinismus salonfähig und keiner merkt's.«

»Der war immer salonfähig«, erwiderte Linus müde. »Du hast immer noch die Möglichkeit, dir das nicht anzusehen.«

»Hab ich die? Genauso wie ich die Möglichkeit habe, kein MTV zu gucken?«

Linus zuckte mit den Schultern. »Klar.«

»Weißt du, wenn ich das nötige Kleingeld hätte, würde ich einen Musiksender gründen. Es gibt nämlich keinen. Die drei Buchstaben MTV sind ein Relikt aus vergangenen Zeiten. Genau wie bei der SPD. Man ist zu feige, die Packung nach dem Inhalt zu benennen.«

Linus lachte und schwieg. Wenn man Holger reden ließ, konnte das epische Ausmaße annehmen, aber es wurde dabei nicht langweilig. Mal vertrat er wirre Thesen, dann wieder traten durchaus kluge Analysen zutage. Manchmal gab er sich mit der Welt scheinbar versöhnlich, nur um sich gleich darauf in paranoiden Kaskaden zu verlieren. Von Menschen, die ihn nicht kannten, wurde das meistens als unangenehm empfunden. Linus hingegen hatte nicht selten Lust, mit Holger zu debattieren, doch an diesem Nachmittag begnügte er sich mit der Rolle eines manchmal lächelnden, manchmal verbissenen, mal belustigten und mal genervten Zuhörers und Stichwortgebers.

Nach knapp zwei Stunden verließen sie Achims Beckshaus. Den restlichen Nachmittag bummelten sie wortlos durch Einkaufspassagen und Galerien, sahen sich Dinge an, die sie sich nicht leisten konnten, und erklärten sich gegenseitig, dass sie all diese Dinge auch nicht brauchten.

Dabei dachte Linus, dass er zumindest eine neue Hose und neue Schuhe gebrauchen konnte. Seit einiger Zeit mochte er kaum noch Geld ausgeben, weil er nur über einen geerbten Betrag verfügte, der sich im Laufe der Jahre ausschließlich in eine Richtung verändert hatte. Er wurde kleiner.

Nach Hannahs Tod hatten Linus und Mark zu ungleichen Teilen geerbt. Hannah hatte verfügt, dass das Haus verkauft wurde und der Erlös zu einem größeren Teil ihrem leiblichen Sohn und zu einem etwas geringeren Teil Linus zugesprochen wurde.
Mark war gerade noch rechtzeitig zur Beerdigung aus den Vereinigten Staaten eingetroffen.
Es war ein bewölkter Sommertag. Nicht viele Leute hatten den Weg auf den Friedhof gefunden, um Hannah die letzte Ehre zu erweisen. Mark kniete vor ihrem Grab, mit zusammengebissenen Zähnen, raufte sich die Haare und weinte. Linus hockte sich neben ihn und legte ihm die Hand auf die Schulter, um Trost zu spenden, aber Mark schlug sie weg. Am folgenden Tag entschuldigte er sich dafür.
Eine Woche später ließen sie sich von einem Notar das Testament erläutern. Danach beauftragte Mark einen Makler, der sich sofort an die Arbeit machte, das Haus zum Verkauf anzubieten. Währenddessen durchwühlte Mark tagelang die Besitztümer seiner Mutter und füllte einen großen Karton mit Erinnerungen und Wertsachen, den er mit UPS zu Cathy nach Vermont schickte. Nur wenige Tage später musste er dem Karton nachreisen.
»Ich muss zurück, muss ja wieder arbeiten gehen«, sagte er. »Du kannst dir nehmen, was du willst. Vielleicht holst du die Arbeiterwohlfahrt oder machst einen Hausflohmarkt oder beauftragst ein Entrümpeltungsunternehmen. Wir können das gut von dem Geld für das Haus zahlen.«
Linus machte es in genau dieser Reihenfolge. Nachdem er sich ein paar Besitztümer zu Seite geschafft hatte, ließ er ein Hilfswerk kommen und sich bedienen. Sie waren vor allem an Möbeln und Kleidern interessiert. Der anschließende Hausflohmarkt brachte nicht den gewünschten Erfolg. Nur wenige Interessierte schlenderten durch das Haus, und kaum einer kaufte etwas. Einen zweiten Termin ließ Linus ausfallen, weil er es unwürdig fand, wie herablassend die Leute auf Hannahs Hab und Gut reagiert hatten.
Es kam dann schnell zu einem Verkauf.

Das Haus brachte einhundertneunzigtausend D-Mark. Davon gingen einhundertsiebentausend an Mark, dreiundachtzigtausend wurden für ein halbes Jahr auf einem Treuhandkonto geparkt und Linus mit Erreichen der Volljährigkeit ausgezahlt.
Er zog in eine kleine Wohnung und begann eine Ausbildung. Allem, was er durchmachte, versuchte er etwas Positives abzugewinnen. Und sei es nur die Gewissheit, dass er es irgendwann zu einem guten Song verarbeiten würde. Die meisten seiner Songtexte beschäftigten sich mit Einsamkeit.

Draußen war es bereits dunkel.
Linus und Holger durchquerten die Lloyd-Passage, an deren Ende ein Straßenmusiker-Duett spielte. Geige und Cello hallten durch den Gang. Die Instrumente waren alt und abgewetzt. Umso beeindruckender, was die beiden Männer damit anstellen, dachte Linus, während sie sich ihnen näherten. Es war eine beeindruckende musikalische Vorstellung.
Ein paar Leute waren stehengeblieben und hatten einen Halbkreis um die Musiker gebildet. In einem zurückliegenden Hauseingang tummelte sich eine Handvoll junger Punks. Sie tranken Bier und wippten mit den Köpfen zur klassischen Musik.
Linus tippte Holger an und sagte: »Die können aber mal spielen.«
Holger schien mit seinen Gedanken abwesend zu sein. Doch nach einigen Sekunden nickte er bedächtig.
Später einmal würde Linus sich an diesen Moment zurückerinnern. Ihm würde klar werden, dass Holgers Veränderung an diesem Tag, in dieser Passage, begonnen hatte.
»Guck dir den Hut an. Nix drin«, sagte Holger. »Ein paar Cent vielleicht.«
»Die nehmen immer wieder was raus, damit die Leute Mitleid haben«, erwiderte Linus.
»Aber viel kriegen die trotzdem nicht zusammen.«
Linus zuckte mit den Schultern. Er wollte weitergehen, doch ihm fiel

auf, dass Holger abwechselnd die Musiker und die vordere Reihe der Zuhörer beobachtete.

Regungen zuckten über sein Gesicht wie Wetterleuchten in der Dunkelheit. Sein ganzer Körper sah angespannt aus. Linus wusste nicht, warum, aber er hatte das dringende Bedürfnis, weiterzugehen.

Doch schon streckte Holger seine Hände in die Höhe und rief lauthals: »Richtig so! HERRSCHAFTEN! Unterstützen wir doch die wirklich guten Musiker!«

Einige Passanten wurden aufmerksam, andere stahlen sich in Befürchtung einer peinlichen Entwicklung davon. Eine berechtigte Furcht, fand Linus, schließlich gab es in der Stadt immer mehr Verrückte.

Auch die beiden Musiker sahen besorgt aus. Verstanden sie überhaupt, was Holger sagte?

»HERRSCHAFTEN! Zeigen wir doch hier, dass wir diese zwei exzellenten Musiker den üblichen Castingpüppchen vorziehen.«

Holger war neben die Musiker gerückt. Ein unbestellter Anwalt mit einem Tonfall, so roh und zerkratzt wie bei der Order einer letzten Thekenrunde. »Wussten sie, dass Popstar in Deutschland neuerdings ein anerkannter Ausbildungsberuf ist?«

Der Klang seiner Stimme wurde etwas verträglicher, so als öle sie sich selbst, wenn er sie nur laut genug einsetzte. »HERRSCHAFTEN, ich dachte immer, Popstar sei ein Zustand! Populär und Star, das sind Begriffe, die letztendlich einen Zustand beschreiben. Arme Wurst beschreibt auch einen Zustand. Es ist vollkommen egal, wie der Zustand erreicht wurde. Arme Wurst ist arme Wurst.«

Während Holger sprach, benutzte er die Hände, zeigte auf Passanten, erhob einen Finger oder rieb sich die Hände, und das an durchaus passenden Stellen.

Linus fand, dass es beinahe professionell aussah, was sein Freund da veranstaltete.

»Industriemechaniker«, fuhr Holger fort, »ist der Begriff für ein genau definiertes Berufsbild. Meine HERRschaften, das gibt es in

Deutschland jetzt auch für den Beruf des Popstars. Mama, ich will Popstar werden. Sie glauben, durch diese Castings könnte jeder Popstar werden? Nahahahahein. Genau das verhindern sie in Wirklichkeit, denn sie begrenzen die Vielfalt unserer Geschmäcker. Schleichend, wie eine heimtückische Krankheit.«
»Yeah!«, rief einer der herumsitzenden Punks.
Holger ließ sich nicht davon beeindrucken.
»Und während wir uns den Schrott reinziehen, stehen diese beiden Männer hier in der Kälte und spielen sich die Finger warm. Ich meine, die beiden hier, sie sind es, die auf der Bühne stehen sollten, nicht irgend eine Castingband. Die Zwanzig-Uhr-Vorstellung gebührt IHNEN hier.«
Holger zeigte mit zwei ausgestreckten Armen auf die Musiker.
»Yeah!«, rief der Punk wieder. »Yeah!« Und dann rief er: »Absoluuut! So läuft's doch! Wir sind das Volk!«
Eine Weile machte keiner der umstehenden Passanten eine Bewegung, während der Menschenstrom dahinter ungerührt weiterfloss.
Da begann ein älterer Herr mit Hut zögerlich zu klatschen. Und die Punks klatschten mit. Schon fielen zwei Frauen mittleren Alters mit ein, dann die beiden Musiker, die scheinbar kein Wort verstanden hatten, und schließlich applaudierten die meisten der Zuhörer. Linus machte große Augen, Holger sah ihn verwirrt an und kratzte sich an der rechten Schläfe.
Zögernd schloss Linus sich dem Applaus an.
Holger ließ das Kopfkratzen sein und machte eine abwehrende Geste: »Seien Sie nicht albern. Ich bitte Sie.«
Eine kurze Weile blieben die Leute noch stehen, nachdem der Applaus verstummt war. Vielleicht erwarteten sie noch etwas. Sie konnten ja nicht wissen, dass Holger sein Pulver bereits verschossen hatte. Er stand bloß da, offensichtlich überwältigt von der Wirkung seiner spontanen Rede und kratzte sich wieder an der rechten Schläfe.
Als sich einige seiner Zuhörer schließlich abwandten und gingen, hallte seine Stimme bedeutungsvoll durch die Passage wie die eines

Priesters in seiner Kirche: »Vergessen Sie mich nur nicht. Denken Sie an meine Worte, wenn sie das nächste mal vor der Glotze sitzen und ihnen eine Hotel-Erbin ins Gehirn scheißt. Scheißen Sie zurück!«

4

Nach Wochen emotionaler und geistiger Stagnation zwischen Verkaufsregalen, Rolltreppen und Menschen mit Plastiktüten fühlte Linus sich ausgebrannt.
Nur selten empfand er Freude. Die Erkenntnis, dass ausgerechnet eine Situation wie Holgers improvisierte Rede in der Einkaufspassage ihm kurzzeitig Auftrieb verschafft hatte, beunruhigte ihn.
Es war einer der ersten Frühlingstage des Jahres. Am Morgen hatte Linus das Gefühl gehabt, etwas tun zu müssen, etwas verändern zu müssen, mehr sein zu wollen als nur ein Teil der städtischen Menschenströme.
Aber er hatte keine Ahnung, wie diese Veränderung aussehen sollte. Daher war er einfach in ein Internetcafé am Brill gegangen, hatte sich eine Stunde Zugang und einen starken Kaffee gekauft und auf einem Portal für Stellenangebote gesurft. Zunächst gab er in Erinnerung an Holgers Vortrag den Begriff Popstar ein. Natürlich erwartete er keine Ausbildungsangebote für den Beruf des Popstars.
Auch die Eingabe Rockstar tätigte er mit einem müden Grinsen. Nachdem er dann erfolglos die Begriffe Musikscout und Musikredakteur eingegeben hatte, entschied er sich für den Getränkehändler. Er brauchte Ergebnisse.
Tatsächlich führte der Begriff zu einigen Treffern. Aus einer Laune heraus verfasste er eine Mail an eine kleine Getränkemarktkette namens DRINK, deren Inhaber einen Mitarbeiter für das Lager suchte. Linus hatte nicht die Absicht, dort zu arbeiten. Aber der Drang, die

anhaltende Lethargie zu beseitigen, flackerte plötzlich so stark, dass er unter seinen nicht ganz ernst gemeinten Text (»Im Übrigen habe ich mich schon immer für Getränke interessiert«) übermütig seinen Namen und seine Telefonnummer setzte und »senden« anklickte.
Anschließend trottete er zu McDonalds. Er entschied sich für zwei Cheeseburger und eine Cola.
In jeder beliebigen Imbissbude wäre er schneller an sein Mittagessen gekommen. Das Gedränge vor den Kassen, die schreienden Kinder, sich anpöbelnde Jugendliche und der aufdringliche Signalton der Pommes-Fritöse machten ihn nervös.
Nachdem er seine Bestellung erhalten hatte, verließ er das Schnellrestaurant.
Er aß die Cheeseburger im Gehen, trank die Cola im Bus und verschwand in seiner Wohnung, immer noch hungrig, aber froh, der Unruhe entkommen zu sein.
Er legte die *Greatest Hits* von *The Psychedelic Furs* ein und ging in die Küche, um sich einen Eistee und eine Pizza zu machen. Nachdem er den Ofen angedreht hatte, zog er unter dem Küchenschrank eine kleine Plastiktüte hervor.
Er nahm einen Bündel Geldscheine heraus, ging in sein Zimmer und breitete die Scheine gleichmäßig auf dem Laminat aus, als würde er ein Memory-Spiel legen.
Während die *Furs Love My Way* spielten und der Ofen vorheizte, zählte er das Geld. Zweimal, dreimal, um sicher zu gehen.
Das Ergebnis blieb jedoch dasselbe: Linus hatte nicht mehr viel Geld. Noch elftausendzweihundertfünfzig Euro.
Bei dem Anblick der Scheine musste er unweigerlich an Cathy denken.

Er war ihr nur ein einziges Mal begegnet. Damals hatten Mark und Cathy geheiratet, und Linus war mit Tante Hannah in die USA gereist, um bei der Trauung dabei zu sein.
Cathy wusste über das Sozial- und Steuersystem in Deutschland gut

Bescheid. Und sie ahnte, dass ein Achtzehnjähriger, der keinerlei Bezugspunkte hatte, zumindest ein paar Tipps, dieses klägliche Mindestmaß an Hilfe, gebrauchen konnte.

»Wenn du nicht in fünf Jahren alles los sein willst«, beschwor Cathy ihn telefonisch aus Vermont, »lass es vorher verschwinden. Lass es verschwinden und beantrage Wohngeld, Sozialhilfe, Arbeitslosengeld, was immer du in Deutschland kriegen kannst. Und geh arbeiten!«

Cathy Keller war schlau. Linus auch. Er befolgte ihren Rat.

Danach rief Cathy noch ein paar Mal an, bestellte Grüße von Mark und manchmal nahm Mark auch selbst für ein paar Minuten den Hörer, zuletzt am 12. September 2001, um Linus zu fragen, wie die Stimmung in Deutschland sei.

Cathy rief im selben Jahr zu Weihnachten noch einmal an und wünschte ihm ein schönes Fest. Danach war jedes Jahr im Dezember eine Grußkarte gekommen. Winterlandschaften, handgemalt, von Kindern einer Behindertenwerkstatt in Burlington.

Die letzte Karte kam vor drei Jahren. Seitdem hatte Linus nichts mehr von den Kellers aus Vermont gehört und versuchte, sich selbst davon zu überzeugen, dass es der natürliche Gang der Dinge war. Schließlich waren sie ja nicht einmal blutsverwandt.

Er nahm sich einen Fünfziger, raffte das restliche Geld zusammen und steckte es in die Tüte, die er wieder unter dem Küchenschrank versteckte.

Danach holte er eine Pizza aus dem Gefrierfach und riss die Kante der Verpackung auf. Als er die gefrorene bunte Teigplatte hervorzog, klingelte das Telefon.

Die Verbindung war nicht sehr gut, Holgers Stimme kam zerstückelt an. Aber Linus verstand die Worte »wichtig« und »Revolution«. Er solle schnell auf den Marktplatz kommen.

Linus war nicht danach, schon wieder seine Wohnung zu verlassen. Er hatte gerade begonnen, sich wohlzufühlen, und er wusste das zu schätzen. Mit sich selbst eine Weile zufrieden sein zu können, das

war ein seltener Zustand geworden. Doch Holger beschwor ihn, es sei dringend und unheimlich wichtig.
Linus glaubte ihm, drehte den Ofen aus und legte die Pizza mitsamt ihrer Verpackung zurück in das Gefrierfach.

Eine halbe Stunde später stand er in der Mitte des Hanseatenkreuzes, dem markanten großflächigen Bodensymbol auf dem Bremer Marktplatz. Dort drehte er sich langsam im Kreis, ließ seinen Blick vom Rathaus auf der Nordseite über die Südostseite, wo sich die Bremische Bürgerschaft befand, zur Südwestseite gleiten. Er inspizierte den Bereich vor dem Haus Schütting, einem imposanten Renaissance-Gebäude.
Linus konnte Holger weder auf der einen noch auf der anderen Seite entdecken.
Er ging ein paar Schritte Richtung Baumwollbörse, einem hohen Eckgebäude, das sich zwischen Bürgerschaft und Schütting befand. Von dort versuchte er erneut, sich einen Überblick über den Platz zu verschaffen.
Ganz in der Nähe des alten Rathauses erblickte er eine kleine Menschenansammlung. Ein bunter Haufen von Personen, von denen einige Parolen ausriefen, die Linus nicht verstehen konnte. Andere hielten Schilder hoch, die er nicht lesen konnte. Die meisten aber saßen auf dem Boden, tranken Bier und hörten Musik aus einem Ghettoblaster.
Es war nichts Besonderes. Solche Demonstrationen gehörten auf den Bremer Markt wie das Denkmal des Rolands und die Stadtmusikanten.
Linus fand, dass Demonstrationen in den meisten Fällen zu Lärmschlägerei verkommen waren und nichts mehr bewirken konnten, weil sich der Staat und auch die Städte kaum noch um Randgruppen scherten.
Eine junge Frau, bepackt mit vielen Einkaufstüten, streifte Linus am Oberarm. Jetzt kann man nicht einmal mehr irgendwo stehen, ohne

umgerissen zu werden. Shopping-Zombie, dachte er bitter. Shopping-Zombie.

Trotzig steckte er die Hände in die Hosentaschen und legte seinen Kopf in den Nacken. So trottete er ein paar Meter zurück zum Mittelpunkt des Platzes und sah hinauf zum Dom, um in dieser Hektik Gelassenheit zu demonstrieren.

In sicherer Entfernung zu den Demonstranten lief er zur Nordwestseite des Platzes, stellte sich vor eine Reihe Giebelhäuser und überlegte, ob Holger vielleicht in einem der Cafés im Erdgeschoss saß.

Allerdings hatte Holger am Telefon nicht so geklungen, als sitze er entspannt in einem Café. Eher hatte es sich angehört, als steckte er mitten in einem Trubel. Mehrere laute Stimmen waren zu hören gewesen. Und Musik.

Trubel. Stimmen. Musik. Die Worte schwirrten in Linus' Kopf umher, und noch bevor sie sich vage zu etwas Bildlichem entwickeln konnten, erfasste er bereits den Zusammenhang. Der Trubel. Und Holger mittendrin.

Holger stürzte aus der Mitte der Demonstranten am Denkmal heraus. Er hatte Linus entdeckt und steuerte geradewegs auf ihn zu.

Er trug einen langärmeligen gelben Pullover mit einer schwarzen Aufschrift. Je näher er kam, desto besser konnte Linus die kunstvoll mit Edding gemalten Buchstaben auf Holgers Pulli entziffern. MUSIK LEBT.

»Geil, Alter. Gut, dass du gekommen bist!«, rief Holger, als er noch meterweit entfernt war. »Wir können hier dringend Verstärkung gebrauchen.«

Er wedelte mit einem provisorischen Schild aus Pappe herum, auf dem etwas stand, das seinem Pullover-Credo nicht gerade entsprach. MUSIK IST TOT.

»Was wird das denn?«, fragte Linus.

Statt zu antworten, drückte Holger ihm sein Schild in die Hände und zog ihn Richtung Roland.

Sollte Linus sich etwa in die solidarische Mitte der Demonstranten

begeben? Er riss sich los und hielt Holger das Schild hin. »Moment, Alter. Was soll das?«
Holger blieb abrupt stehen und fuhr herum. »Wir machen eine Demo.«
Linus zog die Augenbrauen hoch.
Holger sagte: »Du erinnerst dich vielleicht an die Jungs aus der Passage? Weißt schon, neulich.«
Linus schwieg. Er ließ seinen Blick entgeistert zwischen Holger und dem Pulk hin- und herwandern.
»Na, du weißt doch. Die Punks, die meiner Rede eine Sinnhaftigkeit gaben. Applaudarische Bestätigung.«
»Applaudarische Bestätigung? Meine Fresse, Holger!«
»Die sind gut drauf. Als ich sie gefragt habe, ob sie bereit sind, Teil einer großen Sache zu werden, da haben die nicht lange überlegt, das kann ich dir sagen.« Er nickte mit großen Augen.
Auch Linus' Augen wurden größer. »Teil einer großen Sache?«
»Ja. Wir retten unsere Musikkultur. Stell dir vor, ausgerechnet die Anarchisten von damals und heute kämpfen für einen kulturellen Werterhalt. In gewisser Weise. Das darf ich den Punks gegenüber so natürlich nicht formulieren. Glaub ich ja selbst nicht.«
»Du spinnst.« Linus wackelte mit dem »MUSIK IST TOT«-Schild, damit Holger es ihm endlich abnahm. Stattdessen führte er jedoch Linus' Arm in die Höhe. »Ja, halt es hoch. Wir zeigen's allen.«
Linus entriss ihm erneut den Arm und drückte ihm energisch die Pappe vor den Bauch.
»Was hast du denn? Du kannst Teil einer großen Sache sein.« Holger grinste sein jungenhaftes Grinsen. »Ich mache dich zu meiner rechten Hand. Fidel und Raúl.«
Linus ließ sich nicht beeindrucken. »Ich habe kein Interesse, Teil einer großen Sache zu werden. Nimmst du mir jetzt mal das Schild ab?«
Holger nahm es und zuckte mit den Schultern. »Du kannst auch Schriftführer werden. Oder Kassenwart.«

»Kassenwart.« Linus sah nachdenklich zum Mob hinüber. »Habt ihr das überhaupt angemeldet?«
»Angemeldet? Nee. Aber wir stören ja niemanden. Siehst du den Crêpes-Stand da vorne?« Er zeigte auf eine kleine Bude an einem Vorplatz an der Nordseite. »Der Typ hat uns sogar erlaubt, ein paar Flugblätter auf seinen Tresen zu packen. Der verteilt sie für uns.«
Linus richtete seinen Blick nach Holgers Fingerzeig. Gegenüber vom Crêpes-Stand befand sich eine Bratwurstbude. Die beiden Frauen, die dort arbeiteten, sahen nicht so aus, als seien sie über die Lärmschlägerei besonders begeistert.
Holger hielt Linus einen kleinen gelben Zettel unter die Nase. »Hier. Hab ich heute Morgen gemacht. Gelb ist die Farbe unserer Revolution«, sagte er und zupfte an seinem Pullover herum, während Linus begann, den Zettel zu lesen.

Musik ist Teil unserer Kultur. Musik ist Teil unseres Lebens. Wir hören Musik mit unserer Seele. Sie kann uns in den Selbstmord treiben, aber sie kann uns auch dazu anstiften, die Welt zu retten. In der Geschichte der Menschheit war Musik der Soundtrack zu Abermillionen von Liebesgeschichten.
In unserem Land herrschen jedoch Strukturen, die uns den Zugriff auf die schier unerschöpflichen musikalischen Quellen versagen. Wir bekommen nur einen lächerlichen Bruchteil des Gesamtvorkommens vorgesetzt. Kapitale Kräfte sind nicht an Vielfalt interessiert, sondern an einer kalkulierbaren Überschaubarkeit musikalischen Geschmacks.

Linus las nicht weiter. Entgeistert hielt er Holger den Zettel hin. »Meinst du das ernst?«
»Klar.«
»Warst du schon mal auf Youtube? Oder auf MySpace? Ich finde, da kann man nicht gerade von mangelnder Vielfalt sprechen.«
»Richtig«, sagte Holger. »Aber es geht nicht um das Internet. Das ist

ohnehin ein anarchistischer Ort. Youtube wurde von mittellosen Studenten erfunden und jeden Tag könnte es mit der Freiheit dort vorbei sein. Es wird doch jetzt schon instrumentalisiert. Es geht hier darum, dass das gewaltige Kapital der Musikindustrie erbärmlicherweise in den Versuch einer Geschmacksgleichschaltung gesteckt wird. Und wir …« Er tippte Linus mit einem Finger auf die Brust. »… sind die Leidtragenden. Du und ich, diejenigen, die sich noch Platten kaufen. Warte mal.«

Holger winkte einem älteren Herrn, der sich zögernd aus dem Pulk löste und zu ihnen her trottete. Je näher der Mann kam, desto kleiner schien er zu werden. Er trug einen Hut und ein altes braunes Jackett, das vor seinem Bauch straff mit einem Knopf geschlossen war. Er hatte einen Knirps unter den Arm geklemmt.

Holgers Brust schwellte vor Stolz. »Das ist Jupp Gossels.«

»Moin«, sagte der Mann.

Holger legte ihm eine Hand auf die Schulter. »Jupp war jahrelang in der Bürgerschaft und hat dort wichtige Anträge eingebracht, bevor er sich meiner Bewegung angeschlossen hat.«

Der alte Mann hob abwehrend die Hände. »Ein halbes Jahr.«

»Was?«, fragte Holger entgeistert.

»Ich war bloß ein halbes Jahr in der Bürgerschaft«, krächzte der Alte mit rauchiger Stimme. »Und ich habe bloß einen einzigen Antrag gestellt, der mich auch gleich wieder rausbefördert hat.« Er hob entschuldigend die Hände und schnaufte laut durch die Nase.

Linus lächelte. »Und der wäre?«

»Ich schlug vor, man solle die Frauen aus der Bürgerschaft ausschließen. Ich fand, Frauen würden ihre Entscheidungen zu emotional fällen. Ich hielt sie für unsachlich. Tue ich immer noch.«

Linus starrte den Alten ungläubig an, und als er seinen Blick auf Holger richtete, stellte er fest, dass Holger ebenfalls irritiert war. Doch schnell schüttelte Holger sich, als wolle er das Gesprochene damit vergessen machen. In fröhlichem Tonfall sagte er dann: »Wie auch immer. Jupp ist auf unserer Seite. Danke, Jupp.«

Der Alte wandte sich räuspernd ab und lief zurück zum Crêpes-Stand.
»Jede Revolution hat klein angefangen«, flüsterte Holger.
»Ich höre immer Revolution. Du umzingelst mit diesem gelangweilten Crêpes-Verkäufer, einem alten Chauvinisten und einer Gruppe von Punks den Roland und verteilst diese irren Musik-ist-tot-und-lebt-Zettel. Ist das deine Revolution?«
Holger wollte etwas sagen, als es hinter ihm plötzlich laut wurde.
Einige Polizeibeamte waren aufgetaucht und hatten begonnen, den Pulk auseinanderzutreiben. Die Punks lamentierten und riefen:»Wir haben hier immer noch Meinungsfreiheit!« und »Bullen raus!«, doch es schien ihnen nichts zu nützen. Sie wurden des Platzes verwiesen.
Auch beim Crêpes-Verkäufer und den Damen von der Bratwurstbude hielten sich Uniformierte auf. Eine der Frauen hob den Arm und zeigte in Linus' und Holgers Richtung.
Ein Beamter kam daraufhin geradewegs auf sie zu, baute sich vor Linus auf und stemmte die Hände in die Hüften: »Sie sind für diese Versammlung verantwortlich?«
Linus wandte sich Holger zu. Holger schwieg.
Der Beamte hob die Augenbrauen. Erst als Linus sich energisch räusperte, hob Holger zögerlich einen Finger: »Ähm, ich bin derjenige, den sie suchen.« Dann zeigte er auf Linus. »Dieser Herr ist meine rechte Hand.«
»Deine was?«
»Rechte Hand. Fidel und Raùl.«
»Ich … aber … das …« Linus fehlten die Worte.
»Wie auch immer«, sagte der Beamte streng, »ich muss Sie beide bitten, mich auf die Dienststelle zu begleiten.«
»Ich bin ausschließlich meine eigene rechte Hand«, brachte Linus noch hervor.
Holger hielt dem Beamten indes eines seiner Flugblätter vor die Nase.
»Bitte sehr. Lesen Sie. Das wird die Hintergründe unserer kleinen … Aktion … klären.«

Während er das Wort »Aktion« aussprach, malte Holger mit dem linken und dem rechten Zeigefinger Anführungszeichen in die Luft. Der Beamte malte daraufhin ebenfalls Anführungszeichen in die Luft und sagte, jede Silbe betonend: »Mit-kom-men.«

Sie

1

Das Energiecafé war ein moderner Ort, ausgestattet mit kleinen dunklen Holztischen, braunen Ledersesseln und viel Licht. Es gab ein umfangreiches Angebot an Kaffeevariationen und – das machte den Laden für Brunssen vermutlich so interessant, dass er ihn als Treffpunkt vorgeschlagen hatte – frischen Kuchen mit viel Sahne.

Trotzdem ließ Brunssen jetzt auf sich warten.

Linus saß am Fenster und sah hinaus auf die Kreuzung von Wall und Sögestraße.

Wenn jemand das Café betrat oder es verließ, zog ein frischer Luftzug durch den Raum. Linus genoss das. Er hatte Kopfschmerzen, und die frische Luft schaffte kurze Erleichterung.

Als drei Mädchen das Café betraten, deren äußeres Erscheinen weitaus erwachsener war als ihr Benehmen, dröhnte mit dem Nachschub an Sauerstoff die schrille Sirene eines Streifenwagens herein. Das war wiederum schlecht gegen die Kopfschmerzen.

Linus blinzelte und lockerte seinen Unterkiefer. Er war froh, als die Mädchen endlich die Tür hinter sich schlossen und der Streifenwagen sich Richtung Hauptbahnhof entfernte.

Der Wagen, in dem Linus vor wenigen Tagen noch auf der Rückbank gesessen hatte, war von einem anderen Hersteller gewesen, hatte aber die gleiche markante Lackierung und ebenfalls Blaulicht auf dem Dach gehabt.

Holger hatte neben Linus gesessen und versucht, die Polizisten davon zu überzeugen, dass es sich um eine spontane Demonstration gehandelt hatte.

Für so etwas, argumentierte Holger, brauche man doch sicherlich keine Genehmigung. Schließlich sei es ansonsten dahin mit der Spontaneität im Volke.

Die Polizisten blieben unbeeindruckt.

Auf der Wache am Wall mussten Linus und Holger lange warten, bis man sich ihrer annahm. Geduldig tranken sie bitteren Automatenkaffee und Linus beobachtete den Eingang. Sieh an, hätte er gerne zu Holger gesagt, es gibt hier eine Menge schräger Figuren wie dich. Er war sauer auf seinen Kumpel, denn Holger hatte bis zu dem Zeitpunkt weder etwas zu Linus Entlastung gesagt, noch sich bei ihm entschuldigt. Er benahm sich, als hätte Linus ihm sein Einverständnis für Fidel und Raúl auf Lebenszeit gegeben.

Nachdem Linus einen zweiten Automatenkaffee heruntergewürgt hatte, folgte eine Befragung durch den Beamten, der sie auf dem Marktplatz eingesammelt hatte. Bereits Gesagtes wurde noch mal erörtert, einiges wurde in einen betagten Computer zu Protokoll gegeben.

Kaffee gab es keinen mehr.

Dafür gab es eine kleine Gratisfachkunde zum Thema Versammlungsfreiheit, die Holger leichtfertig eingefordert hatte, ohne zu bedenken, dass es dann noch länger dauern würde.

Am Ende verließen die beiden mit einer Verwarnung das Polizeirevier. Linus hatte es einfach hingenommen, denn es war inzwischen nach neun Uhr, und er wollte endlich nach Hause, um zu schlafen.

Dies war nicht die Art Ablenkung, die er sich erhofft hatte.

Linus gähnte ausgiebig, bis seine Augen tränten.

Ein neuer frischer Luftzug strömte in das Café. Er sah zum Eingang. Es war nicht Brunssen.
Lustlos strich er mit einem Löffel den Milchschaum von seiner Tasse und zog die Getränkekarte hervor. Der Aufdruck »Food and Drinks« erinnerte ihn unwillkürlich an das Telefonat am Morgen.
Ein Anruf von einem Herrn Drink hatte ihn geweckt. Der Mann hatte erklärt, es gehe um den Job, er wolle Linus gerne treffen. Linus hatte gefragt, welcher Job denn gemeint sei und ob er vielleicht einen Mitarbeiter von Universal Records am Telefon hatte. Das hatte Herrn Drink zum Lachen gebracht.
Dann war Linus eingefallen, dass er eine E-Mail an eine Getränkemarktkette namens Drink verfasst hatte. Herr Drink war Inhaber der gleichnamigen Firma und hatte ihn tatsächlich telefonisch zu einem Vorstellungsgespräch eingeladen.

»Moin.« Brunssen warf seine Jacke über die Lehne und ließ sich auf den Sessel plumpsen.
»Moin«, sagte Linus. »Wie läuft's?«
»Gut.« Brunssen winkte ungeduldig nach der Kellnerin. »So ein Bankkaufmann, der lässt ja nix anbrennen, nicht wahr?«
Sie bestellten zwei Kaffee und Brunssen nahm dazu ein Stück Erdbeertorte.
Er begann von sich und Ina zu erzählen, von seiner Arbeit und einer anspruchsvollen neuen Aufgabe bei der Bank. Und er schwärmte vom neuen Album der *Killers*.
»Ich leih dir das«, sagte er. »Gute Scheibe. Musst du dir unbedingt anhören. Genau wie die *White Lies*. Schon gehört? Die sind grandios.«
Brunssen schien wirklich entspannt. Oder war das nur Theater? Auch er musste doch manchmal einen Stich im Herzen verspüren, wenn er sich mit Musik beschäftigte und ihm klar wurde, dass er nur noch die Platten anderer hören würde, sich nie wieder über einen eigenen neuen Song freuen würde. Das musste doch zumindest gelegentlich Wehmut in ihm auslösen.

Als Linus an der Reihe war, Neuigkeiten zu verkünden, fiel ihm nichts Besseres ein, als von der Einladung des Herrn Drink zu erzählen. Er spielte es herunter und bezeichnete die ganze Sache als einen Witz, eine Art Zeitvertreib, um mal auf andere Gedanken zu kommen.
Brunssen sah ihn einen Moment lang nachdenklich an. Hinter seiner verkniffenen Miene fand offensichtlich ein Bewertungsprozess statt. Linus kannte das aus unzähligen Gesprächen.
»Gut«, sagte Brunssen schließlich. »Das ist gut. Natürlich wirst du das nicht lange machen, aber es wäre vielleicht wirklich erst mal eine gute Übung. Eine Ablenkung. Richtig. Klar. Wann ist das Gespräch?«
»Morgen.«
»Und wo?«
Linus stockte. Er wusste es nicht. Er lachte. »Hab ich mir gar nicht aufgeschrieben.«
Es war alles so albern. Er wünschte, er hätte Brunssen nichts davon erzählt.
»Und nu?« Brunssen schob sich ein Stück Torte in den Mund.
»Keine Ahnung. Ich hab nicht mal 'ne Telefonnummer.«
Linus schrubbte mit seinen Kaffeebecher über die Tischplatte und atmete schwer.
»Ich muss wohl noch mal ins Internet.«

2

Er setzte sich auf den Platz am Fenster, wo er auch das letzte Mal gesessen hatte. Die Beleuchtung war schummrig, weil etwa die Hälfte der Neonlampen ausgefallen war. Eine der intakten Röhren flackerte. Linus nahm die Unregelmäßigkeiten im Augenwinkel wahr.
Über einen Suchdienst fand er direkt auf die Homepage des DRINK-Getränkehandels. Er war kaum noch davon überzeugt, dass er mor-

gen zu dem Vorstellungsgespräch gehen würde. Aber er wollte wenigstens absagen. Einen gewissen Anstand wollte er sich bewahren.
Er schrieb Adresse und Telefonnummer von Herrn Drink auf einen kleinen Zettel und inspizierte noch eine Weile gleichgültig die Internetseite. Sie hatten Jever im Angebot, und Mineralwasser.
Danach fütterte er das Suchfeld des Internethändlers Amazon mit den Begriffen *The Planes* und *Planecrash* und stellte fest, dass es immer noch keine Band mit dem Namen gab und auch kein Album, das den Namen ihres Demos trug. *Planecrash*, verdammt noch mal.

Sie hatten sich damals bei der Gestaltung der Demo-CD große Mühe gegeben. Es hatte eine Menge Farbtoner, Fotopapier und Nerven gekostet, bis das Cover ihren Vorstellungen entsprach. Das Ergebnis war so gut, dass eine Plattenfirma bloß ihr Label und einen Barcode hätte draufstempeln müssen, und schon wäre der Entwurf reif zur Vervielfältigung gewesen.
Die *Planes* hätten ihrem Produzenten eine Menge Arbeit erspart, dachte Linus.
Grundlage der Vorderseite des Covers war ein Foto, auf dem alle Bandmitglieder abgelichtet waren.
Das Foto stand in einem klaren Kontext zum Albumtitel. Es zeigte die Bandmitglieder, Holger, Brunssen, Lennard und Linus, übereinander und durcheinander am Boden liegend. Ihre Arme und Beine waren wahllos ineinander verrenkt, Fragmente von zerstörten Plastiksitzen ragten aus dem Menschenknäuel hervor. Aus ihren unmöglichen Postionen heraus schauten alle mit leerem Gesichtsausdruck in die Kamera.
Unten mittig unter dem Foto stand: PLANECRASH. Oben links: THE PLANES. Linus fand, das hatte Klasse, und die anderen hatten dem zugestimmt. Als Rückseite hatten sie ein Foto benutzt, auf dem sie hintereinander aufgereiht auf Plastikstühlen saßen. In Reih und Glied, wie in einem Flugzeug. Zu einem Zeitpunkt vor dem Crash. Lennard saß an zweiter Position und hatte die Arme wie Flügel aus-

gestreckt, die anderen saßen ordentlich und vorwärts blickend. Links daneben war die Trackliste abgedruckt und unter dem Foto stand: *Sehr ergiebiges Audiokonzentrat – Packungsbeilage beachten.*

Linus starrte abwesend auf den Monitor.
Für ihre Suchanfrage gibt es leider keine Treffer – stattdessen empfehlen wir folgende Artikel …
Es knackte an der Decke und gleichzeitig wurde es in einer Ecke des Internetcafés etwas dunkler. Die flackernde Röhre hatte nun endgültig aufgegeben.
Linus blickte weiter verträumt auf den Monitor.
»Beim Internet muss man schon was anklicken. Das geht nicht von allein weiter!«
Er schreckte auf, schaute nach links und nach rechts, sah aber niemanden. Er untersuchte den Monitor nach Lautsprechern, doch er konnte keine finden.
Einbildung, sagte er sich, beunruhigende Einbildung.
Doch dann erschien über dem gegenüberstehenden Monitor eine leicht gewölbte weibliche Hand, die elegant winkte.
Linus war versucht, aufzustehen, um hinter die Monitore und die Trennwand blicken zu können, aber er beherrschte sich.
»Und ich Idiot warte die ganze Zeit, dass es weitergeht«, sagte er, worauf hinter den Monitoren ein kühles Lachen erklang.
Linus fühlte sich an amerikanische Filme erinnert, in denen sich Studenten in großen Bibliotheken romantische Mails schrieben, ahnungslos, dass sie an gegenüberliegenden Rechercheplätzen saßen.
Er wartete einen Moment, doch außer dem Lachen, das nicht einmal besonders ehrlich geklungen hatte, kam nichts mehr. Er sah sich wieder um, stellte fest, dass ihn sonst niemand zu beachten schien, und sagte leise: »Hallo?«
»Hallo.«
Wer auch immer am gegenüberliegenden Platz saß – sie hatte eine etwas kühle, aber dennoch sehr angenehme Stimme.

Linus ließ eine Minute verstreichen. Vorsichtig trank er von seinem Kaffee, fürchtend, sie könnte ihn schlürfen hören. Er wusste nicht, was er noch sagen sollte.
»Bewegt es sich wieder?«, fragte sie.
»Was?«
»Das Internet.«
»Ähm, ja, jetzt wo ich so klicke, tut sich tatsächlich was.«
Wieder ein kurzes Lachen. Dann erschien die Hand erneut, schwebte dieses Mal über den Monitoren, und zwischen Daumen und Zeigefinger klemmte ein kleiner Notizzettel. Linus betrachtete eine Weile den schmalen Unterarm, den zarten Handballen und die langen schlanken Finger.
»Eine schöne Hand«, sagte er, und sogleich war er erstaunt, dass er das laut ausgesprochen hatte.
Die gemeinte Hand wedelte fordernd mit dem Zettel. Linus griff zu, faltete ihn auf und las: weser-kurier.de
»Aha«, sagte er laut.
»Eingeben«, sagte sie.
Er tippte irritiert die Adresse ein. Vor ihm bauten sich die Schlagzeilen des Tages auf, garniert mit Links zu ausführlichen Meldungen, Werbebannern und einer Wetterkarte.
»Archiv«, sagte die Stimme.
Linus erwischte sich dabei, dass er breit grinste. Sein Gegenüber versetzte ihn in jene angenehme Euphorie, nach der er sich in letzter Zeit oft gesehnt hatte.
Er klickte auf Archiv, folgte dann den weiteren Weisungen der Stimme, grenzte den Nachrichten-Zeitraum auf einen bestimmten Tag ein und fand schließlich die angepeilte Textüberschrift.

Polizei löst Demonstration auf

Seine Stirn kräuselte sich fast zu einem Knoten. Diese vier Worte hatten zweifellos etwas mit ihm zu tun. Er hatte gar nicht gewusst, dass

es zu der Sache eine Schlagzeile gegeben hatte. Er klickte sie an, und das Erste, was er sah, waren er und Holger, mit hängenden Schultern vor dem Beamten stehend.
Ein glasklares Foto, hochauflösend und in prächtigen Farben. Während von dem Beamten nur der uniformierte Rücken mit der Aufschrift POLIZEI sichtbar war, erkannte man die ausdruckslosen Gesichter der beiden Freunde ziemlich gut.
»Hast du's?«, fragte sie.
»Ja.«
»Das bist du, oder?«
Die Versuchung, hinter die Monitore zu blicken, wuchs.
Linus blieb trotzdem sitzen. »Sieht ganz nach mir aus«, sagte er. »Ich seh das zum ersten Mal. Hast du das etwa geknipst?«
»Nein«, sagte sie lachend. »Als du vorhin reingekommen bist, hatte ich den Artikel gerade auf dem Schirm.«
Sie fügte betont überheblich hinzu: »Und, ob du's glaubst oder nicht, ich hab dich erkannt. Irrer Zufall, oder?«
»Aha.« Linus mochte das nicht so recht glauben, denn es wäre wirklich ein sehr großer Zufall. »Ich hatte mit der Sache nichts zu tun. Bin zufällig auf dem Bild.«
»Das sieht wiederum gar nicht nach Zufall aus. Eher so, als wärst du die rechte Hand von dem anderen Typen.«
Nun musste Linus verbissen lächeln. Genau das waren Holgers Worte gewesen.
Man wollte ihn hier vermutlich auf den Arm nehmen. Versteckte Kamera oder so. Er sah sich nochmals um, in der Erwartung, Holger in einer dunklen Ecke sitzen und sich vor Freude die Hände reiben zu sehen.
Er richtete sich auf, stützte die Hände neben die Tastatur und beugte sich mit dem Oberkörper über die Trennwand und die wackelnden Monitore.
Die Besitzerin der Hand sah ihn erschrocken an. Der Rest eines Lächelns verschwand hinter einem Ausdruck von Besorgnis.

»Entschuldige«, sagte Linus, wich zögernd zurück und ließ sich auf seinen Stuhl sinken. Wieder schwiegen sie.
Das Gesicht der Fremden bildete sich vor seinem geistigen Auge heraus, wie ein Foto, das sich langsam im Rotlicht einer Dunkelkammer entwickelt.
Schulterlange braune Haare, dunkle Augen, ein außerordentlich symmetrisches Gesicht, die Andeutung eines überlegenen Lächelns. Je kontrastreicher das Bild wurde, desto eindeutiger konnte Linus feststellen, dass sie ihm gefiel. Wahrscheinlich gefiel sie ihm sogar sehr.
Das Schweigen beunruhigte ihn jetzt. Er traute sich nicht, noch einmal über die Trennwand hinwegzusehen.
»Das ist wirklich ein Zufall«, sagte er und lauschte in das besänftigende Surren der Neonröhren und das Rauschen der Computerlüfter hinein. Dann mischte sich ein zustimmendes »mhm« in die Nebengeräusche.
Die knappe Reaktion und die mitschwingende Skepsis bestätigten Linus in seiner Befürchtung, dass er sie verschreckt hatte.
Er war aufgeregt.
Diese Begegnung bewegte ihn, ließ ihn hoffen. Er sah hier eine Möglichkeit, die gefühlte Bedeutungslosigkeit zu mildern, Anerkennung von einem interessanten Menschen zu erhalten, wenn auch nur ein bisschen.
»Ich wollte dich nicht erschrecken.« Er versuchte möglichst sanft zu klingen. »Ich dachte nur, so einen Zufall kann es nicht geben.«
Er gab ihr einen Moment Gelegenheit, zu reagieren, bevor er fortfuhr. »Ich dachte, du wärst vielleicht ein Kumpel mit 'ner weiblichen Plastikhand.«
Er lachte gekünstelt, sie schwieg. Was er gesagt hatte, war für sie bestimmt nicht sehr nachvollziehbar.
»Na ja, auf jeden Fall wollte ich dich nicht erschrecken.«
Keine Reaktion.
»Hallo?«
Wieder nichts. Er konnte sich denken, warum. Er hatte sich gera-

de derart ungestüm über die Monitore geschwungen, dass sie verunsichert sein musste. Dann die Bemerkung von dem Kumpel mit der Plastikhand. Vielleicht hatte sie die aus ihrer Sicht einzig richtige Konsequenz gezogen und war geflüchtet.
Wahrscheinlich hatte sie sich in die andere Richtung von ihrem Platz entfernt und hatte beim Verlassen des Cafés einen großen Bogen um ihn gemacht, ihn dabei beobachtet und gesehen, wie er zum Monitor sprach.
Wieder stemmte er seine Hände auf den Tisch, stand auf und beugte sich über den Tisch. Dieses Mal vorsichtig, langsam.
Sie sah zu ihm auf, hob erwartungsvoll die Augenbrauen und lächelte. »Hallo.«
»Hallo.« Er lächelte knapp zurück und setzte sich wieder.
Sie war noch da.
Das war schön.
Sie war schön.
Doch sie sagte nichts mehr.
Linus rang um irgend etwas, das er sagen konnte, aber alles, was ihm einfiel, erschien ihm trocken und fade und gewöhnlich.
Während er noch auf den Monitor starrte, nach einem Gesprächsthema suchte und sich gleichzeitig ärgerte, dass ihm nichts einfiel, stand sie auf.
Er stellte abrupt das Denken ein, richtete seinen Blick starr auf seine Hände, registrierte dabei aber jede ihrer Bewegungen im oberen Augenwinkel.
Sie nahm ihre Jacke von der Lehne. Er hörte das lederne Knistern, als sie hineinschlüpfte. Und er hörte, wie sie einen Schlüsselbund von der Tischplatte zog.
Endlich sah er auf.
Sie lächelte ihn knapp an, etwas distanziert, und wandte sich zum gehen, ohne etwas zu sagen.
»Tschüss«, sagte er, aber seine Stimme klang so dünn, dass sie es kaum gehört haben konnte.

Er hingegen hörte nur zu gut das sich entfernende Klimpern ihres Schlüsselbundes.
Es war einer der zählbaren Momente in seinem Leben, in dem das Schicksal wie ein Zeiger über ihm zu pendeln schien und schließlich auf einer Seite stehen blieb. Entweder waren sie der Beginn einer bedeutenden Veränderung, oder sie verpufften einfach so, und all ihr Potenzial, ihre Energie und Hoffnung, kehrten zurück ins Nichts.

3

Der Mann, dem Linus am folgenden Tag in einem spartanisch eingerichteten Raum gegenübersaß, hatte eine glänzende Halbglatze und einen grauen Schnäuzer. Darunter drohte ein gepflegter Bierbauch die Knöpfe seines altmodischen weißen Rüschenhemdes abzusprengen.
Linus stellte sich vor, wie der dicke Mann sich zu besonderen Anlässen in das schon vor Jahren zu klein gewordene Hemd zwängte und das Ergebnis wenig selbstkritisch im Spiegel begutachtete.
Während Linus in dem Raum ergebnislos nach etwas Gemütlichem forschte, strich er mit seinen Händen über den kalten Metallrahmen des schlecht gepolsterten Stuhls, auf dem er saß.
Seine Einstellung zu diesem Treffen hatte sich seit dem morgendlichen Erwachen bereits mehrmals geändert.
Mal fand er, es sei das einzig Richtige, jetzt einen einfachen Job anzunehmen, der ihn nicht überforderte, sondern gewissermaßen besänftigte und ihm vorübergehend Kontinuität verschaffte. Dann, manchmal noch in derselben Minute, fragte er sich, was um alles in der Welt geschehen war, dass er heute ein Vorstellungsgespräch bei einem Getränkehändler hatte.
Jetzt, unter den Neonröhren, die das kleine Büro sezierend ausleuch-

teten, fühlte er sich verloren. Es kam ihm vor, als wäre er von einer schicksalhaften Woge aus seinem ursprünglichen Leben gerissen und durch eine unsichtbare Tür in eine Parallelwelt geschubst worden. Aus diesem Gefühl heraus, hier nicht hinzugehören, entstand kurzerhand und noch bevor Linus sich dessen wirklich bewusst war, der Entschluss, Herrn Drink die Wahrheit zu sagen. Linus würde seine Karten offen auf den Tisch legen, so schlecht sein Blatt auch war. Wenn der Mann sich dann trotzdem für ihn entscheiden würde, bräuchte Linus kein schlechtes Gewissen zu haben, wenn er den Job nicht annehmen oder vorschnell wieder kündigen würde.

»Warum glauben sie, dass dieser Job zu ihnen passt?«, fragte Drink unvermittelt.

Linus machte einen tiefen Atemzug und schaute seinem Gegenüber in die Augen.

»Also, um ehrlich zu sein, finde ich nicht, dass diese Arbeit grundsätzlich zu mir passt«, begann er. »Aber ich glaube, dass sie zu diesem Zeitpunkt in mein Leben passt. Ich brauche etwas zu tun, wissen sie?« Er rutschte unsicher auf seinem Stuhl herum. »Ich … ich könnte Ihnen jetzt sagen, dass ich mich schon immer für Getränke interessiert habe, aber das stimmt natürlich nicht. Wer tut das schon? Trinken muss jeder, aber deshalb wird es doch niemandem zur Leidenschaft. Höchstens für Wein kann man eine Leidenschaft entwickeln, oder? Aber wenn einer gerne Wein trinkt, ist er noch lange kein guter Getränkeverkäufer. Ich meine, ich werde Ihnen hier nicht vormachen, dass das mein Traumjob ist.«

Linus nahm erstaunt zur Kenntnis, dass der Mann aufmunternd nickte. Die Lust an diesem Vortrag wird ihm bald vergehen, dachte Linus und fuhr fort.

»Ich meine, um es auf den Punkt zu bringen … ich bin etwas verzweifelt, verstehen Sie? Ich bin, na ja, ich bin eigentlich ein Künstler.« Linus, dessen Blick inzwischen zu Boden gerichtet war, sah unsicher zu Herrn Drink auf. »Künstler klingt auch daneben. Ich bin eigentlich Musiker, verstehen Sie?«

Drinks Aufgeschlossenheit klang etwas künstlich, als er nachhakte. »Musik ist doch Kunst. Welche Art von Musik machen sie denn?«

»Ich mache … nein, ich habe Musik gemacht. Gitarre! Und Gesang. Der war zwar nicht brillant, aber gut. Okay war der. Ich hab es aber aufgegeben.«

»Warum?« Drink lächelte so ermutigend, dass Linus allmählich das Gefühl bekam, sich in einer therapeutischen Sitzung zu befinden und nicht in einem Vorstellungsgespräch.

Er zuckte mit den Schultern, er hatte nichts zu verlieren, er konnte reden. »Weil es ein Traum war. Ich meine, man wird ja nicht einfach ein Rockstar, bloß weil man es will und weil man gut ist. Heute wird einem ja jeden Tag im Fernsehen vorgegaukelt, dass jeder auch noch so untalentierte Freak es schaffen kann, wenn er nur an sich glaubt. Aber es braucht mehr. Er braucht verdammt noch mal eine willige Plattenfirma. Und Glück. Verdammt viel Glück.«

Linus war jetzt bis auf die Stuhlkante vorgerutscht und tippte mit dem Finger auf den Schreibtisch des Mannes. »Wobei das, was einige als Glück bezeichnen, ja nichts weiter ist als Unterstützung. Oder sagen wir, es ist das Glück, jemanden zu finden, der einen unterstützt. Und dieses Glück …« Er ließ sich zurück gegen die Stuhllehne plumpsen. »… dieses Glück ist einfach so selten wie kleine Jungen, deren Traum es von Kindheit an ist, Getränkehändler zu werden.«

Linus schluckte, als er begriff, was er da gesagt hatte. Möglicherweise hatte er den Mann beleidigt. Verunsichert sah er Drink an, doch der nickte freundlich, ja beinahe wissend.

»Wissen Sie, das Tragische ist, dass die Chance auf Unterstützung nicht davon abhängt, wie gut Ihre Arbeit ist, sondern von der Lust und Laune der Leute mit dem Geld. Seit Jahren werden die A&R-Posten bei den Plattenfirmen an Betriebswirtschaftler vergeben. Da, wo über gute und schlechte Musik entschieden wird, sitzen verdammt noch mal keine Musikexperten, sondern Wirtschaftsfachleute. Ich meine, es würde sich doch auch niemand seine Urlaubslektüre von Josef Ackermann empfehlen lassen, oder?«

Das Lächeln fiel Herrn Drink zusehends schwerer.
»Entschuldigen Sie, ich komme vom Thema ab. Ich wollte nur klarstellen, dass …« Linus atmete schwer aus. »Möglicherweise würde es mir einfach gut tun, ein paar Kisten zu stapeln.«
Drink musterte ihn. Er ließ sich Zeit mit einer Reaktion.
»Tja, Herr Keller«, sagte er schließlich. »Was soll ich sagen? Ich finde es gut, dass sie so ehrlich sind. In gewisser Weise beeindruckt mich das. Aber ich habe heute natürlich noch ein paar Gespräche zu führen.«
Er stand auf und streckte Linus seine klobige Hand entgegen. »Ich werde mich bei Ihnen melden.«
Linus stand auf und reichte dem Mann die Hand.
»Danke«, sagte er. »Ich werde dann mal … werde dann mal abwarten.«
»Alles klar«, antwortete Drink.

Linus verließ das Büro, trottete die Treppen hinunter zum Hintereingang und trat hinaus auf den Parkplatz. Er richtete seinen Blick empor in den dunklen Himmel.
Für einen Moment fühlte er sich gut. Aber ein Moment ist flüchtig, eine enorm kurze Zeitspanne. Und so schlug der Moment, in dem Linus dachte, das Richtige zu tun und daraus etwas Zufriedenheit ernten zu können, wieder um, in einen Moment, in dem der Boden unter seinen Füßen einen Riss bekam.
Auf dem Weg zur Bushaltestelle wurde sein Blick starr und glasig, und er verkniff sich das Blinzeln, damit sich keine Träne löste. Mit eingezogenem Kopf und den Händen in den Taschen bog er kurz vor seiner Haltestelle in eine schmale Straße mit hohen Reihenhäusern, weg vom Verkehr, weg von den Menschen. Er presste die Zähne aufeinander, und nun liefen ein paar Tränen über seine Wangen. Und in seinem Nacken spürte er den Regen.
Wie oft war diese Geschichte schon erzählt worden? Hunderte Drehbuchautoren hatten damit ihre Filmvorlagen bereichert, tausende

ganzer Romane gab es über Träume und ihr Sterben, Menschen und das Scheitern.
Geschichten konnte es aber noch so viele darüber geben. Es selbst zu erleben, durch eine dunkle feuchte Stadt zu laufen und zu begreifen, dass man kostbare Zeit damit verbracht hat, in eine falsche Richtung zu gehen, war mit keinem Film und keinem Roman vergleichbar. Seine Träume hatten ihn in das Personalbüro eines Getränkemarktes geführt statt in das Büro eines Musikmanagers. Er hatte seine Aufmerksamkeit und Energie zeitlebens auf ein Ziel gerichtet, das kaum erreichbarer war als ein Lottogewinn.
Linus kehrte zurück zur Haltestelle und fuhr mit dem Bus ins Zentrum. Die Geschäfte hatten geschlossen, der Regen war schwächer geworden.
Vor den Plastikspiegeln einer C&A-Filiale blieb er stehen und betrachtete sich. Seine Augen waren etwas gerötet. Er zupfte seine nassen Haare zurecht, stellte den Kragen seiner Jacke auf und machte ein ernstes Gesicht. Durch die Verzerrung der billigen Plastikspiegel wirkte das unweigerlich komisch, und Linus musste grinsen.
Er machte sich auf den Weg zum Internet-Café am Brill.
Er hatte keine Ahnung, was er sich davon versprach. Abstrakte Ablenkung? Anonyme Gesellschaft? Oder etwas anderes, etwas ganz Bestimmtes?
Vor dem Internet-Café verlangsamte er seinen Schritt und näherte sich unschlüssig dem Eingang. Er ließ seinen Blick durch den Laden schweifen. Der Platz, an dem er die letzten Male gesessen hatte, war frei.
Daneben – saß sie!

Er blieb auf der dreistufigen Eingangstreppe stehen. In diesem Moment drehte sie sich zur Seite, ihr Blick fiel in seine Richtung.
Er wich zurück, versteckte sich hinter der Hausmauer und trieb sich dann minutenlang nervös im Eingangsbereich herum, tat so, als würde er SMS schreiben, seine Mailbox abhören, auf jemanden warten.

Und während er das tat, wurde ihm klar, dass er nicht hineingehen würde.
In seinem Kopf wurde etwas ausgelöst.
Angst.
Eine Sperre, die er nicht überwinden konnte. Eine Chance segelte vorbei, nur ein paar Schritte entfernt, und doch war Linus unfähig, sie zu ergreifen.
Er lief zur nächsten Haltestelle und bestieg die Straßenbahn Richtung Neustadt.

Das Fahrwasser seiner Zuversicht war versickert. Er war auf Grund gelaufen und jetzt steckte er fest.
An einer Haltestelle in der Nähe seiner Wohnung stieg er aus, lief ein Stück zu einem kleinen Supermarkt, der noch geöffnet hatte, und kaufte sich einen Träger Bier. Er schleppte ihn nach Hause, die Treppen hoch, betrat seine Wohnung und legte zwei Flaschen in das Eisfach seines Kühlschrankes. Den Rest legte er in den Kühlbereich. So machte er es neuerdings immer. Zwei ins Eisfach, vier in den Kühlschrank.
Er stellte sich ans Wohnzimmerfenster und sah hinaus, zählte Autos auf der Straße und Regentropfen an der Scheibe. Er legte eine CD von *Faith No More* ein und drehte *Stripsearch* laut, für ein Mietshaus viel zu laut.
Er holte eine der kaum gekühlten Flaschen wieder aus dem Eisfach, öffnete sie und tat, was er in den letzten Wochen so ausgiebig geübt hatte.
Er trank und versank dabei in ein verwirrendes Wechselbad aus Zweifel und Zuversicht.
Die Zuversicht gründete auf einen einfachen Vorgang, den der Alkohol in seinem Hirn aktivierte. Zuerst verschaffte die Droge Egalität und bereitete damit den Boden für Hirngespinste aller Art.
Dann ergriff ihn Euphorie, eine in den alkoholverschleierten Momenten tatsächlich feste Überzeugung, alles sei erreichbar.

Aber selbstverständlich, welcher Betrunkene würde das bezweifeln, war nicht heute alles möglich, sondern morgen. Heute war es bereits zu spät, die ersten Flaschen waren getrunken, der Geist zwar Willens, aber nicht mehr klar, und so würde heute weitergetrunken, und wenn es nur den Zweck hatte, sich gebührend vom alten Leben zu verabschieden.

Gegen elf baumelte in Linus' Hand die letzte Flasche aus dem Kühlschrank. Ein gefährlicher Hochmut hatte sich in seine Stimmung geätzt.

Er hatte das Gefühl, seinen Abschied vom Lebenswandel der letzten Wochen noch nicht ausgiebig genug ausgekostet zu haben. Es konnte nicht schaden, wenn es ihm morgen richtig schlecht ging. Er zog sich Schuhe und Jacke an und ging zum Kiosk, um sich einen zweiten Träger Bier zu kaufen. Er rotzte laut und ungeniert auf die Straße, einmal rutschte ihm beinahe der Sechserträger aus der Hand. Er diktierte im Geiste einen Brief an sich selbst:

Sehr geehrter Herr Keller,

vielen Dank für die Zusendung ihres Lebensentwurfes. Nach eingehender Prüfung müssen wir Ihnen leider mitteilen, dass wir keine Möglichkeit für eine erfolgreiche Weiterführung ihres bisherigen Lebens sehen. Bitte werten Sie diese Absage als persönliches Urteil. Es ist leider nicht möglich, dass ein anderes Label zu einem anderen Urteil kommt. Bitte haben Sie Verständnis, dass wir unsere Entscheidung aufgrund der Vielzahl der zerplatzten Träume nicht weiter begründen können. Wir wünschen Ihnen viel Erfolg im Getränkehandel.

Mit freundlichen Grüßen
Sony BMG

4

Am folgenden Tag lag Linus mehrere Stunden auf seinem Sofa und schaltete die eintausendneunundsechzig Programmplätze seines Sat-Receivers einmal komplett durch.
Immer wieder fiel sein Blick auf ein bräunlich-gelbes Kunstwerk an der Wand über seinem Bett. Er hatte in der vergangenen Nacht zwölf Flaschen Bier getrunken. Und er hatte, wahrscheinlich während er sich der neunten Flasche gewidmet hatte, einen Apfel mit voller Wucht gegen die Zimmerwand geworfen. Es hatte eine Apfel-Explosion gegeben.
In der Mitte des Werkes klebte ein angelaufenes Stück Apfel mit roter Schale. Eine breiartige Erhebung auf der Raufasertapete, sogar ein Kern klebte noch im Zentrum. Zu allen Seiten klebten kleinste Apfelfetzen in ihrem getrockneten Eigensaft. Das Ganze sah aus wie das Stillleben eines Feuerwerks. Davor, auf seinem Bett und dem alten Laminat, lagen Bröckchen. Apfelbröckchen.
Linus beschloss, die Apfel-Explosion kleben zu lassen. Kunstwerke sollten etwas aussagen. Dieses hier war eine Mahnung.
Erst am frühen Abend schaltete Linus den Fernseher aus. Er musste raus an die frische Luft, wie so oft.
Er öffnete seinen Kleiderschrank und durchsuchte die Fächer nach etwas, das ihm gefiel. Ratlos, unschlüssig, verzweifelt. Da hingen Hawaii-Hemden neben hellblauen Business-Hemden, weiße T-Shirts neben bunten Polo-Shirts, ein Parka neben einem Jacket, Jeans neben Cord.
Sein Besitz an Kleidung spiegelte ziemlich gut wider, wer oder was er war. In über dreißig Lebensjahren hatte sich kein individueller oder zumindest sicherer Stil herausgebildet.
Zu jedem Anlass ließ sich etwas finden, doch es sah nicht danach aus, als würde er selbst einmal der Anlass sein.
Er blickte wieder an sich hinab, sah schließlich ein, dass er wirklich

nicht im Schlafanzug in die Stadt gehen konnte, und so kramte er eine Jeans und einen schlichten braunen Pullover heraus.
Kurz darauf musterte er seine Wahl im Spiegel, drehte sich nach links und nach rechts. Er überlegte, ob er sich eine Glatze rasieren sollte.

Einige Lampen im Internet-Café waren repariert worden. Die schummrige Atmosphäre, an die Linus sich in den letzten Wochen gewöhnt hatte, war dahin.
Er wählte sich ins Netz ein, öffnete Google und gab »ölkjasdfölkjasdfölkj« ein, was zu keinem Treffer führte.
Er ließ seinen Blick immer wieder durch das Café schweifen, vor und zurück und vor, doch sie war nicht da.
Er war erleichtert. Und er war enttäuscht.
Über eine halbe Stunde lang hielt er sich hinter dem Computer auf, ohne ihn zu benutzten. Er beobachtete die Leute, schlürfte einen klebrigen Schoko-Cappuccino, von dem er kurzzeitig Bauchschmerzen bekam, und las abwechselnd in einem Stadtmagazin und in seinem SMS-Eingang die Kurznachrichten von Holger.
Wir müssen kämpfen. Man kann einen traum nich einfach austauschen. Glaubst du wirklich, wir sind zu alt?
Linus antwortete:
Ich weiß nicht ob wir zu alt sind, aber ich glaube nicht mehr daran dass jemand auf uns wartet, als musiker.
Holger antwortete:
Lass uns auf tournee gehen. Wir erspielen uns unser publikum. Auf die gute alte art.
Linus schrieb:
Erzähl das brunssen. Nein, erzähls ihm nich. Hab einfach keinen bock mehr.
Holger schrieb daraufhin nichts mehr.
Statt direkt von der nächsten Haltestelle mit der Straßenbahn nach Hause zu fahren, spazierte Linus in einem großen Bogen über den Markt, schlenderte durch die Böttcherstraße und ging in Richtung

Weser. Er zögerte die Einsamkeit hinaus, die ihn in seiner Wohnung erwartete.

Vor dem Eingang einer der vielen Bars an der Schlachte, einer breiten Promenade entlang der Weser, blieb er eine Weile stehen. Er haderte mit sich, hatte Durst auf ein Bier, erinnerte sich aber auch an die immer gleichen elenden Morgen danach, an denen er sich demütig seiner Schwäche bewusst wurde und dachte und auch glaubte: Nie wieder.

Es tat sich etwas in ihm und er wollte kehrt machen, wollte nach Hause, duschen, sich einen Tee kochen, lesen, fernsehen, früh schlafen gehen, fort von dieser Bar, fort von der Versuchung.

Dann fiel sein Blick zur Theke und er sah diese junge Frau mit den schulterlangen braunen Haaren und er erkannte ihre Jacke und erinnerte sich an die dunklen Augen und das hübsche Lächeln. Sie saß auf einem Barhocker und nickte zustimmend und lachte, und diese Aufmerksamkeit galt dem Mann auf der anderen Seite des Tresens.

Wie hoch, so dachte Linus, ist wohl die Chance, dass man in einer Stadt mit einer halben Millionen Einwohner den gleichen fremden Menschen drei Mal innerhalb weniger Wochen trifft?

Er betrat die Bar, dachte kurz daran, wie unangemessen es eigentlich war, ging direkt auf sie zu, als wäre sie eine alte Bekannte, verhielt sich gerade so, als wäre er nicht mehr er selbst, nahm schließlich auf dem Hocker neben ihr Platz und schob vorsichtig die Unterarme auf den Tresen.

Schon jetzt hatte sein Gesicht einen etwas hilflosen Ausdruck angenommen, weil er fürchtete, dass er dem nun folgenden Gespräch nicht gewachsen sein würde.

Sie trank Cappuccino, machte Scherze mit dem Barmann, einem jungen Typen mit hochgestylten Haaren. Sie schienen sich nicht besonders gut zu kennen.

Noch bevor Linus sich bemerkbar machen oder auch wieder verschwinden konnte – er zog beides gleichermaßen in Betracht –, sprach der Barmann ihn an. »Was darf es hier sein?«

Aus dem Augenwinkel registrierte Linus, dass sie ihn jetzt auch wahrgenommen hatte. Aber er sah nicht hin. Noch nicht. Er dachte an den Cappuccino, den sie trank, und dann erinnerte er sich daran, dass er vorhin vom Cappuccino Bauchschmerzen bekommen hatte.

»Ein Bier. Oder nein, lieber einen Tee.«

Dann sah er zu ihr und begrüßte sie etwas überstürzt. »Hallo.«

»Hallo.« Sie kniff die Augen zusammen, musterte ihn eine Weile. »Der Demonstrant.«

»Bitte was? Ach so, genau, der Demonstrant.«

»Ein bisschen durcheinander, was?«

»Ja, scheint so«, sagte er, »bin ich in letzter Zeit öfter mal.«

»Oh.« Sie schlürfte von ihrem Cappuccino. Ihre dunklen Augen blickten ihn dabei über den Tassenrand hinweg an.

»Wie geht's?«, fragte er.

»Gut. Und selbst?« Sie stellte die Tasse ab. »Mal abgesehen davon, dass du in den letzten Tagen etwas durcheinander bist?«

Er lächelte. »Sonst gut.«

»Schön.«

»Ja.«

Der Barmann stellte Linus ein Glas Tee auf den Tresen, in dem noch der Beutel schwamm. Linus nahm den Faden auf und ließ den Beutel im dampfenden Wasser tanzen. Dabei sah er sie wieder an. »Heute gar nicht im Internet-Café?«

Sie deutete ein Kopfschütteln an. »Und du?«

»Nein. Das heißt, ja. Ich komme da gerade her.«

Sie spielte mit dem Finger an einer Haarsträhne. »Bist du da jeden Tag?«

»Ich? Nein. In letzter Zeit öfter, sonst eigentlich kaum.«

Sie schob lächelnd ihre Tasse von sich. Den Blick auf ihre Hände gerichtet sagte sie: »Das ist verdächtig.«

»Was denn?«

»Du bist in letzter Zeit öfter mal durcheinander und du bist in letzter Zeit öfter mal im Internet-Café.«

»Und das ist verdächtig?«
»Na ja, man fragt sich, ob es da vielleicht einen Zusammenhang gibt. Vielleicht bringt das Internet dich ja durcheinander.«
Dann sah sie auf seine Finger, die immer noch den Teebeutel tanzen ließen wie eine Marionette.
»Ich glaube eher, ich versuche, mich im Internet vom Durcheinandersein abzulenken.«
»Das ist ja nicht so gut, hm?«
»Na ja, jetzt bin ich ja hier, nicht im Internet-Café. Und du bist auch eine wesentlich bessere Ablenkung.«
Sie zog eine Augenbraue hoch, kramte drei Euro aus ihrer Handtasche, legte sie auf den Tresen und rutschte von ihrem Stuhl.
»Das sollte jetzt keine Anmache sein«, sagte Linus hastig.
»Ich weiß.« Sie lächelte. Ihre Augen. Sie hatte ihn in der Tasche.
Er legte zwei Euro neben ihre Münzen und rutschte ebenfalls von seinem Hocker. Sie deutete auf den Tee: »Willst du das nicht trinken?«
Das Getränk hatte mittlerweile die Farbe eines schwachen Kaffees angenommen. Er runzelte die Stirn. »Lieber nicht.«
Sie verließen die Bar und liefen ein paar Schritte an den Kneipen und Cafés an der Weser entlang. Linus war klar, wie aufdringlich er sich verhielt. Er war kurz davor, sich zu entschuldigen und zu verabschieden und eine andere Richtung einzuschlagen.
»Ich gehe da rüber.« Sie deutete auf die Teerhofbrücke, einer Fußgänger-Brücke, die über den Fluss hinweg in ein teures Wohngebiet führte. Dunkelblau lackierte Laternen warfen alle paar Meter Lichtkränze auf den Brückenasphalt.
Sollte er gehen? Er blieb neben ihr. Viele wortlose Schritte, die breite Treppe zur Brücke hinauf. Dann, unter der ersten Laterne, schien sie endlich etwas sagen zu wollen, doch der Ansatz mündete bloß in einem tiefen Seufzer. Vielleicht fragte sie sich, warum Linus nichts sagte oder warum er überhaupt hier war, was er von ihr wollte. Möglicherweise hielt sie ihn für einen komischen Typen. Vielleicht war er das ja auch, ein komischer Typ.

»Gehst du hier öfter spazieren?«, fragte er schließlich.

Sie zog ihren Jackenkragen hoch und knüpfte ihn zu. »Nein. Aber ich sollte es vielleicht. Es ist eine tolle Aussicht.«

Linus sah auf das Wasser, in dessen Oberfläche sich die Lichter der Gebäude, Brücken, Fabriken und Laternen spiegelten, und er nickte. Er mochte die Aussicht ebenfalls.

Wind fegte über die Brücke. Linus hob seine Stimme. »Wohnst du weit von hier?«

Sie sah ihn irritiert an. Er wusste sofort, wie falsch, wie aufdringlich man die Frage verstehen konnte. Entsprechend bliebt sie unbeantwortet.

»Ich will nicht wirklich wissen, wo du wohnst. Ich dachte nur, ich sollte mal was sagen …«

Ein sanftes Lächeln umspielte ihren Mund. Linus entdeckte feine Grübchen.

»Ich wohne in Schwachhausen«, sagte sie schließlich. »Ich weiß gar nicht, warum ich heute hier bin. Wollte einfach mal ans Wasser.«

»Wasser ist gut«, sagte Linus.

»Wasser guuut«, parodierte sie in albernem Klang. Sie machte sich über ihn lustig.

»Brücke laaang«, sagte er deshalb und grinste.

Sie schwieg.

Er auch, mit vor Anspannung gerunzelter Stirn.

Es schien ewig, bis sie endlich in kurzes albernes Lachen ausbrachen.

Er sah sie an. Sie war größer, als er sie in Erinnerung hatte. Er machte seinen Rücken gerade und hob das Kinn an.

»Das wird nichts«, sagte sie.

»Was?«

»Ich bin größer.«

Er tat empört. »Wer sagt das?«

Unter einer Laterne in der Mitte der Teerhofbrücke blieb er stehen und zupfte am Ärmel ihrer Jacke. Eine Berührung. Windböen zogen flussabwärts und rauschten über die Brücke.

»Stell dich mal an meinen Rücken.« Er lächelte unsicher.
»Und wer entscheidet?«, fragte sie.
»Gute Frage. Da kommt ein Mann.« Linus zeigte auf einen kleinen alten Herrn, der am Stock ging und sich ihnen entsprechend gemächlich näherte.
»Entschuldigen Sie?«, fragte sie den Mann. Er hielt seinen Hut mit einer Hand auf dem Kopf fest, damit der Wind ihn nicht fortriss. Er blieb stehen.
»Können Sie mal schauen, wer von uns größer ist?«
Der alte Mann schürzte kurz die Lippen. »Natürlich.«
Sie stellten sich mit den Rücken aneinander. Er spürte ihre Schulterblätter durch den Stoff der Jacken. Und er spürte ihren Hintern an seinem.
»Und?«, fragte sie.
Der alte Mann entpuppte sich als gewissenhafter Schiedsrichter. »Kopf gerade und Hacken zu Boden.«
Sie machte den Kopf gerade und Linus sank die zwei Zentimeter zu Boden zurück, die er herauszumogeln versucht hatte.
»Und?«, fragte sie wieder.
Und dann lachte sie, und als Linus das hörte, erhöhte sein Herz unweigerlich die Schlagzahl. Sie hatte ihn in der Tasche.
»Die Dame ist größer«, sagte der Mann.
Sie löste sich von seinem Rücken. »Siehst du, hab ich doch gesagt!«
Der Mann war im Begriff weiterzugehen. Er zögerte, tippte mit seinem Gehstock auf den Asphalt vor ihren Füßen und sagte: »Aber nur, weil Sie diese Schuhe anhaben. Sie mogeln mit diesen Schuhen.«
»Vielen Dank!« Linus deutete eine altmodische Verbeugung an.
»Keine Ursache.« Der Mann stocherte weiter den Asphalt der Brücke entlang.
»Na ja, Größe ist ja auch nicht so wichtig«, sagte sie.
»Wie es gerade passt, hm?« Er grinste, schob seine Hände in die Hosentaschen und zog die Schultern hoch.
Sie lächelte, sie schwiegen, überquerten die Brücke, liefen durch eine

Unterführung und traten von dort auf die Bürgermeister-Smid-Brücke. Linus fand das Schweigen nun erträglicher.
Für einen Moment sahen sie einander an. Ein Auto hupte. Ein schöner Moment. Er mochte sie, fand sie anziehend. Die meisten Männer werden sie mögen, dachte er.
Sein Handy klingelte. Er zog es heraus. Holger, stand auf dem Display. Er steckte es wieder in die Jackentasche.
»Willst Du gar nicht rangehen?«, fragte sie.
»Nicht jetzt.«
»Wie höflich.«
Spottete sie? Als sie ein paar Meter an der Bürgermeister-Smid-Straße entlanggelaufen waren, kamen sie zu einer Haltestelle.
Sie zeigte auf eine heranrollende Straßenbahn. »Das ist meine.«
»Okay«, sagte er.
»Mit wem hatte ich denn das Vergnügen?«
»Linus.«
Der Windzug der Straßenbahn wirbelte ihre braunen Haare durcheinander. Leute drängten zu den sich öffnenden Türen der Bahn.
»Jana.« Sie reichte ihm die Hand, jemand rempelte sie an.
»Wollen wir das irgendwann …?«, begann er.
»Klar.« Mit einer Handvoll anderer Menschen ließ sie sich halbwegs rückwärts in die Bahn schieben.
»Morgen?«
Sie zuckte einmal leicht mit den Schultern. Ihr Gesichtsausdruck passte nicht zu dieser unschlüssigen Geste.
»Gleiche Zeit?«, fragte er noch, dann schlossen sich die Türen. Durch die Scheibe sah er sie noch winken und nicken. War das ein Nicken? Eine Perspektive? Die Straßenbahn surrte und grummelte los und zeigte ihm rote Rücklichter. Er setzte sich unter das Plexiglasdach der Haltestelle und verharrte dort ein paar Minuten.
Unbewusst hatte sich ein Lächeln auf sein Gesicht gelegt.
Nach einer Weile stand er auf und ging zurück zu der Bar, um sich ein Bier zu bestellen.

Fidel und Raúl II

1

Inzwischen war es Anfang April.
Linus Keller konnte sich zu nichts mehr aufraffen.
Früher hatte er in solchen Phasen zumindest regelmäßig seine Wohnung sauber gemacht, um sich vorübergehend besser zu fühlen. Doch nun war er unmerklich in einen Zustand geraten, in dem es ihn sogar überforderte, ein Zimmer zu staubsaugen oder eine Glühbirne auszuwechseln.
Ein Gefühl tiefster Unruhe hatte ihn beschlichen, nicht nur, wenn etwas nicht sofort klappte, sondern wenn etwas bloß getan werden musste. So ging er allem aus dem Weg und registrierte teilnahmslos die Staubablagerungen in den Ecken seiner Wohnung.
Er wollte nichts kochen, keine Wäsche machen, sogar rasieren hielt er für zu aufwendig. Er freute sich nur noch selten auf die immer gleichen Abende, an denen er sich ab achtzehn Uhr mit einer Flasche Wein oder einem Sechserträger Bier in seiner Wohnung in Gleichgültigkeit übte. Er hatte Angst, dass es irgendwann ein Sechserträger Wein sein würde.
Jana war vor zwei Wochen nicht an die Weser gekommen. Auch an

den folgenden Tagen hatte Linus sie nicht getroffen. Nicht an der Promenade, nicht auf der Teerhofbrücke, nicht an ihrer Haltestelle, nicht im Internet-Café.

Vielleicht hatte sie einen Freund, vielleicht war sie verheiratet. Was wusste er schon über sie? Nur ihren Vornamen, das war alles.

Das machte es immerhin leichter, sie als Perspektive zu streichen, sie zu vergessen, weil er eben keine Hintergründe kannte, die es zusammen mit dem Namen und dem kurzen Eindruck zu vergessen galt. Nicht einmal einen Song gab es, der ihn an sie erinnerte. So weit waren sie ja gar nicht erst gekommen.

Er schlich durch seine Wohnung. Er schrieb das Wort »Aufräumen« auf einen Kalender, zwei Tage unter dem aktuellen Datum. Wenigstens das. Guter Wille.

Am Nachmittag klingelte das Telefon.

Bestimmt war es Holger. In den vergangenen Tagen hatte er mehrmals angerufen. Meistens war er betrunken gewesen. Linus vermutete, dass er manchmal besonders deutlich lallte, um gesteigerte Aufmerksamkeit zu erhaschen. Holger hatte eine schlechte Phase, schon seit Wochen, aber die hatte Linus auch, und Holgers Art, damit umzugehen, war nicht Linus' Art, damit umzugehen.

Deshalb war Linus in den letzten Tagen nicht ans Telefon gegangen. Er wollte Holger nicht mehr hören. Auch heute erstarb das Klingeln, ohne dass Linus den Hörer abnahm.

Er setzte sich an seinen Schreibtisch neben dem Bett und begann zögerlich zu kramen. Er ließ alles auf den Boden fallen, was für den Papiermüll bestimmt war. Und er machte fünf Stapel. Post vom Arbeitsamt, Stromrechnungen, Kontoauszüge, Versicherungen, Sonstiges.

Er heftete die verschiedenen Papiere in zwei Ordner. Die Kontoauszüge ließ er auf dem Schreibtisch liegen. Er nahm sich vor, einen entsprechenden Ordner zu besorgen. Auf seinen Kalender schrieb er ein paar Tagesspalten unter »Aufräumen« die Worte »Ordner kaufen«.

Er sortierte die Kontoauszüge chronologisch. Manchmal hielt er inne und las einen Eintrag.

Kontoauszüge konnten wie ein Tagebuch sein. Sie beschränkten sich auf Datierungen, Beträge und Verwendungszwecke, doch das reichte, um Linus daran zu erinnern, was für andere, schönere Zeiten hinter ihm lagen.
Nachdenklich betrachtete er einen Auzug von Dezember 2002.

21. 12. 2002
S 29,80 Euro, Auftraggeber: MANGO
Buchnr. 21342345

Natascha sitzt auf seinem Bett, ungefähr dort, wo später die Überreste der Apfel-Explosion an der Wand kleben.
Sie sind bis Geschäftsschluss auf dem Weihnachtsmarkt gewesen. Natascha ist albern und aufgedreht. Sie hat Glühwein getrunken.
Sie steht auf, wirft sich die Bettdecke wie einen Schal um den Hals und läuft durch sein Zimmer, als bewege sie sich auf einem Laufsteg. Es erinnert ihn daran, dass sie ihm kürzlich bei Mango ein Halstuch gezeigt hat. Ein türkis schimmerndes transparentes Halstuch mit einem Muster, welches sich nur im rechten Licht erkennen lässt, ähnlich wie bei einem Wasserzeichen. Er hat jetzt ein Weihnachtsgeschenk für sie.
Am folgenden Tag, einem Samstag, geht er bei Mango das Halstuch kaufen und zahlt mit seiner EC-Karte.

14. 04. 2004
S 34,50 Euro, Auftraggeber: STAPLES
Buchnr. 1387645

Der erste Sommertag des Jahres. Brunssen hat morgen Geburtstag.
Im Staples Markt ist es kühl, draußen in der Sonne steht Brunssens Mercedes und im Kofferraum wartet eine Kiste Bier auf sie.
Sie durchstöbern die Gänge nach gepolsterten Briefumschlägen, Mappen, CD-Rohlingen, Farbpatronen und Fotopapier.

Brunssen steht im Gang mit den Druckern und Tastaturen und tanzt. Er ist gut drauf. Vor Kurzem ist er mit Ina zusammengekommen und die Bank hat ihn in ein unbefristetes Arbeitsverhältnis übernommen. Am Abend feiern sie in seinen Geburtstag hinein.
Am folgenden Tag sitzen sie bis spät in der Nacht zusammen und brennen ihre besten Songs zu ihrer Demo-CD.
Brunssen ist müde von der durchzechten Geburtstagsnacht. Kurz bevor er geht, sagt er: »Kaputt.«
Sie sehen sich an. Sie werden ihr Demo THE PLANES – KAPUTT nennen.
Linus ist überzeugt, dass alles seine Richtigkeit hat. Er glaubt an Fügung, er glaubt an Belohung, schon bald. Belohnung für die Einbußen, die er in der Vergangenheit hinnehmen musste, für den Verlust, die Trauer, die Einsamkeit. Es ist ein aufrichtiger Glaube, der ihn an diesem Abend in einen friedlichen Schlaf wiegt.

05. 06. 2006
H 678,24 Euro, Lohn anteilig 01.06.06 – 14.06.06
Buchnr. 10147318

Lohn anteilig. Frank Riebe spricht Linus und drei weiteren Mitarbeitern die Kündigung aus. Betriebsbedingt. Seine drei Kollegen werden pflichtbewusst bis Ende des Monats arbeiten gehen. Sie werden sich durch die zwei Wochen quälen, werden jeden Tag mit dem Wissen ins Büro gehen, dass es einer der letzten Tage vor Beginn ihrer Arbeitslosigkeit sein wird, werden gute Miene zum bösen Spiel machen. Nicht so Linus Keller. Er räumt noch am selben Tag seinen Schreibtisch leer, lässt seine Arbeit liegen, geht und kommt nicht zurück. 678,24. Diesen Betrag wird er nicht vergessen. Lohn anteilig. Er hat nicht damit gerechnet, überhaupt etwas zu bekommen.
Für ihn ist diese Kündigung ein Vorwand. Jetzt kann er das tun, was er schon lange tun will. Er meldet sich arbeitslos, um sich nur noch der Musik widmen zu können.

Linus starrte auf den Kontoauszug, als das Telefon klingelte. Vielleicht sollte ich doch mal wieder ans Telefon gehen, dachte er. Vielleicht ist es ja etwas Wichtiges.
Sein Blick wanderte gemächlich über den aufgeräumten Schreibtisch und kam auf einem gerahmten Foto von Hannah, Cathy und Mark zur Ruhe. Er nahm ab.
»Keller?«
»Drink.«
Linus brauchte einen Moment, zwei bis drei stille Sekunden, bis ihm klar wurde, dass es Herr Drink vom Getränkemarkt war. Linus hatte das zum Platzen gespannte Rüschenhemd deutlich vor Augen.
»Ah, natürlich, Herr Drink. Hallo.«
»Herr Keller, ich hoffe, ich störe nicht bei der Kaffeetafel.«
»Nein, nein.«
Herr Drink lachte kurz über seine eigene Frage.
»Herr Keller, ich habe mich für Sie entschieden. Würde mich freuen, wenn Sie nächste Woche bei mir in der Filiale in Grolland anfangen könnten.«
Linus ließ die Hand samt Hörer fallen. Stumm starrte er ins Leere. Entfernt hörte er die Stimme von Herrn Drink aus dem Hörer. Er nahm ihn wieder ans Ohr.
»Ja?«
»Sind sie noch da?«
»Ja. Ich bin hier.«
»Und?«
»Sie, Sie haben sich für mich …?« Er brachte die Worte nicht heraus. »Gleich nächste Woche, sagen Sie?«
»Wenn's Ihnen passt, wäre mir das am liebsten, ja.«
»Also gut«, sagte Linus. »Dann am Montag, ja?«
»Prima. Sie brauchen sich nicht weiter vorzubereiten. Wir machen am Montag nur eine kleine Einführung, Dienstag geht's dann richtig los. Wissen Sie, wo Sie hin müssen?«
Linus wusste, wo in Grolland die Getränkehandlung war. Grolland

war der kleine Ortsteil, unweit der Airport-Stadt, in dem die *Planes* ihren Proberaum gehabt hatten.
Nachdem sie aufgelegt hatten, fragte Linus sich, ob es nicht sinnlos gewesen war, Drinks Angebot anzunehmen. Aber je länger er darüber nachdachte, desto wohler wurde ihm bei dem Gedanken, etwas zu tun. Irgendetwas. Nur nicht weitermachen mit dem Nichtstun. Außerdem entstand manchmal aus einer vermeintlichen Nebensächlichkeit doch großes Glück, oder?
Gegen Mittag legte er sich auf sein Bett. Er versuchte, die Gedanken an die neue Arbeit zu verdrängen, indem er sich im Fernsehen eine Bastelsendung für Kinder ansah. Sie bastelten einen Kickertisch, Tür-Klopfer, ganze Zoogehege und lustige Geisterkostüme, alles aus Pappe, Müll und Kleber. Hätte es die Sendung vor fünfundzwanzig Jahren gegeben, hätte er mitgebastelt.
Sein Handy klingelte. Geistesabwesend nahm er ab. Er ärgerte sich augenblicklich darüber.
»Du meldest dich gar nicht mehr!«
»Das klingt irgendwie vorwurfsvoll.«
»Ist auch ein Vorwurf«, sagte Holger.
Linus drehte sich auf den Bauch und ließ seinen Kopf auf die Matratze sacken. Er hielt sich ungelenk den Hörer ans Ohr. »Ich hab jemanden kennengelernt«, sagte er.
Holger schien einen Moment lang nachzudenken. »Okay. Das entschuldigt dich. Wer ist die Glückliche?«
»Ich weiß nicht, ob sie glücklich ist«, sagte Linus. »Ich sehe sie nie.«
»Klingt bescheuert. Erzähl mir das später. Ich muss dich heute nämlich mal belästigen. Ich bräuchte da Unterstützung für so eine Sache. Nichts Großes, brauchst eigentlich nur mitkommen.«
Linus schwieg.
»Eigentlich müsstest du nur eine Kamera halten«, fuhr Holger fort. «Was machst du denn gleich?«
»Keine Ahnung, ich … ich …«, stotterte Linus.
»Ja super, dann passt das ja. Ich hol dich gleich ab.« Holger legte auf.

Eine Weile starrte Linus auf das Bettlaken. Er hatte keine Lust auf Holger. Er hatte auf gar nichts Lust. Er wollte Holger anrufen und ihm sagen, dass er einen Termin vergessen hatte. Arzt, Frisör, irgendetwas. Aber Holger ging nicht ran. Du Hund, dachte Linus.
Von der Bastelsendung begann eine zweite Folge.
Linus zog sich die Decke über den Kopf und bildete mit den Händen einen Tunnel, durch den er den Bildschirm fixierte.
Eine burschikose, schlecht synchronisierte Moderatorin kündigte den Bau eines Flugdrachens an. Ein Exemplar, das man sowohl an einem Band im Wind halten als auch wie ein Papierflugzeug von einem Berg stoßen konnte. Zunächst bastelten sie aber einen Bonbonautomaten.
Linus konzentrierte sich auf die Sendung, und er hatte Holger gerade ebenso erfolgreich verdrängt wie seine Zukunft als Getränkeverkäufer, als es an der Tür klingelte. Das ging schnell, dachte er.
Er raffte sich auf, ging zur Tür und drückte den Öffner. Er ließ die Wohnungstür angelehnt und legte sich wieder auf das Bett.
»Hey!«, rief Holger eine knappe Minute später. Er war außer Atem, als er das Zimmer betrat.
»Hey.«
Holger setzte sich keuchend zu Linus aufs Bett und richtete seine Aufmerksamkeit sofort auf die Herstellung des Bonbonautomaten. »FingerTipps«, sagte er. »Cool! Gerade angefangen?«
»Ist schon die zweite Sendung. Die bauen gleich so einen Flugdrachen.«
»Cool.«
Linus beobachtete Holger und schüttelte ungläubig den Kopf. Holger rieb sich eifrig die Hände. Das Kind im Manne.
In bestimmten Dingen waren sie sich sehr ähnlich.
Manchmal hatte Holger bei Bandproben die Intensität seines Spiels gesteigert, immer lauter gehämmert, bis er von Brunssen oder Lennard gebremst wurde. Linus dagegen hatte nie gebremst, hatte sich gerne mitreißen lassen. Bei einer Probe hatte er so heftig auf seiner

Gitarre herumgeschrubbt, dass ihm zwei Saiten auf einmal gerissen waren. Die Wahrscheinlichkeit, dass so was passierte, war ziemlich gering. Holger hatte sich wiederum von Linus antreiben lassen, bis ihm das Fell der Snare-Drum gerissen war.
Holger konnte sich für vielen Dinge begeistern, auch ganz kurzfristig und unvorbereitet.
Linus wiederum war anfällig dafür, sich an einigen dieser holgerschen Begeisterungsstürme zu entzünden.
So wie in diesem Augenblick. Er ließ sich von Holger anstecken, und bald schienen sie beide zu glauben, der angekündigte Bastel-Flugdrachen könnte sie persönlich durch die Lüfte tragen.
Holgers Augenbrauen kommentierten stumm die Sendung, seine Mundwinkel zuckten und sein ganzer Körper war angespannt.
Wie oft hatte es Linus in den letzten Wochen genervt, Holgers Namen auf seinem Telefondisplay zu lesen. Eine Gereiztheit, für die es keine plausible Erklärung gab. Und doch hatte Linus die Anrufe immer wieder voller Abneigung weggedrückt.
Holger war derjenige, der die anderen Bandmitglieder mitgerissen hatte, wenn sie sich nicht mehr sicher waren, ob das, was sie taten, Sinn machte; derjenige, der Linus und auch Brunssen überzeugt hatte, nach KAPUTT einen weiteren Versuch zu unternehmen. *Planecrash*. Damit hatte Linus noch mal zwei Jahre seines Lebens investiert. Aus heutiger Sicht würde er es als Verschwendung bezeichnen.
Holger rutschte von der Bettkante, setzte sich auf den Boden und lehnte seinen Arm auf das Bett. Den Fernseher ließ er dabei nicht aus den Augen. Er war fasziniert von dem neuen Spielzeug.
Als der Flugdrachen fertiggestellt war, sah Holger auf die Uhr. »Okay, wir sollten langsam los.«
»Ich habe ehrlich gesagt überhaupt keine Lust, irgendwo hinzufahren«, sagte Linus. »Worum geht es eigentlich?«
Holger machte ein ernstes Gesicht. »Das sage ich Ihnen, wenn wir im Auto sitzen, Corporal. Ansonsten müsste ich doch befürchten, dass Sie gar nicht erst einsteigen.«

»Wenn du es so sagst, steige ich doch erst recht nicht ein.«
»Na gut, dann sag ich schon mal so viel: Es ist was ganz Tolles. Was Lustiges. Spiel, Spaß und Spannung. Du wirst dich eines Tages freuen, dass du dabei warst. Und du musst nichts weiter tun, als eine Kamera zu halten. Ist doch ein Deal, oder?«

2

Auf den Kotflügeln des alten Golf Zwei stand links und rechts in großen, mit Edding geschriebenen und ausgemalten Buchstaben: Kackepiano. Im Wagen roch es nach Bier und McDonalds.
Der am Rückspiegel baumelnde Steiff-Bär war angeschmort und verschmutzt und auf dem Boden lagen Plastikmüll, eine Bierdose und ein paar vertrocknete Pommes.
Holger drückte Linus eine alte Panasonic-Videokamera in die Hand. Die Kamera war so groß, als fände noch eine ganze VHS-Kassette darin Platz.
Aus der Zwischenablage zog Holger ein vegilbtes Heftchen hervor und warf es Linus auf den Schoß.
»Hier, die Bedienungsanleitung. Für den Fall, dass du's wirklich gut machen willst.«
Linus blätterte das Heft auf. »Das ist eine Garantie. In zehn Sprachen.«
»Auch gut.«
»Für einen Kühlschrank.«
Holger schwieg einen Moment.
»Schön«, sagte er dann und klopfte Linus vorsichtig auf die Schulter. »Am wichtigsten ist, dass du draufhälst und das rote Licht oben links leuchtet. Oder unten rechts.«
Während das schlecht gefederte Fahrzeug durch die Stadt rumpelte,

kramte Holger blind mit einer Hand auf dem Rücksitz herum und zog einen schwarzen Plastikbarren hervor.

»Hier. Ersatzbatterie.«

Linus nahm den klobigen Gegenstand und betrachtete ihn. »Heute ist eine ganze Kamera kleiner als der Akku hier.«

Holger nickte und lachte. Dann bremste er scharf. Das Auto kam nur wenige Zentimeter vor dem Vordermann zum Stehen.

»Du Arsch!«, schnauzte Holger. »Bei Gelb bremsen! Pah!« Er lachte irre und sah Linus erwartungsvoll an, aber Linus zog bloß die Augenbrauen hoch.

»Wo hast du das alte Ding denn ausgegraben?«

»Ebay.«

»Hast du Geld dazubekommen?«

»Dreißig. Wahnsinn oder?«

»Dazubekommen?«

»Gezahlt natürlich. Damit hätten wir ein oldschool Musikvideo drehen können, wenn … na ja, wenn es uns noch gäbe. Weißt du, so wie diese Super-Acht-Filmqualität mit den Streifen und Fusseln im Bild mal angesagt war, als Retro-Ding, so würden wir, also, so hätten wir dann die VHS-Qualität als Retro-Effekt ins Spiel gebracht. Wenn es uns noch …«

»Ja, ja« unterbrach ihn Linus hastig. »Und die funktioniert noch?«

»Klar. Hab sie ausprobiert. Hab mich beim Kacken gefilmt. Also nur das Gesicht.«

»Schön.«

»Ja. Ich wüsste nicht, dass jemand so was mal gemacht hat. Eine Studie über das Gucken beim Kacken.«

Am Bürgerpark suchte Holger nach einem Parkplatz. Linus fragte sich, was wohl das Ziel der Reise sein sollte. Holger hielt am Grünstreifen an der Hollerallee.

»Hab mir schon gedacht, dass wir hier keine Parkplatzprobleme haben werden«, ächzte er, während er den Wagen langsam auf eine Kan-

te steuerte. »Die meisten, die hierherkommen, haben nämlich noch keinen Führerschein. Fahren mit der Bahn oder lassen sich bringen.«
»Lassen sich bringen?«
»Ja. Von ihren Eltern oder den älteren Geschwistern. Was weiß ich.«
»Wir gehen also in den Kindergarten?«
Holger stellte den Motor ab. Sie stiegen aus. Linus folgte Holger in den Park.
»Was willst du mit dem Garantie-Heft?«, fragte Linus, während er sich den Schultergurt der Kamera um den Hals legte. Sie hatte ein beachtliches Gewicht. Linus war froh, dass noch ein Gurt vorhanden war.
»Oh.« Holger schien von dem Heft in seiner Hand überrascht zu sein.
Sie liefen am Hollersee, einer imposanten Wasseranlage des Hotels im Bürgerpark, entlang. Das weiße Gebäude mit seiner Dachkuppel erinnerte an ein fürstliches Anwesen. In der Mitte des Sees sprudelte eine Fontäne.
Als sie sich dem Haupteingang des Hotels näherten, sah Linus unter einem gebogenen Vordach aus Metall und Glas hunderte lärmende Menschen.
Wie die Mitglieder einer riesigen Therapiegruppe, so schien es aus der Entfernung, brachte jeder seine Gefühle durch ganz individuelle Gesänge oder Geräusche zum Ausdruck. Es waren überwiegend junge Menschen, Kinder, Jugendliche, vereinzelt auch junge Erwachsene, die durcheinanderquakten, kreischten, sich gegenseitig bejubelten. Ein junges Mädchen weinte, zwei andere trösteten es.
Linus verzog das Gesicht, als hätte er auf eine Zitrone gebissen. Sein Blick blieb an einem Schild hängen, das mit Drähten an einer Laterne befestigt war. In der rechten oberen Ecke des Schildes prangte auf blauem Grund das rot-weiße Kanal 7-Logo. Darunter stand:

Die VOR-VORRUNDE – Großes DSDM Städte-Casting.
Am 07. + 08. April, Beginn: 10 Uhr, Bremen, Park Hotel.

Holger ließ zweimal seine Augenbrauen hochschnellen. Ein unheilvolles Zeichen. *Deutschland sucht den Megastar* also.

Linus folgte ihm, mit Zitronengesicht, durch die zappelnde Masse junger Menschen.

Sie drängelten sich an einer Schlange vorbei und kamen in eine imposante Kuppelhalle. Euphorischer Lärm hallte von der hohen Kuppel herab und verstärkte sich dadurch zu einem unwirklichen Geräuschebrei.

Die Szene entsprach Linus' Vorstellung von einem hoffnungslos überfüllten Kinderhort für schwer Erziehbare. Sie drängelten und schubsten sich, und natürlich ignorierten sie Holger und Linus.

Eine hippe Rothaarige in engem Playboy-Shirt hüpfte mit einem Radio-Energy-Mikrofon umher und führte kurze Interviews. Nahezu jeder Anwesende hatte einen Sticker des DSDM-Logos und eine vierstellige schwarze Nummer am Körper.

Holger klopfte einem schmächtigen Jungen mit modisch tiefergelegter Jeans und wirkungslosen Hosenträgern auf die Schulter: »Na? Aufgeregt?«

»Geht so, Mann« sagte der Junge. »Sind Sie von Kanal 7?«

Holger schlug sich mit der Kühlschrank-Garantie gegen die Brust und sagte: »Klar. Wir behalten dich im Auge. Ich glaube, du hast gute Chancen.«

Der Junge biss die Zähne zusammen und zischte ein agressives »Yessss!« durch die Lippen. Neben ihm standen zwei Mädchen. Stumm und mit verklärtem Gesichtsausdruck himmelten sie ihn an.

Holger ging weiter. Ein bösartiges Grinsen hatte sich in seinem Gesicht ausgebreitet.

»Das kannst du nicht machen«, sagte Linus.

»Mach dir keine Sorgen. Die lassen sich gerne verarschen.«

Linus war nicht der Meinung, dass Kinder sich gerne verarschen ließen. Sie hatten im Grunde die gleichen Träume wie er. Vielleicht hatten sie auf diesem Wege sogar bessere Chancen, sie zu verwirklichen. Und auch wenn er die dümmliche Art einiger Casting-Kandidaten nicht mochte, so fühlte er doch mit ihnen. Ihre Träume wurden zur Einschaltquote verarbeitet.

Jemand rief: »Ey, Jacqueline, deine Väter sind da, ey, die holen dich ab!«

Einige Jugendliche sahen Holger und Linus an und lachten sich kringelig.

Blitzartig sprang Holgers diabolisches Grinsen wie ein ansteckendes Virus auf Linus' Gesicht über. Sein Mitgefühl endete da, wo er sich persönlich herabgesetzt fühlte. Wenn man ihn nicht ernst nahm oder auf seine Kosten Scherze machte, konnte er feindselig werden.

Der Junge, der den Witz auf ihre Kosten gemacht hatte, war ein Gangsterklon, die Statur kaum kräftig genug, um die schweren Goldketten-Imitate zu halten, und das Cappie lässig zur Seite gedreht. Linus schürzte die Lippen.

Du hältst dich also für die Hauptrolle, dachte er. Deine Väter sind da.

Er ging geradewegs durch die Menge auf den Jungen zu und blieb etwa zwei Meter vor ihm stehen. Er schob sich die Videokamera vor den Bauch.

Wer jung war und es daher nicht besser wusste, so dachte Linus plötzlich, konnte diesen überproportionierten Kameraklumpen ebensogut für eine professionelle Fernsehkamera halten.

Linus gab sich Mühe, ganz ruhig und besonnen zu klingen. »Mit solchen Sprüchen kann man sich seine Chancen bei Kanal 7 schnell verscherzen.«

»Ey, sind Sie von Kanal 7, Alter?«

Linus runzelte die Stirn. »Du musst aufpassen, was du hier von dir gibst, wenn es dir ernst ist, ein Megastar zu werden.«

»Ich bin doch schon durch«, entgegnete der Gangster, dann guckte er zufrieden und arrogant in die Runde.

»Deeeemiiiiiis!«, kreischte ein Mädchen.

Der Junge rammte eine Faust in die Luft. »Yo. Alle Bitches zu mir!«

Linus schüttelte irritiert den Kopf und sah Holger an. Jetzt war Holger derjenige mit dem hilflosen Zitronengesicht.

Linus deutete auf die Kühlschrankgarantie in Holgers Händen. »Schreib mal bitte noch Demis mit auf.« Er machte eine Pause, fixierte Demis mit zusammengekniffenen Augen und fügte hinzu: »Mit Doppel-Fragezeichen.«
»Ey, Alter, das kannst du doch gar nich entscheiden!«, motzte Demis aufgebracht.
»Sie«, zischte Linus.
»Alter, dann können Sie das eben gar nich entscheiden.«
»Na, du kennst dich ja gut aus.« Damit wandte Linus sich wieder Holger zu, der mit etwas wedelte, das wie ein Funkgerät aussah.
»Ich muss ohnehin noch mit der Jury reden«, rief er.
Für einen Moment fragte Linus sich, wo Holger das Funkgerät her hatte. Dann wurde ihm klar, dass es der klobige Ersatzakku für die Videokamera war.
Er warf Demis einen kühlen Blick zu, nahm zufrieden die Verunsicherung des Jungen zur Kenntnis und ging. Holger folgte ihm. Die aufwallenden Vibrationen ihrer Lachmuskeln schnürten ihnen die Hälse zu.
Als sie um die Ecke bogen, prustete Holger los. Dabei hielt er sich eine Hand vor die Augen. »Geil. Zu geil. Hast du das Gesicht gesehen?«
»Deeeemiiiiis!«, rief Linus spöttisch. »Die Bitches immer zu Demis!«
Holger schüttelte den Kopf. »So eine Pfeife.« Er wischte sich eine Träne aus dem Augenwinkel. »Okay, Alter. Es geht los.«
Er drückte Linus den Ersatzakku der Kamera in die Hand und drängte sich vor einen Tisch, der von einigen Teenagern belagert wurde. Hinter dem Tisch saßen zwei junge Männer und zwei junge Frauen. Sie nahmen Einträge in irgendwelchen Unterlagen und Listen vor, verteilten Anmeldeformulare und Sticker. Vielleicht Studenten, dachte Linus. Studenten, die später »redaktionelle Mitarbeit bei Kanal 7« als Referenz in ihre Lebensläufe schreiben würden.
Holger drängelte sich an die Tischkante, wechselte mit einem der Typen ein paar Worte, schrieb mit einem Kuli etwas auf ein Formular

und kehrte dann lächelnd zurück. »Okay, Alter, es geht los.« Er zog Linus durch die Kuppelhalle in einen angrenzenden Flur.

»Das hast du schon mal gesagt. Was geht denn los?«, fragte Linus, und weil Holger nicht antwortete, tippte Linus ihm an die Stirn. »Hallo? Warum sind wir hier?«

»Ja, richtig.« Holger legte beschwörend die Hände auf Linus Schultern. »Also, pass auf. Du gehst jetzt in den Saal ... äh ... Nummer drei. Der ist da vorne.« Er zeigte einen mit blauem Teppich, hellblauen Wänden und weißem Stuck verzierten Flur entlang. »Im Saal suchst du dir einen guten Platz mit guter Sicht, alles klar? Und wenn du mich siehst, dann filmst du einfach los. Und immer schön draufhalten, egal was passiert.«

»Und da komme ich mit der Kamera rein?«

»Klar. Ist alles geklärt. Filmen ist erlaubt.«

Holger ließ Linus' Schultern los, atmete aus, als wäre alles gesagt und nichts einfacher als das, und wandte sich zum Gehen.

»Und was heißt, wenn ich dich sehe? Wo sehe?«

Holger schob die Unterlippe vor und stieg ein paar Stufen hinauf in einen weiteren schmalen Flur. Linus wollte ihm folgen, doch Holger wedelte ihn mit den Händen von sich: »Andere Richtung.«

Linus machte widerwillig kehrt. An zwei großen, halb in der Mauer versenkten Flügeln einer Schiebetür musste er sich von einem Security-Mitarbeiter abtasten lassen, bevor er den großen Veranstaltungssaal betreten durfte.

Unsicher sah er sich um. Wenn der proletenhafte Demis ihn bei einer Durchgangskontrolle sehen würde, wäre die Illusion dahin. Linus stellte sich vor, wie der Junge ihn in ausgelassenem Gangsterjargon beleidigen würde. Zum Glück war er nicht zu sehen.

Auch der Saal war voll von hauptsächlich jungen Menschen. Es war ein großer, schmuckvoller Raum, mit einer über die gesamte Breite reichenden Bühne am Ende und einem weiträumigen Parkett davor, das der Länge nach von eckigen Säulen flankiert war. Es gab einen großzügig bestuhlten Bereich, doch die meisten Leute standen.

Linus entschied sich für einen Platz an einer der Säulen. So konnte er sich anlehnen und die Bühne und den Raum gut überblicken.
Keiner schien von seiner Anwesenheit Kenntnis zu nehmen. Alle waren mit sich selbst oder den Darbietungen auf der Bühne beschäftigt.
Einen Moment später starrten so ziemlich alle gebannt auf die Bühne. Denn dort war soeben Sandra aufgetaucht.
Sandra war neunzehn, so ließ ein Teilnehmer der Jury verlauten. Und Sandra hatte ihre üppige Oberweite nur sporadisch mit einer Bluse verdeckt. Ihr Rock ließ sich wiederum nur bedingt als Rock bezeichnen. Manch einer würde ihn eher als Gürtel einordnen.
Die Musik? Schmutzig. Der Beat? Hart. Gesang? Fehlanzeige. Tanz? Nicht zu knapp. Eine Darbietung der Möglichkeiten zweier Schenkel, ein exzessiver Einsatz des Hinterteils, Figuren, die nach einer Tanzstange und fliegenden Geldscheinen verlangten.
Linus war peinlich berührt. Er suchte in der Menge nach Gleichgesinnten. Er wünschte sich den Austausch fragender Blicke von Menschen, die sich fremdschämten, so wie er. Vergeblich. Während des Auftritts dieser Sandra flimmerte unweigerlich der imaginäre Schriftzug *Deutschland sucht den Pornostar* vor seinen Augen entlang.
Die Jury bestand aus zwei Männern und einer Frau. Linus kannte die Männer von Werbeplakaten, die hier und da in der Stadt klebten. Sie waren Moderatoren eines privaten Radiosenders. Sie hatten eine sogenannte Morning-Show, die nicht gerade dem entsprach, was Linus als lustig und motivierend empfand.
Die Frau kannte er nicht. Vor ihr baumelte ein Schild am Tisch, worauf das Kanal 7-Logo prangte, darunter zwei Worte, die Linus aus der Entfernung nicht lesen konnte. Vermutlich der Name der Jurorin. Sie sah aus, als würde sie die Vorstellung von Sandra, neunzehn, lieber gleich als später beenden. Die beiden Männer machten diesen Eindruck nicht.
Dann kam ein Junge namens Daniel, vierzehn Jahre alt. Er sang *My Heart Will Go On* von Celine Dion. Von Stimmbruch keine Spur. So kam er Celine Dion auf eine an einen Eunuchen erinnernde Art

ziemlich nahe. Die Jury bestätigte ihm pure Gänsehautgarantie. Daumen hoch. Nächste Runde.

Jutta, einunddreißig, optisch und akustisch eine Sensation, fand Linus. Sensationell, so dachte er vergnügt, waren vor allem ihr unansehnlicher Teint und die zerstörerische Stimme. Wirklich ätzende Laute. Daumen runter. Keine Chance. Nicht mal als Nummer zur allgemeinen Belustigung. Dafür war sie wiederum nicht schräg genug.

Holger, zweiunddreißig. Linus ältester Kumpel. Ein begeisterungsfähiger Junge. Intelligent, witzig, im Ernstfall verlässlich, leicht gestört. Gleichwohl proletenhaft, düster, ätzend und unzurechnungsfähig. Ein begnadeter Schlagzeuger. Ein hoffnungsloser Fall.

Holger trat auf die Bühne, ohne Schlagzeug, mit einem seltsam schrägen Blick.

Linus wusste nicht, was er davon halten sollte.

Das hier war DSDM. *Deutschland sucht den Megastar*. Zwar war es nur eine unbedeutende, von der Öffentlichkeit kaum wahrgenommene Vor-Vorrunde, offensichtlich waren nicht einmal Fernsehteams vor Ort, aber es war das strikt verhasste Sendeformat, und Holger stand ausgerechnet auf dessen Bühne.

Allzu knapp stellte die Jury ihn vor.

Linus musste daran denken, was Hannah einmal über Holger gesagt hatte, einige Wochen, bevor sie gestorben war.

Es war Sommer gewesen. Linus und Holger hatten sich gerade erst kennengelernt und mit Westerngitarren auf dem Dachboden gesessen, um ihre ersten gemeinsamen Stücke zu schreiben.

Abends brachte Linus seinen Freund zur Straße. Als er zur Haustür zurückkehrte, lehnte Hannah im Türrahmen, die Arme verschränkt, wie immer, wenn sie im Begriff war, Kritik zu üben. Ihr Lächeln, Linus erinnerte sich an ihr misstrauisches Lächeln.

»Mit deinem neuen Freund«, sagte sie, »stimmt etwas nicht. Er schmiert mir ständig Honig um den Bart.«

Tatsächlich war Holger Hannah gegenüber immer besonders freund-

lich gewesen. Manchmal hatte er es übertrieben, hatte sich aufgeführt wie ein Internatsschüler, war hilfsbereit bis hin zur Aufdringlichkeit, und das hatte Hannahs Mißtrauen geweckt. Sie wusste, dass Holger eigentlich ein anderer war, ein schwieriger Typ, Problemfall, jemand, der Linus auf dumme Gedanken bringen konnte. Tante Hannah hatte auch schnell begriffen, dass Holger sich im Hause Keller wohlfühlte und sich darüber im Klaren war, dass er nur dann wiederkommen durfte, wenn er sich zu benehmen wusste.
Hannah ließ ihn wiederkommen, solange er sich benahm. Linus und Holger verbrachten viel Zeit mit ihren Gitarren auf dem Dachboden. Aber Hannahs Argusaugen hatten den neuen Freund immer im Blick. Im Laufe der Jahre hatte sich herausgestellt, dass Holger weder für Linus noch für sonst jemanden eine Gefahr dargestellt hatte. Dennoch erntete er Skepsis, wo immer er auftauchte.

In dem Saal war es eine ganze Lawine der Skepsis, die auf ihn zurollte. Der Jury sah man es an, und man hörte es an der Stimme des Moderators, der Holger vorstellte.
Und die Teenager mussten Holger einfach komisch finden. Die Kleidung, die Frisur, die dunklen Schatten unter den Augen. Er war für dieses Theater zwar schräg genug, aber eindeutig zu alt.
Linus indes betrachtete ihn skeptisch, weil er sich beim besten Willen nicht vorstellen konnte, dass Holger hier ernsthaft an einem Casting teilnehmen wollte.
Den Song, der aus den Boxen ertönte, konnte Linus nach einer einzigen Sekunde identifizieren. *Duran Duran* mit *Wild Boys.*
Linus hatte keinerlei Erwartungen an Holgers Darbietung. In Bandproben hatte Holger zu einigen Songs mal eine Zweitstimme übernommen, ein solider, kräftiger Gesang.
Aber den Leadgesang zu *Duran Duran* zu bringen, war etwas vollkommen anderes. Vielleicht würde Holger einfach anfangen zu brüllen, oder Eskapaden schlagen wie Mike Patton.
Was Linus dann aber hörte, war weitaus mehr als experimenteller

Gesang oder eine Verhöhnung dieser Veranstaltung. Holger sang nicht nur überaus ordentlich, nein, er klang verblüffend ähnlich wie Simon LeBon. Beeindruckt starrte Linus auf die Bühne.

All jenen in diesem Saal, die *Duran Duran*s Original kannten, musste einfach ein Schauer über den Rücken laufen, dachte er. Wer auch nur ein bisschen was von Musik verstand, musste seine Begeisterung teilen.

Der dünne Riemen der Videokamera kratzte an seinem Hals.

»Scheiße, verdammt!«, fluchte er. Die Kamera. Er hob sie auf die Schulter, schaltete sie ein und drückte Aufnahme. Die Akkuanzeige blinkte bereits.

Hoffentlich hält die Batterie das durch, dachte er. Holger würde ihm den Hals umdrehen, wenn er erfuhr, dass Linus den Anfang verpasst hatte.

Die Kamera hatte kein Display. Linus musste sein Auge fest an einen Gummikranz pressen, der wie das Mundteil eines Schnorchels aussah. Er korrigierte die Position seines rechten Auges, um am Ende des schwarz-weißen Kameratunnels etwas erkennen zu können. Er schwenkte im Saal umher, filmte auch die beeindruckten Gesichter der Jury. Sie schienen diese Leistung tatsächlich zu würdigen.

Linus zoomte Holgers Kopf auf Großaufnahme, dabei hielt er die Kamera so ruhig er nur konnte.

»Willst du Megastar werden?«, fragte er sich leise. »Nein, das willst du nicht, oder?«

Linus war so im Tunnel der Kamera versunken, dass er nicht die überheblichen Schwingungen in Holgers Stimme wahrnahm. Und er war sich zunächst auch nicht des aufkeimenden Gemurmels um ihn herum bewusst.

Er schwenkte im Telezoom zur Jury hinüber. Im Saal breitete sich jetzt ein deutliches Raunen aus. Dann tauchte das Gesicht der Jury-Dame von Kanal 7 im Sucher der Kamera auf. Ihr Gesichtsausdruck war seltsam, eine Mischung aus Erstaunen und Ekel. Irgendetwas stimmte nicht.

Linus senkte die Kamera. Seine Augen mussten sich umgewöhnen. Nur ganz allmählich konnte er erkennen, was die Menge in Erstaunen versetzte.

Holger, zweiunddreißig, ein begeisterungsfähiges Wesen, intelligent, witzig, im Ernstfall verlässlich, möglicherweise gestört, gleichwohl proletenhaft, düster, ätzend und unzurechnungsfähig, ein begnadeter Schlagzeuger, ein hoffnungsloser Fall, hatte sein Glied rausgeholt und – Linus konnte nun wieder klar sehen – ließ seinen Bedürfnissen mitten auf der Bühne freien Lauf.

Sein Penis hing einfach aus der engen Lederhose, und daraus rieselte ein schwacher, ja irgendwie unmotivierter Strahl zu Boden, der die ersten Reihen vor der Bühne veranlasste, angeekelt zurückzuweichen.

Das Halbplayback brach ab.

Ein lokalbekannter Radiomoderator, der sonst immer so viel gute Laune zu versprühen versuchte, zischte zornig in sein Mikrofon: »Danke, das reicht!«

Holger steckte seinen Penis wieder ein, begann aber wieder zu singen. Auch sein Mikrofon funktionierte noch. »Pimmel … Pimmel … die Welt ist voller Pimmel … lass sie bimmeln. Yeah, Kanal sieben? Der Pimmel is geblieben …«

Dann drehte er sich um, zog seine Hose runter und präsentierte dem Publikum sein blankes weißes Hinterteil.

Er legte die Hände darauf und bewegte wie ein Puppenspieler die Pobacken zu den Reimen. Die Stimme hörte man nur noch dünn und unverstärkt. Das Mikrofon stand schließlich an der falschen Seite seines Körpers.

Zwei Männer von der Security kamen auf die Bühne gestürmt. Sie rissen an Holgers Armen. Sie konnten sich nicht auf eine Richtung einigen, in der sie ihn abführen sollten.

Holger konnte sich deshalb mit einem Ruck befreien. Er nutzte den Moment, um sich die Hose wieder hochzuziehen. Die Sicherheitsleute packten ihn erneut an den Armen und rüttelten ihn durch, um ihn vom Mikrofon wegzubekommen.

»Ich werd euch auf die Bühne scheißen!«, klang es noch deutlich aus den Lautsprechern. Dann machten die jungen Männer ernst und zogen so sehr an Holgers Oberarmen, dass sie ihn regelrecht von den Beinen rissen und über die Bühne schleiften.
Der Mikrofonständer kippte um. Holger ließ sich widerstandslos ziehen, kompensierte aber die fehlende Verstärkung seiner Stimme.
»Nur einen ganz kleinen Haufen!«, rief er lauthals in den Saal hinein, und es hallte von den Wänden. »Bitte!«
Sie schafften ihn von der Bildfläche, zerrten ihn hinter einen Vorhang. Doch man konnte ihn immer noch hören. Er schrie einfach noch lauter.
»Als Zeichen meiner Wertschätzung! Einen schönen Hau…«
Dann schien ihm jemand das Maul gestopft zu haben.

Teil zwei

Samstage

1

Mit müdem Blick schaute er aus dem Fenster. Seine Stirn klebte an der großen kühlen Plastikscheibe.
Die Oberleitung surrte, die Straßenbahn rollte stadtauswärts. Linus' Blick blieb am ehemaligen Beck's Hochhaus haften. Die Globalisierung hatte der Stadt eines ihrer Wahrzeichen genommen. Jahrzehnte hatte der Schriftzug des hanseatischen Bieres an dem sechskantigen Gebäude an der Hochstraße geprangt wie ein alter Wächter an den Toren der Stadt. Der Wächter war noch da, nur trug er eine neue Beschriftung.
Linus nahm seine Stirn von der Scheibe und setzte sich halbwegs gerade hin. Sein Handy piepte. Er warf einen Blick auf das Display. Nachricht von Holger.
Er steckte das Handy wieder in die Jackentasche. Vielleicht würde er die Nachricht später lesen. Vielleicht auch nicht.
An der Station Neuenlander Straße stieg er aus. Von dort lief er die letzten Meter durch Grolland.
Es war ein warmer Tag, einer der ersten Frühlingstage des Jahres.
Linus machte große, schnelle Schritte. Er war bereits gestern zu spät

gekommen. Er wollte die Arbeit ernst nehmen. Er wusste nicht, was er sonst machen sollte.

Manchmal freute er sich sogar auf den Drink-Markt, auf Walther und Joscha, und mehr noch auf die Rückkehr in seine Wohnung, auf die Abende, die er je nach Stimmung mit Bier und Musik oder mit Brot und Fernsehen verbrachte. Eine Rückkehr ist spürbarer, wenn es zuvor einen triftigen Grund zum Fortgehen gab.

Linus ging vier Mal die Woche für vier Stunden arbeiten. Zu viel Arbeitszeit für einen Vierhundert-Euro-Job. Daher zahlte Drink ihm unter der Hand einen Zuschuss, was beiden zugute kam.

Linus konnte damit vorerst den Schwund des Geldes unter seiner Küchenzeile stoppen.

Walther stand hinter der Kasse und sortierte Zigarettenpackungen in ein Sicherheitsregal.

»Moin«, sagte er. »Hast du das Wetter bestellt?«

Linus nickte. Er mochte Walther. An seinem erstem Tag hatte Walther ihm die Hand gereicht und gesagt: »Ich bin hier die Vollzeit.«

Walther hatte Probleme mit dem Rücken. Die schweren Kisten. Er schleppte nur das Nötigste, stand überwiegend an der Kasse und sprach mit Kunden. Walther war alt.

Linus ging in die Teeküche, einem kleinen Raum mit einem Sichtfenster aus Plastikglas, der dem Leergut-Lager angeschlossen war. Es gab einen Kühlschrank, eine Kaffeemaschine, eine alte offene Wandgarderobe und zwei Stühle. Linus hing seine Jacke auf und setzte sich für einen Moment.

In den ersten beiden Wochen war er manchmal mit schüttelndem Kopf durch den Laden gelaufen. Er hatte es nicht fassen können, dass er hier war. Es hatte sich angefühlt, als würde er sich in einem fremden Leben befinden. Aber er war geblieben, hatte sich klar gemacht, dass er den Rest des Erbes nur erhalten konnte, wofür auch immer, wenn er arbeitete.

Linus hatte sich an die seltsam unpassende Fröhlichkeit gewöhnt, mit der Walther über Bandscheibenprobleme sprach. Und er hatte die einfachen motorischen Tätigkeiten schätzen gelernt, die ihm keine geistigen Höhenflüge abverlangten, ihn aber davon abhielten, zu viel nachzudenken.

In erster Linie sorgte Linus für Ordnung. Der Platz in Markt und Lager war begrenzt. Jede Ecke musste genutzt werden, jede Kiste voll mit passenden Flaschen sein, bevor die nächste Lage aufgestapelt wurde. Es war wie ein großes Tetris-Spiel, fand Linus. Es ging darum, gut zu stauen.

Linus half auch bei der Warenannahme. Meistens aber hielt er sich an der Endstelle der Pfandautomaten auf, wo er Flaschen nachsortierte und in Kisten räumte.

Montags bis Mittwochs arbeitete er an den Nachmittagen. Donnerstags arbeitete er vormittags, weil am Nachmittag Drinks Sohn Joscha zum Aushelfen kam.

Joscha Drink fand seinen Nachnamen, im Gegensatz zu seinem unbekümmerten Vater, etwas lästig.

Das Erste, was er zu Linus gesagt hatte, als sie sich kennenlernten, war: »Sag jetzt nicht, dass es gut passt, wenn ein Drink im Getränkemarkt arbeitet.«

Joscha hatte ihm die Hand gereicht und hinzugefügt: »Den Spruch hab ich nämlich schon ein paar Mal gehört, wie du dir vielleicht denken kannst.«

Linus hatte genickt und seitdem dachte er jedes Mal, wenn er Joscha zur Begrüßung die Hand reichte, wie gut es doch passte, dass ein Drink im Getränkemarkt arbeitete.

Joscha war einundzwanzig. Ein großer athletischer Kerl, Jurastudent im dritten Semester, mit langen Haaren und Seitenscheitel.

Joscha spielte Gitarre in einer Band namens *Grobians*. Er bezeichnete die Musik seiner Band als Britpop mit sozialkritischen deutschen Texten. Linus hatte es zur Kenntnis genommen. Seitdem hoffte er, dass Joscha nicht ständig über seine Musik und seine Band und Demo-Tapes sprechen wollte.

Es war Donnerstag. Linus arbeitete länger, weil Joscha sich frei genommen hatte, um an einer wichtigen Band-Beprechung teilnehmen zu können.

Um halb sechs nahm Linus noch eine Lieferung Bionade an, scherzte mit Walther über die zahlreichen neuen Bezeichnungen für Brause und aß eine Tüte Chips, die aus einem Karton mit kürzlich abgelaufenem Haltbarkeitsdatum stammte.

Nach Feierabend fuhr er mit der Straßenbahn zurück ins Zentrum. Am Brill stieg er aus. Von dort lief er die Treppen hinab zum Weserufer und spazierte an der unteren Promenade entlang.

Die Bars und Restaurants hatten ihre Biergärten bereits geöffnet. Linus setzte sich auf die weiten, langgezogenen Steinstufen, die den Beginn des Osterdeiches markierten. Von hier setzte der Deich sich in leichtem Bogen bis hin zum Weserstadion fort.

Linus hatte bereits die letzten beiden Samstagnachmittage hier verbracht, mit ein paar Dosen Bier im Rucksack und einem Döner in der Hand. Er hatte sich die Menschen mit den grün-weißen Schals angesehen, die alle zwei Wochen nach dem Heimspiel den Osterdeich entlangspazierten, auf dem Weg in eine der Gaststätten, um bei einem Getränk oder einem Snack die Einzelheiten der Partie zu diskutieren. Er hatte sich vorgestellt, dass er selbst mit ein paar Freunden oder einer Freundin samstags in einem Biergarten saß, etwas aß und auf das Spiel wartete. Dass sie sich noch eine Weile die Sonne ins Gesicht scheinen ließen und dann ins Stadion gingen, um ihrer Mannschaft die Daumen zu drücken. Dass sie danach zusammen ins Kino gingen, und schließlich nach Hause. Sie würden gut schlafen. Er würde gut schlafen, die ganze Nacht durch, still und zufrieden, ohne um drei Uhr wach zu werden und beunruhigt in seinem Bett zu liegen und das Gefühl zu haben, sich in einem trüben, fremden Leben zu befinden.

Das Telefon in seiner Jacke signalisierte den Eingang einer Nachricht. Obwohl es unrealistisch war, hoffte Linus beim Piepen seines Telefons manchmal immer noch auf eine Nachricht, die ihn glücklich machen würde, zumindest für den Moment. Es war ein Reflex. Pawlowscher Hund.

Er verband den Signalton noch mit einer Zeit, in der er getextete Gutenachtküsse von Natascha bekommen hatte.
Das Telefon hatte damals regelmäßig diesen bestimmten elektronischen Ton von sich gegeben, und sein Herz hatte jedes Mal augenblicklich höher geschlagen.
Er schaute auf das Display. Zwei ungelesene Nachrichten. Die erste Nachricht war von Holger.

früher hat n guter song dich direkt ins herz getroffen. heute trifft er dich im schwanz. nur noch fickmucke auf mtv! zum kotzen!

Linus archivierte die Nachricht. Er wusste nicht warum. Möglicherweise wollte er Holger irgendwann einmal alle Nachrichten zeigen. Irgendwann, wenn sie alt waren und über alles lachten. Würden sie das jemals tun? Über alles lachen?
Die zweite Nachricht stammte ebenfalls von Holger.

hab unsere kleine casting show bei youtube hochgefahren. wenigstens den teil, den man erkennen kann. du bist ein mieser kameramann.

Er archivierte auch diese Nachricht.
Beinahe zwei Monate hatten sie nicht miteinander gesprochen. Ihr letzter Kontakt war ein Telefonat gewesen, einen Tag nach dem Casting von *Deutschland sucht den Megastar*.
Holger hatte angerufen und Linus' mangelndes Engagement beklagt. Er hatte sich von ihm im Stich gelassen gefühlt, da Linus alles andere als ein vollständiges Filmdokument von Holgers spektakulärem Auftritt erstellt hatte.
Das Gespräch dauerte über eine Stunde. Eine emotionale, destruktive Diskussion.
Er habe sich schließlich nicht aufgedrängt, meinte Linus.
Dennoch, sagte Holger, habe er sich auf ihn verlassen, auf seine Mitarbeit. Schließlich sollte es ein Dokument für das Archiv geben. Da-

mit der Vorgang in der globalen Historie übermittelt werde und auch für spätere Generationen nachvollziehbar bleibe.
Ein anstrengendes Telefonat. Aktion, Reaktion. Vorwürfe, Entschuldigungen, Abwehr, Resignation. Während des Gesprächs verköstigte Holger sich mit Wein und büßte alle fünf Sätze ein Stück seiner Artikulationsfähigkeit ein. Ständig hörte Linus ihn gluckern.
Er hatte Holgers Mischung aus Selbstmitleid, Größenwahn, Stolz und Wut nur schwer ertragen. Davon trug er schließlich selbst genug in sich.

2

Linus wachte immer häufiger mitten in der Nacht auf.
Manchmal lag er da und starrte die Lichtflächen an, die von den Straßenlaternen an seine Zimmerdecke geworfen wurden und von den Fenstersprossen in einzelne Figuren geteilt wurden. Manchmal knipste er die Lampe auf dem Schreibtisch an, schlurfte in die Küche und setzte sich einen Tee auf.
Dann stand er lange an die Küchenzeile gelehnt, lauschte dem Wasserkocher und schüttelte bitter lächelnd den Kopf.
Dann dachte er an den Getränkemarkt.
Er war sich nicht zu schade für den Job, keinesfalls. Er hatte diese Version seines Lebens nur nicht kommen sehen.
Davon abgesehen, dass er viermal die Woche arbeitete, lebte Linus einfach vor sich hin.
Beinahe jeden Nachmittag, wenn der Feierabend nahte, stellte er sich die gleichen belanglosen Fragen.
Sollte er den Abend drinnen oder draußen verbringen, alleine oder am Telefon, mit Bier oder Wein, bei Fernsehen oder Musik, mit bestellter oder tiefgekühlter Pizza? Und jeden Abend kam er trotz der

möglichen Variationen zum gleichen Ergebnis: drinnen, alleine, Bier, Musik, gar keine Pizza.

Es waren solche Nächte, in denen er, vom gescheiterten Versuch der Abstinenz enttäuscht und vom Alkohol betrogen, seine Runden drehte.

Gedankenrunden, ein Gemüt auf Achterbahnfahrt, die Schienen geschmiert von lauem Pilsener.

Nächte, in denen er die Schönheit des Lebens erkannte, plötzlich Freude und Zuversicht empfand.

Oft lag er dann auf dem alten Parkettboden seines Zimmers vor seinem Bett, die Arme und Beine von sich gestreckt, neben ihm einige leer getrunkene Flaschen. Dazu ein melancholischer Song und das Wissen darum, dass alles möglich war.

Mit dem Schiff nach New York, in wenigen Wochen, das war möglich. Ein betagtes Segelboot kaufen, schon im nächsten Jahr, das war möglich. Eine rauschende Party feiern, mit allen Menschen, die er kannte, oder besser noch, die er mochte. Eine ziemlich kleine Runde würde das sein, aber es war möglich.

Er würde es tun, würde es tun, würde es tun. Er würde es tun, wenn alles andere erledigt war. In besonderen Momenten ahnte er die Tragik solchen Denkens.

In jedem Leben spult die Liste der Aufgaben wie der Abspann eines Films über den Bildschirm. In dem Moment, in dem am oberen Rand eine Zeile verschwindet, kommt am unteren Rand eine neue hinzu. Niemals wird alles erledigt sein.

Linus hatte begonnen, die Wochenenden zu mögen. Er genoss besonders die Samstage, an denen das Ligaspiel in Bremen stattfand. Die Atmosphäre war berauschend. Man konnte es fast spüren, wenn über vierzigtausend Menschen sich mit dem gleichen Ziel auf den Weg machten. Und man konnte es sehen, wenn man auf dem Deich der östlichen Vorstadt oder am Ende der Schlachte auf den weiten Stufen saß.

Das Spiel war seit einer knappen Stunde vorbei. Die ersten Schlachtenbummler kamen. Linus lehnte sich auf die Ellenbogen zurück und öffnete sich ein Dosenbier. Er mochte diese leichte Benommenheit in der Sonne. Das Bier verankerte ihn mit den Steinen, auf denen er saß. Er sah die Leute vorbeiziehen, miteinander reden, schweigen, sich beschimpfen und sich küssen. Er wollte es so, wollte Zuschauer sein. In gewisser Weise auch sein eigener.

Die Weser trieb still an der Promenade entlang.

Etwa hundert Meter von ihm entfernt teilten sich ein paar minderjährige Punks eine Flasche Fusel. Ab und zu sahen sie zu ihm herüber. Was mochten sie denken? So etwas wie der freche Demis vom Megastar-Casting? Jacqueline, deine Väter sind da?

Mal abgesehen von seiner penetranten Art hatte dieser Demis vermutlich Recht gehabt. Andere Männer in Linus' Alter waren Väter. Natürlich. Holger und Linus gaben sich rein optisch zwar alle Mühe, nicht wie Väter auszusehen. Aber sie hatten Vaterspuren im Gesicht. Diese Spuren waren nicht aus Sorge um ihr Kind entstanden, sondern aus Sorge um sich selbst.

Linus leerte seine Bierdose und stellte sie eine Stufe tiefer zwischen seine Füße.

Aus kleinen vorbeiziehenden Grüppchen, die meisten in Grün-Weiß gekleidet, bildete sich allmählich ein Strom.

Linus zog sich eine neue Dose aus dem Rucksack, öffnete sie und schlürfte den Schaum vom Dosenrand. Es schmeckte nach Eisen.

Eine kleine Fan-Gruppe, eine junge Frau und drei Männer, die sich durch die Kombination grün-weißer Schals und Cappies mit edlen Sakkos und glänzenden Lederschuhen auszeichneten, schlenderte in einiger Entfernung an Linus vorbei.

Einer der Männer, ein Yuppie, schlank, mit wachem Blick und perfekt geföhntem Scheitel, schlug gezielt einen leichten Bogen ein, als er Linus bemerkte. Die anderen folgten ihm unbewusst. Linus sah an sich hinab, prüfte seine Kleidung.

Braune Dockers, eine dunkelblaue Jeans und ein hellgrauer Pullover.

Er sah alles andere als bedrohlich aus. Ein bisschen verwegen vielleicht, weil er sich ein paar Tage nicht rasiert hatte. Er zerdrückte die Bierdose in seiner Hand. Es knackte.
Natürlich. Das Bier. Es lag am Bier.
Aus der Entfernung machte der Yuppie mit dem gestylten Scheitel einen arroganten Eindruck. Dass er sich für einen Sicherheitsabstand zu Linus entschieden hatte, hielt ihn offensichtlich nicht davon ab, sich über Linus lustig zu machen. Er sagte etwas zu der jungen Frau an seiner Seite. Sie musterte Linus mit herablassendem Blick.
Linus versuchte ihrem Blick standzuhalten, wicht ihm aber aus, schaute dann wieder hin.
Sie liefen nun direkt vor ihm, die junge Frau sah ihn immer noch an. Er erkannte, dass ihr Blick gar nicht so abschätzig war, wie er zunächst gedacht hatte. Es war eher ein unsicherer oder auch fragender Blick, den sie trotzig aufrecht hielt.
Ihre Haare waren zu einem Pferdeschwanz gebunden. Über dem Haaransatz steckte eine Sonnenbrille.
Sie löste sich von dem Mann an ihrer Seite und kam auf Linus zu. Ihre Augen waren etwas glasig.
»Potzblitz. Der Demonstrant.«
Natürlich. Es lag an der Frisur. Mit den zusammengebundenen Haaren sah sie anders aus, jünger.
Linus versuchte seine Freude zu verbergen. Sie hatte ihn vor knapp drei Monaten versetzt, da fand er eine gewisse Zurückhaltung durchaus angebracht.
»Was machst du denn hier?« Sie sagte das nicht mit der gekünstelten Euphorie, die mit einer solchen Frage oft einhergeht, sondern ruhig und mit aufrichtigem Interesse.
Er hob die Schultern, sein Lächeln immer noch schwach. »Ich, ach, ich genieße die Sonne.«
»Nur die Sonne?« Sie wies mit einer Hand auf seine Bierdose.
Linus nickte und blickte an ihr vorbei zu den drei Männern in Sakkos, die sie beobachteten.

Sie folgte seinem Blick, macht eine wegwischende Handbewegung und sagte: »Die können ruhig mal warten. Warst du auch beim Spiel?«
Er zögerte. Auf einmal hatte er das Gefühl, dass ein Zweiunddreißigjähriger einen guten Grund dafür haben sollte, sich am hellichten Tage in der Öffentlichkeit Dosenbier zuzuführen.
»Meine Jungs mussten nach dem Spiel gleich los«, murmelte er. »Da muss ich den Sieg halt alleine feiern.«
Sie zog die Augenbrauen hoch.
Jemand rief ihren Namen. Der arrogante Yuppie mit dem Seitenscheitel. Er hatte sich ein paar Schritte genähert. Ungeduldig deutete er mit dem Kopf Richtung Schlachte.
Jana nahm es zur Kenntnis. Sie schien nachzudenken, richtete ihre Hand dabei auf Linus' Rucksack. »Ist da noch eins drin?«
Er nickte.
Sie drehte sich um. »Wohin geht ihr?«
»Schlachte. Luv oder Paulaner«, rief der Yuppie.
»Geht doch schon mal, ich komme nach«, rief sie.
Das schien ihm nicht zu passen. Er verzog das Gesicht. Dann beriet er sich kurz mit den anderen.
»Wir sind im Paulaner«, rief er schließlich, dann gingen die Männer weiter.
Jana schaute ihnen einige Sekunden schweigend nach, bevor sie sich zu Linus auf die Steine setzte. Sie rückte dicht an ihn heran. Der Duft ihres blumigen Parfums, gemischt mit einer leichten Alkoholfahne, stieg ihm in die Nase. Ein aufregender Geruch.
Sie hob erwartungsvoll die Augenbrauen. »Krieg ich eins ab?«
Linus hatte keine Ahnung, wie sie das machte, aber sie schaffte eine vertraute Nähe. Er wäre gerne noch dichter an sie herangerückt.
Stattdessen zog er ein Bier aus seinem Rucksack und reichte es ihr.
Sie klopfte mit einem Fingernagel auf die Dose, riss sie auf und schlürfte den Schaum vom Rand. »Hättest du gedacht, dass Werder noch gewinnt?«
»Doch, doch«, sagte er. »Es war schon abzusehen.«

Sie lachte laut auf. Hielt inne, sah ihn an und lachte wieder.
»Was? Haben sie verloren?«
Sie presste die Lippen aufeinander und nickte.
»Okay. Ich hab es nicht gesehen«, gab Linus zu. »Ich dachte, na ja, ich dachte, es ist vielleicht ein bisschen komisch, wenn ich hier einfach nur so rumsitze …«
»Wieso?«
»… mit dem Bier, obwohl ich nicht im Stadion war.«
Jetzt machte sie ein abschätzendes Gesicht. Den Ausdruck kannte Linus bereits aus dem Internet-Café.
»Du hast recht. Ist wirklich komisch«, sagte sie. »Warum sitzt du hier?«
»Ich demonstriere.«
Ihr Blick, ein Lächeln, Zuneigung, vielleicht. »Wofür oder wogegen demonstrierst du denn heute?«
Sie knackte mit der Dose. Ein Spritzer Bier kam oben herausgeschossen. »Ups«, sagte sie und Linus grinste.
»Was ist mit deinen Freunden?«, fragte er. »Ist das okay, wenn du dich einfach aus dem Staub machst?«
Sie zuckte mit den Schultern und kam mit ihrem Gesicht ganz nah an Linus heran. »Die sind heute langweilig. Die wollen nicht so richtig feiern. Sie machen das zu sehr am Fußballergebnis fest.«
Er nickte wissend und hielt ihr seine Dose hin. »Zum Wohl.«
Sie machte den Rücken gerade und setzte ein feierliches Gesicht auf. »Zum Wohl.«
Sie nahmen einen Schluck, dann stieß sie etwas auf und Linus tat so, als sei er empört, und das brachte sie beide zum Lachen.
Sie erzählte von ihren Kollegen, jenen, wie sie sagte, jungen Herren, mit denen sie ab und zu zum Fußball ging. Jana erzählte nicht, für welches Unternehmen sie arbeitete. Marketing, so viel verriet sie.
Also sprachen sie über Fußball, Urlaubsreisen, Plateauschuhe für Männer und diskutierten ansatzweise die Frage, wer die Schuld am zunehmenden Terrorismus trug.

Die Steine unter ihren Hintern wurden kalt. Während die Sonne allmählich hinter der Weser herabsank, wurde Jana unruhig.
Natürlich, dachte Linus, sie hatte schließlich noch eine Verabredung.
Er überlegte, ob er nach ihrer Telefonnummer fragen sollte.
Was sollte er sonst tun? In gewisser Weise wäre es angemessen. Sie waren sich immerhin schon dreimal begegnet.
Während er noch überlegte, zog Jana einen Bleistiftstummel und einen kleinen Notizblock aus ihrer Jeansjacke und schrieb seinen Namen darauf.
Sie sah ihn an. Da er nichts sagte, sondern nur guckte, machte sie große Augen und kam mit ihrem Gesicht wieder ganz nah und er roch ihr blumiges Parfum und er atmete es ein und wurde ganz wach.
Sie wich wieder ein Stück zurück und hielt ihm den Notizblock vor die Nase. »Gibst du mir deine Nummer oder ist die geheim?«
Endlich atmete er wieder aus. »Die ist geheim, aber du kannst sie haben.«
Er nahm ihr Stift und Block aus der Hand und schrieb seine Handynummer auf. Im Augenwinkel nahm er wahr, dass sie ihn beobachtete.
»Du kannst unter dieser Nummer anrufen und nach dem Chef fragen.« Er tippte auf den Block und gab ihn ihr zurück.
»Nach dem Chef, ist gut. Und mit dem verbindest du mich dann …?«
Jana erhob sich und knüpft ihre Jacke zu.
Linus stand ebenfalls auf. Sie sollte nicht denken, er hätte heute nichts weiter vor, als hier rumzusitzen und sich zu betrinken.
Er hielt ihr die Hand hin. »Mach's gut.«
Sie lächelte, dann gab sie ihm einen Kuss auf die Wange, etwas überstürzt, als sollte es keiner sehen, drehte sich um und ging.
Er schaute ihr hinterher.
In einiger Entfernung drehte sie sich um und er winkte ihr.

3

Es wäre an ihr gewesen, den nächsten Schritt zu tun. Doch auch am vierten Tag nach ihrer Begegnung am Osterdeich hatte Jana nichts von sich hören lassen.
Am Nachmittag, während Linus gemeinsam mit Joscha Drink zwei große Warenlieferungen annahm, bewertete er Jana im Stillen als unzuverlässig und oberflächlich. Sich selbst nannte er insgeheim einen naiven Idioten.
Doch je weiter der Tag voranschritt, desto weniger Raum blieb ihm für solche Gedanken. Joscha geriet ins Quatschen, und so musste Linus sich ausführliche Erläuterungen zur ersten Demo-CD anhören, die die *Grobians* bald aufnehmen wollten.
Er mochte Joscha, aber er mochte dieses Thema nicht. Aus eben diesem Grund hatte er noch keinen Versuch unternommen, Joscha ins Gewissen zu reden. Wenn jemand ein Lied von der geringen Wahrscheinlichkeit einer Karriere als Rockmusiker singen konnte, so war das Linus. Aber Joscha war jung. Er würde vermutlich nichts davon hören wollen.
Vielleicht hoffte Linus für Joscha und seine *Grobians* sogar das, was er für sich selbst zu hoffen aufgegeben hatte.

Nach Feierabend fuhr Linus nach Hause, setzte sich auf sein Sofa, starrte eine Flasche Pinot Grigio an, die er unterwegs besorgt hatte, und überlegte, ob er sie öffnen oder sich lieber ein Brot schmieren und einen Tee machen sollte. In der Wohnung war es warm und die Luft war verbraucht.
Dann, aus heiterem Himmel, mitten in seinen Überlegungen für und gegen den Weißwein, klingelte das Telefon.
Es war Jana.
Er griff nach der Flasche und stellte sie hinter das Sofa. Er kochte Tee, öffnete die Fenster und drückte sich den Telefonhörer fest ans Ohr.

Er wollte ihr seine ganze Aufmerksamkeit widmen, ihrer Stimme, und dem, was sie einander sagten. Er wollte einen guten Eindruck machen. Am Telefon musste er nicht darauf achten, wie er saß, wie er guckte, wie er aussah. Kein dümmlicher Blick konnte das, was er sagte, verderben, keine ungelenke Bewegung die hoffentlich richtigen Worte zerstören.
Als sie auflegten, war es draußen dunkel geworden. Er ließ sich auf die Couch sinken und starrte mit leicht vorgeschobenem Unterkiefer und verträumtem Blick seinen Tee an. Der Becher war noch voll, der Inhalt kalt.
An diesem Abend fühlte es sich anders an, dazuliegen, den Blick auf die trapezförmigen Lichtflächen an seiner Zimmerdecke gerichtet.
An diesem Abend fühlte es sich nicht so einsam an.
Linus lag da, mit einem seligen Lächeln, das ihn nicht mehr verließ, bis ihm die Augen schwer wurden.
Sein Handy piepte. Seine Augen brauchten eine Weile, bis sie sich an die Helligkeit des Displays gewöhnt hatten und er die SMS entziffern konnte.

Warum haben wir eigentlich nicht länger telefoniert? Hier war es hinterher so langweilig. schlaf schön. ;-)

Er antwortete nicht.
Schlaf schön, dachte er.

4

Die Wetterstationen meldeten die höchsten Temperaturen im Mai seit zwanzig Jahren. Die Prospekte der Baumärkte und Discounter, die Linus beim Frühstück durchblätterte, enthielten in diesem Frühjahr so viele Freizeitprodukte wie nie zuvor. Zelte, Schirme, Pools, Teakholzmöbel, Springbrunnen, Wasserspiele und jede Menge winterharte Washingtonia-Palmen und Bambusgewächse. Abbildungen, die ein Gefühl von Urlaub versprachen oder Sehnsucht nach der Ferne weckten. Ein Versprechen, das die Produkte nicht hielten, eine Sehnsucht, die sie nicht stillen konnten.

Linus gibt sein Geld nicht in Baumärkten aus. Er hat keinen Balkon und keinen Garten.

Dennoch greift er neuerdings, trotz seines monatlichen Einkommens, wieder auf den Rest seines Vermögens zurück. Er braucht Geld, um mit Janas Lebensstil mithalten zu können. Wochenendtrips an die Nordsee oder kurze Städtereisen.

Jana zahlt bei ihren gemeinsamen Unternehmungen stets für sich selbst. Sogar einen Cocktail in der Happy Hour lässt sie sich ungern spendieren. Und wenn sie es doch tut, folgt meistens gleich eine zweite Runde auf ihre Kosten. Einerseits ist Linus darüber erleichtert, andererseits steht diese strikte Trennung der Rechnungen wie ein Sicherheitszaun zwischen ihnen.

Sie weiß über seine Situation Bescheid. Sie weiß nicht, wie viel Geld er hat, aber ihr ist klar, dass er nicht allein von Drink und staatlicher Unterstützung so leben kann, wie sie es tun.

Offensichtlich findet sie es spannend, mit jemandem zusammen zu sein, der auf eine geheimnisvolle Finanzquelle zurückgreifen kann. Zumindest fragt sie nie, woher er das Geld nimmt. Sie nimmt es belustigt zur Kenntnis, wenn Linus wieder einen großen Schein aus seiner Hosentasche zieht.

Wenn er alleine ist und sich die Euphorie einmal legt, macht er sich Gedanken. Seine Rücklagen sind geschrumpft. Irgendwann wird das Geld verbraucht sein.

Er hat noch knapp zehntausend Euro. Aber an den schönen Tagen, die er mit Jana verbringt, lässt er solche Gedanken nicht zu.

Ihren ersten Kuss, abgesehen von der flüchtigen Abschiedsberührung, die Jana am Osterdeich gewagt hat, geben sie sich in seiner Wohnung.
Jana kommt an einem Samstagnachmittag mit einer Packung Kekse, frisch gemahlenem Kaffee und einem Film vorbei. Sie nennt es »Sorglospaket«.
Sie sitzen bei Kaffee und Keksen, die keiner von ihnen anrührt, über zwei Stunden auf seinem Sofa und unterhalten sich, während der Film *L.A. Crash* unbeachtet auf dem Bildschirm flimmert.
Sie dachten, sie wären in der Lage, unbefangen und schweigsam einen Film zu sehen, doch sie haben sich zu viel zugetraut. Die Nähe auf Linus' Sofa, die Tatsache, dass sie sich kaum kennen und dazu die schweren Themen des Films überfordern sie. So beginnt Jana nach nicht einmal zehn Minuten, Fragen zu stellen. Linus ist darüber erleichtert.
Gemeinsames Schweigen erfordert Vertrautheit, und die fehlt ihnen.
Um kurz nach sechs erhebt sie sich vom Sofa.
»Schade«, sagt sie, »aber ich muss los. Muss mich noch umziehen.«
»Ah, der Geschäftstermin, richtig?«
»Richtig.« Sie lächelt.
Er begleitet sie zur Tür und hilft ihr etwas ungelenk in die Jacke. »Bevor ich dich umbringe, besser gar nicht, was?«, murmelt er.
Sie lacht. Sie wippt auf den Füßen und bedankt sich für den schönen Nachmittag.
Er verspürt ein Zucken unter seinem Auge. Er fragt sich, ob sie es sehen kann, oder ob er es als schlimmer empfindet, als es ist.
Sie hebt die Hand, winkt mit den Fingern, nimmt die erste Stufe.
»Du hast deinen Kaffee vergessen.«
Eine hastige Bemerkung.
Sie dreht sich auf der Stufe um. »Der ist fürs nächste Mal. Oder für dein Frühstück morgen.«
»Oder ich verkaufe ihn als Aufputschmittel.«
»War der zu stark?«

Er nickt nur.
Dann verändert sich plötzlich ihr Gesichtsausdruck, als habe sie etwas in ihm entdeckt, dessen er sich selbst nicht bewusst war. Oder als habe sie etwas in sich selbst entdeckt. Er weiß es nicht.
Aber sie kommt die Stufen, die sie bereits hinabgestiegen ist, wieder hinauf und lehnt sich ans Geländer.
»Der war doch nicht stark.«
Er zieht die Stirn kraus. »Sagen wir mal, er hatte einen kräftigen Geschmack.«
»Steht da nicht drauf, dass er mild ist?«, fragt sie. Weil sie sich eigentlich schon verabschiedet haben, klingen ihre Worte nun so aufgesetzt, so unpassend, beinahe lächerlich, dass Linus klar wird, dass die Verabschiedung keine endgültige war.
»Stand nicht auf der Packung, dass der extra stark ist?«
Linus' Gegenfrage klingt nicht weniger gespielt.
Sie macht einen Schritt auf ihn zu und schaut ihn herausfordernd an.
»Wir können ja draufgucken.«
Er tritt zur Seite.
Er gerät unweigerlich unter Spannung. Sie ist in seine Wohnung zurückgekehrt.
Seine Wahrnehmung verändert sich.
Wir können ja drauf gucken, hat sie gesagt.
Er spürt, wie sein Herz schneller schlägt. Wie Erregung in ihm aufsteigt, so plötzlich und unhaltbar wie der Schaum eines zu schnell eingegossenen Champagners.
Sie geht zögernd in seine Küche, er folgt ihr. Sie stellt sich vor die Arbeitsfläche, schaut sich um, abschätzend, als wollte sie die Küchenzeile kaufen.
Der Kaffee steht direkt vor ihr. Sie nimmt den aufgerissenen Beutel in die Hand und liest laut vom Etikett.
»Guatemala Grande. TransFair, Bio, bla bla, hier. Ups.« Sie blickt zu ihm auf. »Vollmundig.«
»Schon okay. Brauchst mir nichts zahlen.« Er lächelt.

Sie hält sich die Tüte unter die Nase. Ein kurzes Schnuppern. »Riecht aber gar nicht stark. Vielleicht ein Versehen. Falsche Abfüllung.«
Sie lässt ihr Handgelenk vorkippen, sodass die Öffnung der Tüte nun auf ihn zeigt. Sie lockt.
Er macht einen Schritt. Kein Meter Platz mehr zwischen ihnen.
Er riecht an dem Kaffee. »Eindeutig vollmundig.«
Sie schnuppert geräuschvoll in kurzen Stößen. Ein süßes, intimes Geräusch. »Vollmundig? Aber vollmundig kann doch trotzdem mild sein, oder?«
»Darf ich noch mal?« Er nimmt ihre Hand und führt sie mit der Kaffeetüte unter seine Nase. Er zittert. Die Berührung verwirft alle Zweifel. Die verspielte Hülle fällt ab. Ein überwältigendes Gefühl entweicht.
Begierde.
Ihre Hände sinken hinab, die Finger rutschen auseinander. Die Kaffeetüte fällt auf den Boden. Das Pulver verteilt sich über seine braunen Dockers und ihre schwarzen Schnallenschuhe.
Ihre Schläfe an seiner Wange, der Hauch einer Berührung. Er atmet schwer. Sie ist ganz still.
Sein Brustkorb zieht sich zusammen, sie weicht zurück und sieht ihn an. Ein oder zwei Sekunden.
Ihre Pupillen rollen den Lidern entgegen, er küsst sie, sie küsst zurück, behutsam, dann vollmundig.

5

Sonnenstrahlen durchströmen die Hälfte des Zimmers, in der sich das Sofa und die Tür zum Bad befinden. Die andere Hälfte, in der Schreibtisch und Bett stehen, liegt im Schatten, und mit fortschreitendem Nachmittag breitet der Schattenanteil sich aus wie ein transparenter dunkler Fächer. Die Zimmerfenster sind einen Spalt breit geöffnet. Nur ab und zu strömt ein wenig frische Luft herein.

»Bin ich zu schwer?«

Ihr Kopf liegt in der Mulde seiner rechten Schulter. Er genießt es. Sie zieht ihr rechtes Bein an, bis es auf seinem Schritt liegt. Er schiebt es wieder ein Stück zurück.

»'Tschuldigung«, flüstert sie.

Seine Augen werden schwer. Er lauscht ihrem Atem und bald wechselt er wieder in einen Parallelzustand, in dem er schläft, sich dessen aber auf seltsame Weise bewusst ist, passiv und nicht in der Lage, es zu ändern. Er will es auch gar nicht ändern.

Ihr Geruch, der Druck ihres Kopfes auf seinem Körper, ihr leiser, regelmäßiger Atem. Sie ist bei ihm.

Der Druck auf seiner Schulter lässt nach. Oder bildet er sich das ein? Irgendwann schlägt er die Augen auf. Sie stützt ihren Kopf auf die Hände und sieht ihn an.

»Hast du mich beobachtet?«

Sie nickt.

»Beim Schlafen?«

»Ja«, flüstert sie. »Ist schön, wie du schläfst.« Sie legt ihre Hand an seinen Hals. »Sieht so friedlich aus.«

Er lächelt. Er ist friedlich.

Sie streichelt seinen Arm.

»Wollen wir aufstehen?«, fragt er.

»Ist gut«, sagt sie. Er will sich aufrichten, doch sie legt ihren Kopf schnell auf seine Brust und macht sich schwer.

»Nur noch ganz kurz.«

Er bleibt liegen, doch bald beginnt seine Handfläche zu kribbeln. Er macht Fingerübungen.

»Hm?«, macht Jana.

»Nichts.« Linus spürt, wie sich das Kribbeln auch in seinem Arm ausbreitet.

Sie hebt den Kopf, damit er seinen Arm darunter hervorziehen kann.

Sie rollen sich auf die Seite, einander zugewandt. Sie sehen sich an, lange, nachdenklich und konzentriert, bis ihm die Augen zufallen.
Als er sie eine Weile später wieder öffnet, klebt sein T-Shirt am Rücken fest. Auf seiner Stirn steht der Schweiß. Er will aufstehen, sich am offenen Fenster recken und etwas trinken, aber er bleibt liegen.
Sie schläft. Ihr Atem ist hörbar und gleichmäßig, die Lider zucken ab und zu, die Lippen ruhen entspannt aufeinander.
Sein Blick verschleiert sich. Eine Träne löst sich aus dem Augenwinkel, rollt an seiner Schläfe entlang und zerplatzt an seinem Ohransatz.

Als sie das nächste Mal erwachen, ist es bereits halb sieben am Abend. Sein aufgeheiztes Zimmer liegt vollkommen im Schatten der Hauswände.
Jana blickt auf die Uhr auf seinem Schreibtisch. Ein paar braune Strähnen kleben an ihrer Stirn.
»Oh Gott«, murmelt sie. »Es ist schon so spät.«
»Was machen wir?«, fragt er. Er kann die Augen nicht lange geöffnet halten. Seine Lider sind schwer und es fühlt sich an, als wäre sein Körper mit der Matratze verbunden.
Sie liegen seit Mittag im Bett, mal wach, mal schlafend. Jana robbt sich zum Fußende des Bettes und fischt die Fernbedienung vom Teppich. Dann lässt sie sich wieder neben ihn in die Kissen fallen, schaltet den Fernseher ein und sieht sich ein Promi-Magazin an. Das macht ihn wach. Bald verfolgt auch er die Nachrichten über Paris Hilton und Verona Pooth.
Neuigkeiten über Hollywoods Promis, *Deutschland sucht den Megastar*, *Das Perfekte Dinner* – mit Jana macht ihm das alles Spaß. Alleine hat er beim Konsum üblicher Volksunterhaltungsformate immer das Gefühl, isoliert zu sein und das Leben draußen zu verpassen.
Jetzt passt es auf einmal in seine Welt, weil er sie mit jemandem teilt.
»Asiatisch?«, fragt er, seinen Blick auf die gleichen Bilder gerichtet, die auch Jana verfolgt.
Robin Williams auf einem roten Teppich, freundlich lachend für die

Kameras und mit einigen Reportern über seinen Sieg gegen den Alkohol sprechend.
Jana grinst zufrieden den Fernseher an. »Okay. Asiatisch. Aber nur noch dieses Mal. Nächste Woche gibt's Brot.«
Linus ruft den Lieferservice an. Sie entscheiden sich für Bratnudeln mit Hühnerfleisch und Ente mit Satesoße.
»Hunger«, sagt er.
Sie nickt. »Ich auch.« Jetzt richtet sie ihren Blick vom Fernseher auf ihn: »Was hast du eigentlich vor?«
Er zieht die Augenbrauen hoch, und obwohl er ahnt, worauf diese Frage hinaus läuft, fragt er: »Vor?«
Sie richtet sich etwas auf und legt eine Hand auf sein Bein. »Ja. Mit deinem Leben. Ich meine, du bist ja immerhin schon zweiunddreißig.«
Linus nimmt beunruhigt zur Kenntnis, dass ihre eben noch den Promi-News geltende Aufmerksamkeit sich zunehmend auf ihn richtet.
»Wir haben da noch nie wirklich drüber gesprochen«, sagt sie, »aber hast du irgendwelche Pläne? Ich meine, willst du in deinen alten Beruf zurückgehen oder vielleicht stellvertretender Getränkemarktleiter werden?«
Übertrieben ernsthaft sagt Linus: »Ich befinde mich in einer Phase der Neuorientierung.«
Jana blickt ihn nachdenklich an, dann steht sie auf, hüpft wie auf heißem Sand durch sein Zimmer und verschwindet im Bad.
Ihre Fragen haben Linus an Brunssen erinnert. Der hat ihm dieselben Fragen schon vor über einem halben Jahr gestellt.
Linus greift zum Telefon und wählt Brunssens Nummer. Viel zu lange schon hat er sich nicht beim ihm gemeldet.
»Sie haben die Nummer von Ina und Hannes Brunssen gewählt. Wir sind im Moment nicht zu Hause. Bitte hinterlassen Sie eine Nachricht. Danke.«
Linus spricht eine konventionelle Nachricht auf. »Hi, hier Linus. Ich wollte nichts Besonderes. Nur mal hallo sagen und fragen wie es euch

geht.« Er macht eine Denkpause. »Äh … also, wir sind gleich nicht mehr da und ihr seid ja auch nicht zu Hause. Wir können ja sonst die Woche mal telefonieren. Macht's gut, schönen Abend noch. Tschüs.«
Als er auflegt, geht die Klospülung, dann hört er den Wasserhahn und die Badezimmertür öffnet sich zögerlich. Jana gibt ihr schließlich einen Schubs mit dem Fuß.
»Wen hast du angerufen?« Sie hat beide Hände zu einem nach oben geöffneten Becken geformt.
»Brunssen«, kann Linus noch sagen, als ihn plötzlich eine Ladung Wasser im Gesicht trifft.
Er bewegt sich nicht, er macht nur ein dämliches Gesicht, während die Tropfen von seiner Nase und seinem Kinn auf das Laken fallen. Jana lacht kurz und laut und künstlich und dann tut sie so, als würde sie ein weiteres Lachen unterdrücken.
Mit zusammengepressten Lippen kommt sie zu ihm ins Bett, macht ein betroffenes Gesicht, schiebt ihm ihre nassen Hände in den Nacken und unter das T-Shirt.
Er spielt den Beleidigten, verkündet überdeutlich, dass er Durst hat und greift nach der Wasserflasche neben seinem Bett.
»Wehe«, hört er sie sagen, während er den Deckel von der Flasche dreht.
»Keine Angst. Will was trinken. Ich bin nicht so hinterhältig wie du«, sagt er. Jana lehnt sich zurück. Sie kann sich nicht schnell genug hinter der Bettdecke verstecken und so ergießt sich ein breiter Wasserschwall aus der Flasche über sie.
»Du Schwein!«, ruft sie.
»Du hast angefangen.« Er hat Mitleid, als er ihre nassen Haare und das bedröppelte glänzende Gesicht sieht.
»Gib her.« Sie greift nach der offenen Flasche. Er lässt nicht los. Ein zaghaftes Gerangel, immer wieder schwappt Wasser über.
Sie ist bald ganz nass, er kaum, und weil sie ihm wieder leid tut, gibt er nach, lässt die Flasche los und sie kippt ihm genüsslich den Rest Wasser über den Kopf.

Sie reiben sich gegenseitig die Hände über ihre Körper, als könnten sie damit das Wasser in ihre Haut massieren und einander besonders heftig ärgern.
Sie lässt sich zurückfallen und zieht ihn mit sich.
Sie rollt die Augen hoch, als würde sie ohnmächtig, zeigt ihre Zunge, leckt seine Lippen und zieht sich wieder zurück. So wächst die Spannung zwischen ihnen. Und er wird ganz unruhig dadurch, und etwas ungestüm.
Es klingelt an der Tür.
»Nein«, sagt er verzweifelt.
»Essen ist da.« Sie stößt ihn sanft von sich. Mit der Hand streift sie absichtlich seinen Penis. »Los, schnell.«
Er schaut sie einen Moment an, steht schließlich auf, geht zur Tür und drückt den Summer. »Fünfter!«, sagt er in die Gegensprechanlage. Von unten folgt missmutiges Stöhnen.
Während er am Türrahmen lehnt, kommt Jana mit einem Handtuch und einem neuen T-Shirt. Das Handtuch legt sie ihm auf den Kopf, das T-Shirt über die Schulter. Sie hat sich einen Bademantel übergezogen und hält ihm ein Portemornaie unter die Nase.
»Ab hier übernehme ich.« Mit diesen Worten schiebt sie ihn in die Wohnung und nimmt seinen Platz am Türrahmen ein.
Er geht ins Bad, zieht das nasse Shirt aus, trocknet sich schnell ab und kehrt in frischem Shirt und dem Gefühl, gerade geduscht zu haben, zurück in sein Zimmer.
Jana sitzt auf dem Bett. Sie hat das Essen ausgepackt und Besteck bereitgelegt.
Während sie essen, sagt sie unvermittelt mit vollem Mund: »Wie wäre denn ein eigenes Geschäft?«
Er zieht sich zwei Nudeln zwischen die Lippen hindurch und sieht sie dabei fragend an.
»Du könntest dich selbstständig machen.«
»Womit denn?«, fragt er. »Soll ich Absagebriefe von Plattenfirmen verkaufen?«

Sie kaut nur.
»Oder soll ich einen eigenen Getränkemarkt eröffnen?«
»Das wäre doch was.« Sie schraubt eine neue Wasserflasche auf und sieht ihn herausfordernd an, als wolle sie die Schlacht fortsetzen. Er macht große Augen. Sie nimmt lächelnd einen Schluck aus der Flasche.
»Du willst nicht ehrlich, dass ich Getränkehändler werde!«
»Nein. Aber man kann sich ja auch auf anderen Gebieten selbstständig machen. Irgendwas, das dich interessiert.«
»Mich interessiert ja leider nichts.« Diese Worte kommen ihm so leicht über die Lippen, dass er selbst darüber erschrocken ist.
»Du interessierst dich für nichts?«
Er schüttelt den Kopf.
»Gar nichts?«
»Doch. Für dich.«
»Und was noch?«
»Musik. Manchmal.«
»Siehste.«
»CD-Läden gibt es genug«, sagt Linus. »Und die Leute gehen ohnehin alle zu Saturn oder gleich ins Internet. Und Instrumente verkaufen lohnt sich nicht. In Bremen haben alleine letztes Jahr zwei wirklich gute kleine Gitarren-Läden und ein Klavierhaus dichtgemacht.«
»So fantasielos bist du doch nicht. Eure CD zum Beispiel, die fand ich wirklich gut. Also nicht die Musik, sondern das drumherum. Die Aufmachung und die kleinen witzigen Ideen.«
»Nicht die Musik also. Danke.«
Sie verdreht die Augen.
Er zuckt mit den Schultern. »Was denn? Die Aufmachung hat uns nicht geholfen.«
Jana legt ihre Gabel in die Plastikschale, nimmt die Wasserflasche in die eine Hand und kneift ihn mit der anderen am Kinn. »Das meine ich ja auch nicht. Ich will damit nur sagen, dass du doch Fantasie hast. Also wird dir vielleicht was Besseres einfallen als ein gewöhnlicher

CD-Laden. Bekannte von mir in Berlin zum Beispiel …« Sie drückt zwei Finger an seine Stirn. »Hörst du mir zu?«

Ein paar Nudeln baumeln an seinem Kinn. Er saugt sie ein und nickt dabei.

»Gut, also die haben zum Beispiel ein Café aufgemacht, mit angeschlossenem kleinen Buchladen. Da kannst du sitzen, irre gemütlich, ein bisschen in den Büchern stöbern, und wenn sie dir gefallen, dann kannst du sie dort auch kaufen. Da gehen auch total viele Leute ihren Kaffee trinken, die nicht lesen. Oder sie trinken abends einen Wein, weil es einfach so gediegen ist, mit den ganzen Bücherwänden um sie herum.«

Sie nimmt einen Schluck Wasser und schraubt die Flasche wieder zu. »Der Buchverkauf ist nur ne Nebenquelle. Aber es ist trotzdem wichtig, damit der Laden sich von anderen Cafés abhebt und konkurieren kann. Und die Inhaber können sich ganz nebenbei mit ihrer geliebten Literatur beschäftigen.«

»Dein Essen wird kalt«, sagt er.

Sie legt sich eine Hand auf den Bauch. »Bin satt. Willst du den Rest von meiner Ente?«

Er schüttelt den Kopf. »Ich schaffe meins kaum.«

Sie greift zur Fernbedienung. An diesem Abend und auch danach erwähnt Jana kein einziges Mal mehr den Laden ihrer angeblichen Bekannten in Berlin. Und sie fragt auch nicht mehr nach seinen Plänen. Sie sehen sich im Fernsehen einen Krimi an, verdauen das Essen unter Zuhilfenahme einer Flasche Pepsi und zappen vergnügt durch das Fernsehprogramm.

Kurz nach Mitternacht kippt Linus sich selbst etwas Wasser über den Kopf, sieht sie erwartungsvoll an, und während einer Wiederholung der Sendung *Zimmer Frei* setzen sie das fort, wobei der Lieferservice sie unterbrochen hat.

Es ist wild, zärtlich, wunderbar, und es beraubt sie ihrer letzten Energie. Schlafen können sie hinterher trotzdem kaum, schließlich haben sie das schon den halben Tag getan.

Um drei Uhr in der Nacht ist Linus immer noch wach. Er hat versucht, durch trotziges Verschließen der Augen den Schlaf zu erzwingen, doch, wie sonst auch, funkioniert es nicht.
Schließlich öffnet er die Augen. Die Straßenlaternen sind aus. Er schaut angestrengt in die Dunkelheit, versucht zu erkennen, ob Jana wenigstens schläft. Nur ganz allmählich stellen sich seine Augen auf die Lichtverhältnisse ein.
Als Konturen deutlich werden, sich grobe Flächen abzeichnen, dann vage Umrisse, und sich das Dunkel schließlich zu einer unterbelichteten Skizze formt, stellt er fest, dass sie ihn ebenfalls ansieht.
Nach einer Weile schnauft er etwas und schluchzt und sie fragt: »Weinst du?«
Er antwortet nicht. Sie streicht mit dem Daumen unter seinem Auge entlang und fragt: »Warum?«
»Nur so«, flüstert er.

Ideen aus Berlin

1

Sie trafen sich fast täglich. Manchmal verbrachten sie ganze Wochenenden im Bett, bestellten Pizza, lachten und wunderten sich über das Fernsehprogramm. Sie sahen sich gute Filme an, und versehentlich auch schlechte, tranken Wein und gingen ab und zu an der Weser oder im Kneipenviertel am Steintor spazieren. Linus hatte keinerlei Zweifel: Diese Wochen waren die schönsten seines Lebens.

Die Wände seiner Wohnung hielten die übrige Welt von ihnen fern, als befänden sie sich unter einer Taucherglocke. Nichts konnte sie stören, nichts konnte sie alltäglich machen. Das besänftigende Gefühl, dass sie das Richtige taten, wich nicht eine Sekunde von ihnen. Manchmal fürchtete Linus, Jana würde das Zusammensein mit ihm bloß so sehr genießen, weil es eine Abwechslung von dem war, was sie eigentlich tief in ihrem Inneren verkörperte. Als wisse sie längst, dass es nicht ewig so bleiben würde. Als glaube sie, man müsse mal so etwas erlebt haben, dieses schöne laue Leben mit einem Mann wie ihm, in etwa so, wie man mal Bungee gesprungen oder in Paris gewesen sein sollte.

Anfang August traten sie das erste Mal gemeinsam hinaus in die Welt. Linus war beunruhigt. Er konnte nicht einschätzen, was außerhalb ihrer Zweisamkeit mit ihnen geschehen würde.
Oft war er verunsichert, wenn sie auf Menschen aus Janas Umfeld trafen. Gelegentlich fühlte es sich falsch an, wenn sie mit diesen Leuten redete und dabei seine Hand hielt. Als wäre es nicht möglich, beides zu haben. Ihn und alles andere.
Andererseits fand er es aufregend, Neues an ihr zu entdecken.
Sie machten Ausflüge nach Hamburg, Wien, Barcelona und Berlin, gingen auf Partys in der Schanze, im Steintorviertel und in Friedrichshain. Sie besuchten so viele kulturelle Veranstaltungen, wie Linus in seinem ganzen Leben nicht gesehen hatte.
Er zeigte ihr ein paar Lokale in Bremen und Hamburg, in denen man erstklassige britische Bands sehen konnte. Bands, die später oft erfolgreich wurden. Und Jana nahm ihn mit zu Vernissagen, in Galerien und zu Lesungen.
Sie setzte immer genau so viel Energie in ihm frei, dass er dabei sein wollte, sich überwinden konnte, alles mitzumachen. Und es machte ihm Spaß, auch wenn er das nicht immer zeigen konnte. Denn stets begleitete ihn tiefe Unsicherheit.
Er hielt es zunächst für unnötig, ihr seine Freunde vorzustellen. Das verunsicherte wiederum sie, denn eigentlich war sie dafür durchaus aufgeschlossen.
Einzig Brunssen hatte sie einmal kennengelernt. Sie waren zu viert in einem arabischen Restaurant gewesen. Sie verstanden sich auf Anhieb, auch Ina schien gut mit Jana auszukommen.
Nach dem Hauptgang, den sie mit zwei Flaschen Wein runtergespült hatten, saßen Brunssen und Linus entspannt in einem Separée und rauchten Wasserpfeife, während Ina und Jana mit den Kellnern flirteten und nebenbei die Dessertkarte studierten.
Brunssen sagte mit eindringlicher Stimme: »Diese Frau, mein Freund, ist genau das, was du brauchst. Sieh zu, dass sie dir nicht abhaut.«
Linus zog an der Wasserpfeife. Er fand es anmaßend, dass Brunssen

diese Einschätzung gleich bei seiner ersten Begegnung mit Jana äußerte. Vor allem aber störte Linus, dass das Lob für seine Freundin ihn selbst mit demselben Satz herabsetzte. Zu bemerken, dass er jemanden brauche, implizierte schließlich, dass er es alleine nicht schaffte. Du brauchst jemanden, der dir unter die Arme greift, sollte es heißen. Das kränkte Linus, obwohl ihm klar war, dass Brunssen es nur gut meinte. Immer meinte Brunssen es nur gut.

Linus hatte aber nur genickt und gelächelt. Zum einen hatte er die gute Stimmung nicht verderben wollen, indem er sie beide an ihren Streit auf Wangerooge erinnerte, zum anderen wusste Linus tief in seinem Inneren, dass Brunssen recht hatte.

Abgesehen von Brunssen und Ina hatte Jana noch mit niemanden aus Linus' Leben Bekanntschaft gemacht. Auch nicht mit Holger.

Holgers Textnachrichten waren immer befremdlicher geworden. Linus wusste längst nicht mehr, was er darauf noch antworten sollte. Eine der letzten Nachrichten, die er gespeichert hatte, lautete:

Die, die es nicht schaffen, leisten den gleichen wichtigen beitrag wie die anderen. Man muss nur die gesamtheit sehen. Alles entfacht wirkung. Alles ist wichtig. Alles.

Eine andere Nachricht aus dem angelegten Holger-Archiv, das bereits fünfundvierzig Textmitteilungen enthielt, war diese:

In seinem wahn, unkonventionell und gegen jede gesellschaftliche regel zu senden, hat mtv es längst zu einem psychopatischen gesamtauftritt gebracht!

Es trafen auch schlichtere Botschaften ein, deren Rechtschreibung und Grammatik verrieten, in welchem Zustand der Verfasser war:

Boah, bin ich vol. Im der ständige vertretung gibt pints für euro. War grad schon ihm. unser youtubevideo hat 27.367 views.

2

Linus verbrachte den Freitag alleine in seiner Wohnung. Er vertrieb sich die Zeit mit Bügeln und Fernsehen. Später klampfte er eine Weile auf seiner Gitarre herum.

Um nicht in alte *Planes*-Riffs zu verfallen, versuchte er krampfhaft, einen neuen Song zu schreiben, doch das einzige Fragment, das er zustande brachte, klang abgedroschen. Die leeren Akkorde waren in dieser oder ähnlicher Abfolge schon tausende Male benutzt worden, besonders häufig in den fünfziger Jahren.

Was den Rhythmus anbelangte, in dem er das Riff spielte, da gab es kaum etwas Einfältigeres als den von ihm gewählten Vier-Viertel-Takt. Linus versuchte ihn zu variieren, indem er einige Abwärtsschläge mit dem Handballen dämpfte.

Vielleicht solltest du das aufnehmen, dachte er. Vielleicht wäre das ja einfältig genug für einen kommerziellen Erfolg. Diese Schlussfolgerung hätte von Holger stammen können, dachte er dann.

Mit diesem Gedanken kam das schlechte Gewissen. Er hätte sich schon vor Wochen bei Holger melden müssen.

Er stellte die Gitarre beiseite, sah zur Uhr und ging ins Bad, um sich die Zähne zu putzen.

Es war kurz vor fünf. Er wollte mit Jana ins Kino gehen. Ein Film von David Cronenberg. Jana hatte mittags angerufen und gesagt, sie werde gegen fünf mit einer Stange Baguette und frischem Käse bei ihm auftauchen.

Sie würde sich ohnehin verspäten, dachte er und griff kurzerhand zum Telefon, um Holger anzurufen. Er war geduldig, ließ es klingeln. Er wusste, dass Holger sein Handy oftmals nicht hörte, wenn er es tief in der Tasche stecken hatte.

Die Geduld zahlte sich schließlich aus. Holgers Stimme klang im ersten Moment wach und ausgeglichen. Doch schon im zweiten Satz mischte sich alkoholbedingtes Nuscheln hinzu.

»Ist etwas laut hier«, sagte Holger.
»Wo bist Du?«
»Schnoor-Destille. Aber ich gehe … aber ich … ich gehe gleich heim. Linus? Bist Du noch dran?«
»Ja, bin dran.«
»Ich geh schnell und geh duschen. Und ’n Kaffee brauch ich. Kannst du mich dann noch mal anrufen? Meine Telefonkarte ist leer. Linus?«
»Klar«, sagte Linus. Notfalls würde er mit Jana in die Spätvorstellung gehen. »So in einer Stunde?«
»Gib mir zwei!« sagte Holger.
Sie legten auf.
Duschen und einen Kaffee trinken. Aus Holgers Mund klangen solche Aussagen oft ironisch. Jetzt meinte er es offensichtlich ernst. Er schien mit jemanden reden zu wollen. Mit jemand anderem als den Menschen an der Theke einer Kneipe.

Als Jana um kurz nach halb sechs seine Wohnung betrat, bemerkte Linus etwas Merkwürdiges in ihrem Blick. Als habe sie soeben irgendetwas amüsiert.
Aber er hatte keinen Witz gemacht und auch sonst hatte niemand einen Witz gemacht. Sie waren unter sich.
Sie hatte ihm auch nicht berichtet, dass sie eine Gehaltserhöhung bekommen hatte und hatte vermutlich auch keinen Sekt getrunken. Sie war mit dem Auto gekommen.
Sie stellte ihre Handtasche ab, machte aber keinerlei Anstalten, sich ihrer Jacke zu entledigen. »Du tust jetzt, was ich sage.«
Für Linus klang das nach Filmdialog. Er machte einen Schritt auf sie zu und umfasste ihre Tallie.
Sie hob die Augenbrauen. »Nichts da. Du musst tun, was ich sage.«
Er ließ seine Hände fallen. »Zu Befehl.«
»Zieh dir was Bequemes an, nimm dir eine Jacke und deinen Ausweis und etwas Geld. Und sieh nach, ob die Kaffeemaschine aus ist. Und komm mit.«

»Kino? Kein Käse-Baguette?«
»Mach.«
»Vorher essen gehen?«
»Los.«
»Überraschung?«
»Bitte.«
»Wir gehen essen, richtig?« Er sah an sich hinab. »Ist alles bequem, brauche nichts zu ändern.«
»Gut«, sagte sie. »Dann los. Hast du Geld?«
»Klar.«
»Und die Kaffeemaschine?«
»Hatte heute keinen Kaffee.«
»Gut. Dann los.«
»Aye, Sir.«
Sie verließen seine Wohnung. Sie nahm ihn bei der Hand wie ein Kind, zog ihn durchs Treppenhaus, raus auf die Straße und in ihr Auto, einen alten Mazda, der quer auf dem Bürgersteig vor der Haustür geparkt war. Sie hing an diesem Auto. Sie nannte es Madze.
Sie kurvten durch Bremen, Richtung Süden, ließen die einzigen infrage kommenden Restaurants hinter sich, und je weiter sie fuhren, desto schwieriger wurde das Raten des Ziels. Linus ließ es resigniert bleiben. Auf seine Mutmaßungen regierte Jana ja doch bloß mit überheblichem Grinsen und Schulterzucken.
Er stellte die Lüftung an und hielt sein Gesicht davor, um wacher zu werden. Jana nahm das belustigt zur Kenntnis, doch sie schwieg weiterhin.
Als sie ihren Mazda auf direktem Weg in die Airport-Stadt lenkte, auf eine Straße, die nur dieses eine Ziel kannte, bildete sich in Linus' Kopf ein ausgewachsenes Fragezeichen. Er saß da, seine Augen waren mittlerweile ganz ausgetrocknet vom Luftstrom, und er nahm verunsichert und schweigend zur Kenntnis, wie sie in das Flughafen-Parkhaus für Langzeitparker einfuhren.
Und Jana schwieg.

3

Etwa drei Stunden später, gegen halb neun mitteleuropäischer Zeit, saß Linus in einem kleinen Café.

Vor ihm stand eine Tasse frisch gebrühter Cortado leche y leche. Er sah hinaus auf die Straße.

Er war beeindruckt von Janas Gespür. Sie wusste, wie sie mit ihm umzugehen hatte.

Sie war einfach mit ihm zum Flughafen gefahren und losgeflogen. Sie hatte ihm nicht verraten, was sie mit ihm vorhatte.

Vom Flughafen aus waren sie mit dem Taxi nach Charlottenburg gefahren, ein paar Meter gelaufen und an einer Kreuzung hatte Jana ihre Hände in sein Jacket gekrallt, ihn eindringlich angesehen und gesagt, sie würde jetzt geschäftlich jemanden treffen.

Sie hatte ihm einen Brief gezeigt, aus dem der Termin hervorging. Keine weiteren Fragen. Es werde ungefähr eine Stunde dauern, hatte sie gesagt, er könne ja solange irgendwo einen Kaffee trinken.

Sie hatte ohne zögern schräg über die Kreuzung gezeigt, wo sich im Erdgeschoss eines Altbaus ein kleines Café befand. »Warte da auf mich«, hatte sie gesagt.

Da es zu regnen begann, hatte Linus das Café ohne Umwege betreten und hatte den Cortado leche y leche – eine spanische Kaffeespezialität – bestellt.

In wie viele Cafés oder Bars in Berlin hätte er gehen können, um auf Jana zu warten! Sie hatte ihn ausgerechnet in dieses hier geschickt.

Ein gediegenes kleines Café. Der dunkle Holzdielenboden knarzte unter den Füßen, die alten Schirmlampen warfen ein warmes Licht an die Wände und jeder der unterschiedlich gepolsterten Sitzplätze befand sich in unmittelbarer Nähe zu einem dunklen Bücherregal. Man konnte, während man einen Kaffee, Tee oder Wein schlürfte, mit der Hand in eines der rustikalen Regale greifen und sich ein Buch herausziehen, ohne sich vom Sitz erheben zu müssen.

Und es konnte nicht passieren, dass man einen Platz am Regal für klassische deutsche Literatur hatte, unpassenderweise aber ein Fan britischer Popliteratur war, denn die Bücher standen ungeordnet, ja geradezu chaotisch in den Regalen.
Linus zog wahllos ein Buch heraus, ein leichtes gebundenes Exemplar des Romans *Arnes Nachlaß* von Siegfried Lenz, legte es neben sein Kaffeeglas auf den Tisch und lehnte sich zurück. Nachdenklich betrachtete er die Kombination. Getränk und Buch. Buch und Getränk. Jana hatte ihn in den letzten Wochen nicht ein einziges Mal wieder zu seiner Zukunft befragt, geschweige denn dieses Café erwähnt.
Sie hatte gewusst, dass man es nicht erklären konnte, sondern selbst sehen musste. Deshalb hatte sie ihn hierher gebracht.
Und er sah es. Dieser Laden hatte mehr zu bieten als Getränke. Er entsprach dem Bedürfnis der Menschen, sich zu beschäftigen, während sie ihr Getränk einnahmen. Wer alleine war, konnte in Büchern stöbern, und wenn er was Spannendes zu lesen fand, bestellte er gleich noch einen zweiten Kaffee oder kam abends auf eine Karaffe Wein zurück, um weiterzulesen oder das Buch gleich zu kaufen.
Und wer hier nicht alleine saß, konnte trotzdem immer etwas in die Hand nehmen, worüber sich diskutieren ließ.
Neben Lenz und Fontane standen Hornby und McEwan und fast alle Buchreihen waren bedeckt mit mehr oder weniger aktuellen Ausgaben einschlägiger Nachrichten- oder Kulturmagazine. Am Eingang steckten Tageszeitungen in einem Ständer.
Eine unerschöpfliche Lesequelle für einsame Herzen, denen zu Hause die Decke auf den Kopf fiel, die es bisher aber nicht heimelig genug fanden, in einem Café zu sitzen. Hier konnten sie sich wohlfühlen.
Linus las nichts, während er auf Jana wartete. Im Übrigen fühlte es sich nicht an, als würde er warten. Er genoss einfach die Atmosphäre, schob *Arnes Nachlaß* auf der Tischplatte vor und zurück, machte sich an einer kleinen Schale mit Keksen zu schaffen und lehnte sich zufrieden in dieser kleinen literarischen Ecke zurück.
Kurz darauf brachte Jana frische Luft in den schummrigen Raum. Sie

hängte ihre Jacke an eine rustikale Garderobe am Eingang und setzte sich zu ihm. »Tut mir leid, hat ein bisschen länger gedauert.«

»Macht gar nichts.« Linus hob den Lenz-Roman an. »Hier kann man sich die Zeit ja gut vertreiben.«

»Also?«

»Was?«

Die Inhaberin, eine kleine gepflegte Frau mittleren Alters mit kurzen schwarzen Haaren und einer schmalen Lesebrille kam an ihren Tisch und umarmte Jana zur Begrüßung. Sie tauschten ein paar Sätze, erkundigten sich nach gemeinsamen Bekannten.

Jana bestellte eine Karaffe Valpolicella und einen Flammkuchen mit zwei Bestecken.

»Hab ich zu viel versprochen?« Sie lehnte sich auf den Tisch und stützte den Kopf auf die Hände.

»Du hast doch gar nichts versprochen.«

Sie lächelte ungeduldig. Sie brauchte jetzt Bestätigung. Und weil sie ihr gebührte, stellte Linus sich nicht quer. »Du hattest recht. Es ist ein gutes Konzept. Ich …«

»Ja?«

»Ich fühle mich hier sehr wohl. Falls du das meinst.«

»Ja. Erst mal meine ich das.« Sie strich sich eine Strähne aus dem Gesicht.

Linus beugte sich ihr entgegen und zog eine ihrer Hände unter ihrem Kinn hervor. »Du findest also, ich sollte so was auch machen?«

»Du sollst erst mal nur gucken.«

»Hattest du wirklich einen Termin?«

»Natürlich.« Seine Frage schien sie ernsthaft zu erstaunen. »Denkst du, ich fliege hier mit dir her, bloß um dir ein Café zu zeigen?«

Bevor er etwas sagen konnte, griff sie nach seiner anderen Hand. »Natürlich hätte ich das auch gemacht, aber mit dem Termin zusammen passte es doch gut.«

Ihre Bestellung kam. Jana drehte den Teller mit dem Flammkuchen vor sich hin und her.

»Wie war der Termin denn?«
»Och, wie so Termine halt sind. Langweilig. Man quatscht rum, betreibt Konversation, lernt sich kennen, damit man sich kennt, und dann sagt man wieder tschüs und beim nächsten Mal kennt man sich bereits.«
Linus lachte.
»Was denn?« Sie lächelte. »Das ist so. Die tun immer bloß alle so wichtig, aber im Grunde wollen sie sich nur beschnuppern und voreinander aufspielen. Wie damals auf dem Gymnasium.«
Linus lehnte sich zurück und sah sich an, wie sie den Flammkuchen vorsichtig mit einem Messer anschnitt.
»Du bist toll«, sagte er leise.
Das verunsicherte sie. Sie nahm sich selbst nicht so wichtig. Das machte sie für ihn umso wichtiger.
Sie schob sich ein Stück Flammkuchen in den Mund und kaute genüsslich.
»Danke«, sagte er.
Jana blickte auf. »Wofür?«
Sein Telefon piepte. Eine Kurznachricht.
»Dafür, dass du mir das hier gezeigt hast. Dass du mir so schöne Sachen zeigst.«
»Bitte«, sagte sie. Und kaute. Und lächelte.
Linus sah ihr noch eine Weile zu, dann schaute er auf das Handy-Display. Eine neue Nachricht. Jetzt lesen? Lesen.

wünsch dir einen schönen abend und ein schönes leben.

Er hatte Holger vergessen.

Paartanz

Für Linus waren die Momente, in denen er sich auf einer Tanzfläche wohlfühlte, äußerst selten. Er hatte noch nie gerne getanzt. Er mochte die schlichten unemotionalen Choreografien der Achtziger, aber die ließen sich auf einer Tanzfläche nicht darbieten. Er würde andere stören und sich außerdem lächerlich machen. Also versuchte er stets, so gewöhnlich zu tanzen wie die anderen.

Er tat es an diesem Abend für Jana. Nicht so oft wie sie, aber immer mal wieder. Es störte sie nicht, dass er seine Bierflasche mit auf die Tanzfläche nahm.

Jana tanzte weitaus entspannter als Linus. Sie kam dabei dicht an sein Ohr und sagte: »Sei locker.«

»Bin ich«, sagte Linus. »Sehe ich nicht so aus?«

Jana lächelte und schüttelte den Kopf.

Linus schaute sie an, das machte er schon den ganzen Abend. Nur deshalb war er auf die Tanzfläche gekommen. Um sie anzusehen, um bei ihr zu sein.

Jana tanzte nicht sehr extrovertiert, ihre Bewegungen sahen in keiner Weise sexuell motiviert aus, sondern schlicht niedlich, beinahe unschuldig.

Der Anblick machte Linus glücklich. Er erinnerte ihn an die Mädchen auf den Schulfeten, als er in die siebte Klasse ging. Jana lächelte ihn immer wieder durch diesen Vorhang aus glänzenden braunen Haaren hindurch an. Sie tanzt einfach nur für sich, dachte er, und er fragte sich, warum er das nicht auch konnte.
Dann fiel Linus der Typ auf. Der Typ, der eben noch gar nicht da war. Gerade noch hatte es nur sie beide gegeben, zwischen all den Menschen hier. Und nun war da plötzlich dieser Typ, der gar nicht zu sehen schien, dass es auch noch ihn gab. Ihn. Linus.
Linus bemerkte, dass sie den Typen anlächelte. Warum drehte sie sich nicht weg von ihm? Sollen sie hier jetzt im Dreieck tanzen, oder worauf lief das hinaus? Er schob sich direkt vor sie. Der Typ schien endlich was zu merken. Er ließ es nicht auf ein Gedränge ankommen. Aber irgendetwas tat er da, während er hinter Linus weiter tanzte. Machte er Zeichen? Machte er ein komisches Gesicht? Zuckte er mit den Schultern und deutete auf Linus? Warum guckt Jana über meine Schulter hinweg, fragte sich Linus. Und warum grinst sie dann kurz, bevor sie mich wieder ansieht?
Er drehte sich um und tanzte den Typen an. Der guckte komisch. Sah komisch aus. Schaute auf Linus hinab. Schaute an Linus vorbei, guckte also vermutlich Jana an. Und sie ihn. Linus' Herz klopfte schnell, sein Gesicht wurde zu einer starren, leeren Maske.
Er spürte ihre Hand auf seiner Schulter, sie zog ihn wieder zu sich herum, umfasste seine Hüften, tanzte eng mit ihm und dirigierte ihn einen Meter fort von dem anderen, schaute nur ihn an, schaute ihm in die Augen, ganz fest, ganz tief, versiegelte ihren Kosmos. Riegelte alles ab, weil nur sie es konnte. Weil sie es wollte. Noch wollte, weil Gwen Stefanis *Early Winter* aus den großen Lautsprechern tönte und sie daran erinnerte, dass sie in ihn verliebt war.
Dann ein neuer Song, eine Black Music Nummer. Linus kannte es nicht, mochte es nicht. Sie schon. Er entschuldigte sich, gab ihr einen Kuss auf die Wange und ging sich noch ein Bier holen.
Er hatte Angst. Er war noch niemals so verliebt gewesen, glaubte er.

Vielleicht liebte er Jana sogar, er wusste es nicht. Sein Herz tat weh, wenn er sie mit einem anderen tanzen sah.
Mit seinem Bier kehrte er zurück zur Tanzfläche und da kam sie ihm schon entgegen. Aber am Rand der Tanzfläche sprach der Typ sie an, redete ihr was ins Ohr. Und sie lachte und erwiderte etwas, kurz, sie redeten, sie nickten und lachten. Dann kam sie zu Linus.
»Was wollte der Typ denn?«, fragte er.
Sie wies mit dem Kopf hinter sich zur Tanzfläche. »Der?«
Linus nickte.
»Das ist witzig. Den kenne ich noch von früher. Vom Sport. Ich hab mich die ganze Zeit gefragt, warum der mich so anguckt. Hab den gar nicht erkannt«, sagte sie und küsste ihn.
»Ach so«, sagte er.
Und dann wollte sie zur Toilette und er begleitete sie, weil sie ohnehin nach Hause gehen würden. Eng umschlungen liefen sie die Treppe hinunter. Sie war müde vom Tanzen, er vom Trinken.
Die Toiletten waren im Erdgeschoss am Eingang. Jana musste sich in eine Warteschlange einreihen.
Linus ging schon vor die Tür. Es war eine klare dunkle Nacht, viele Autos unterwegs, auch viele Menschen. Er atmete durch und beschwichtigte sich. Er durfte es nicht zulassen. Er wollte nicht, dass das passierte. Er wollte Jana vertrauen.
Er lief ein paar Meter durch die Nacht. Er wusste, dass er ein paar Minuten Zeit hatte. Die Schlange vor der Damentoilette war lang. Jana tat ihm leid. Alle Frauen, die dort standen, taten ihm leid. Er war betrunken. Er wollte sich beschwichtigen.
Er musste an Natascha denken, an den Abend, an dem er sich nicht hatte beschwichtigen können. So viele Jahre war das schon her.

Sie hatten ihr erstes gemeinsames Silvester gefeiert.
Holger und Lennard waren damals auch dabei gewesen. Alle staunten, als Lennard seine Freundin vorstellte. Und es waren viele Freunde von Natascha dort, auch dieser Kollege, dieser Bernd.

Solange sie im privaten Kreis in Nataschas Wohnung gefeiert hatten, war für Linus alles in Ordnung gewesen. Doch später, als sie auf dieser großen Fete waren, fühlte er sich zunehmend schlechter.
Er beklagte sich, dass sie nicht mit ihm redete. Dass sie mit so ziemlich jedem auf der Party redete, mit diesem Bernd, mit ihren Freundinnen, mit den Kumpels von diesem Bernd, nur nicht mit ihm. Sie wusste nicht, was sie darauf sagen sollte. Sie wusste nicht, was er meinte. Sie ging tanzen.
Also ging er mit Holger und Lennard was trinken, ließ sie machen und hoffte, dass er sich beruhigen und souveräner werden würde. Und trank. Natascha ließ sich nicht blicken.
Holger bemerkte Linus' Laune und versuchte ihn abzulenken. Aber es half nicht. Er ließ sich nicht ablenken. Er ging zur Tanzfläche, sah sie mit Bernd tanzen, wartete, sah zu. Sie sah ihn, aber sie kam nicht. Sie tanzte weiter mit Bernd. Linus trank. Und etwas passierte mit ihm.
So wie heute Abend, aber heute konnte er sich beschwichtigen. Die Erinnerung an den unschönen Ausgang jenes Abends ernüchterte sein Gemüt etwas.
Er lief noch kurz vor dem Eingang der Disco auf und ab. Dann hielt er dem Türsteher seinen Stempel unter die Nase und ging rein und da sah er sie auch schon.
Sie redete mit jemandem, dem Typen von vorhin. Als sie Linus bemerkten, gaben sie sich die Hand und dann ging der Typ, und als Linus kam, fragte sie: »Wo warst Du?«
»Draußen.«
»Was machst du denn draußen?«
»Frische Luft«, sagte er. »Wollen wir?«
Sie nickte. Sie verließen den Laden, und während sie zur nächsten S-Bahn-Station gingen, fragte Linus sich, ob sie ihm wohl die Wahrheit gesagt hatte.

Teil drei

Unglück im Glück

1

Sommer des Jahres 1993. Linus flüsterte etwas, irgendetwas, an sich selbst gerichtet. Oder an Hannah, die nun im Himmel war. Er vergaß es schnell wieder. Ein kleines in Holz gerahmtes Foto von Hannah und Mark lag auf seinen Oberschenkeln.

Er saß auf der Terrasse hinter dem Haus, auf einer Blumenbank. Der neue Besitzer des Hauses wollte die Bank kaufen.

Die meisten anderen Dinge wie Möbel, Wäsche, Hausgeräte, Werkzeuge, Putzmittel, Blumen, Teppiche, Decken, Lampen, Spiegel und Wandbilder, waren bereits ausgeräumt. Abgesehen von den wenigen auf dem Hausflohmarkt verkauften Kleinigkeiten war Hannahs Hab und Gut an vier Adressaten gegangen.

Zum einen an die Leute von der Arbeiterwohlfahrt. Sie waren freundlich. Sie sprachen Linus beim Abtransportieren einiger Möbel Mut zu und klopften ihm auf die Schulter. Mitleid.

Nur wenige Dinge fanden ihren Platz bei Mark und Cathy in Vermont, eben das, was in den großen Umzugskarton passte, den Mark gepackt hatte.

Linus' eigene Möbel und ein paar andere nützliche Dinge wie Ge-

schirr, Handtücher, Putzmittel und die meisten Gegenstände aus seinem alten Zimmer landeten in seiner neuen Wohnung in der Neustadt.
Der Rest fiel dem Sperrmüll zum Opfer.
Von der Blumenbank aus sah er durch die offen stehende Terrassentür ins Haus.
Der Makler hatte zwei Haustürschlüssel mitgenommen, den dritten sollte Linus bis Ende des Monats behalten, damit er das Haus fit für die Übergabe machen konnte. Fit für die Übergabe. So hatte der Makler es genannt und dabei versucht, aufmunternd zu klingen, vermutlich weil er wusste, dass Linus eine schwere Zeit bevorstand.
Aber Linus hatte nicht die Absicht, das Haus zu reinigen, es fit zu machen. Er zog es vor, auf dem Dachboden Musik zu machen. So wie sie es die letzten drei Wochen auch getan hatten. Holger und er.
Er übernachtete auf dem Dachboden. Er schaffte es an den Abenden nicht, in seine Wohnung in die Neustadt zu gehen.
Sein Bett, sein Kleiderschrank, ein Sessel, zwei Stühle und seine persönlichen Sachen waren zwar dort, aber die Wohnung war dennoch kahl und leer.
Er fühlte sich darin schlecht. Wie ein Reisender ohne Heim, in einem fremden, ungemütlichen Hotelzimmer.
Hannahs Haus war unterdessen zwar auch kahl und leer geworden, aber in der Wohnung herrschte eine andere Leere. Es fehlten nicht einfach nur die Bilder an den Wänden. Es fehlte Vergangenheit.
Linus war klar, dass er sich mit seinem neuen Zuhause früher oder später ohnehin würde arrangieren müssen, aber er zögerte es bis zum letzten Moment hinaus wie einen Besuch beim Zahnarzt.
Mittags fuhr er direkt von der Schule in die Wohnung, räumte ein paar Sachen ein oder saß schweigend auf einem Küchenstuhl und betrachtete das, was seine Zukunft sein sollte. Nachmittags traf er sich fast täglich mit Holger und sie spielten stundenlang ihre ersten fünf fertigen Songs, so begeistert von deren Vollkommenheit, dass sie es einfach nicht schafften, einen sechsten zu komponieren.

Einmal machte Holger eine zynische Bemerkung: »Wir stören ja niemanden.«
Aber er hatte recht. Hannah war tot, Mark war jetzt in Nordamerika, der Makler hatte sein Geschäft gemacht und wartete nur noch auf die Übergabe des Hauses. Und der neue Besitzer war noch nicht da.
Ein paar Mal hatten Holger und Linus zusammen unter dem Dach übernachtet. Der Dachboden war isoliert und mit Holz vertäfelt, der Fußboden mit weichem Teppich ausgelegt. Zu den wenigen Dingen, die sich noch im Haus befanden, gehörten Wolldecken und ein paar kleine Sofakissen.
Tagelang spielten sie improvisierte, nicht enden wollende Maxiversionen ihrer Songs bis zur Erschöpfung ihrer Ohren und legten sich dann einfach auf den Teppich, die Köpfe auf die Kissen, direkt unter einem Dachfenster, sahen in den Himmel, blickten den Düsenjets hinterher und redeten über Musik. Oder über den Tod.
Seit zwei Monaten war Hannah tot.
Die Blumenbank, auf der Linus saß, neigte sich unmerklich zur Seite und brach plötzlich ein.
Linus erhob sich lachend, freute sich, dass der neue Besitzer die Blumenbank nutzlos vorfinden würde, und ging ins Haus.
Es roch nach altem Staub und Putz, aber darunter glaubte er die vertrauten Gerüche des Lebens wahrzunehmen, das hier einmal stattgefunden hatte. Das Essen aus der Küche, der Duft frisch gemähten Rasens oder nasser Erde, der durchs gekippte Fenster ins Haus gelangte, der einzigartige Geruch einer Nordmanntanne in der Ecke des Wohnzimmers, ein frisch tapeziertes Kinderzimmer, Essen, immer wieder Essen, gebratene Frikadellen und Waffeln mit heißen Kirschen, nasse saubere Wäsche an der Leine, Hannahs Kaffee, ihr Haarspray, Marks Rasierwasser und seine ersten heimlichen Zigaretten. Olfaktorische Erinnerungen, so frisch wie die Wunde in Linus' Herzen.
Er fuhr mit der Hand über die Wände des Wohnzimmers, langsam, als wolle er sich von jedem einzelnen Quadratmeter verabschieden.
»Ja klar«, flüsterte er, »du kannst nicht zurückkommen.«

Er versuchte zu weinen, er hatte das oft versucht. Die Leute rieten ihm, es zu tun, alles rauszulassen, versprachen, es würde helfen, ihn erleichtern. Aber Linus konnte es nicht.
Am Nachmittag gingen Holger und er wieder auf den Dachboden. Holger richtete sein Schlagzeug aus und machte Fingerübungen, Linus schaltete seinen Verstärker ein und stimmte die Saiten seiner Gitarre, als Holger sagte: »Wir sollten uns einen Bassisten suchen.«
Über das Haus schoss ein Düsenjäger hinweg. Linus sah zum Dachfenster hinaus und antwortete: »Wir sollten uns *The Planes* nennen.«
Ihre ersten Songs bestanden aus gradlinigen Riffs und soliden Beats, einem schrillen Gesang und glänzenden Augen, wobei der Glanz in Linus' Fall von Tag zu Tag verschiedene Gründe gehabt hatte.
Einer der Gründe war die Musik, denn ihre Songs waren selbstverständlich das Beste, was sie jemals in ihrem jungen Leben gehört hatten.

2

Es war Mitte September und immer noch sehr warm draußen, die Innenräume aufgeheizt. Aus den Lautsprechern einer kleinen Kompaktanlage erklang Musik des *Buena Vista Social Club*.
Linus hörte die Musik nicht wegen der instrumentalen Virtuosität oder der besonders authentischen Gesänge. Die Songs ertönten aus einem ganz praktischen Grund aus den Boxen der billigen Hi-Fi-Anlage. Sie waren ein geeigneter Soundtrack für körperliche Arbeit. Die Musik machte nicht zwangsläufig glücklich, aber sie sorgte für eine solide geschäftige Grundeinstellung.
Eine solche Einstellung war angebracht, wenn man auf den Knien einen Dielenboden auf einer Fläche von knapp siebzig Quadratmetern abschliff.

Die Restauration der Dielen war nur eine von vielen Aufgaben, die Linus zu erledigen hatte. Da konnte das Rumba-Salsa-Merengue-Gerassel schon hilfreich sein.
Die Musik füllte Raum und Geist mit Zuversicht, etwas, das ihm in den letzten Monaten oft gefehlt hatte.
Als er seinen Blick über den Boden gleiten ließ, stellte er verwundert fest, um wie viel sich der Anteil der geschliffenen Ladenfläche vergrößert hatte, im Gegensatz zu dem mit Brand- und Wurmlöchern verzierten ungeschliffenen Teil.
Immer wieder drangen brummende Laute menschlicher Anstrengung durch die Musik und den schrillen Lärm des Schleifgerätes.
Die Geräusche stammten von Brunssen. Er versuchte, eines der Dielenbretter mit einer Brechstange vom Unterkonstrukt zu lösen. Er machte eine Handbewegung, als wollte er den Boden tätscheln, ohne ihn zu berühren. Linus schaltete das Schleifgerät aus.
»Können wir nicht mal einen …«, Brunssen konnte nicht von dem Dielenbrett ablassen, während er sprach, »… soliden … deutschen … Marsch auflegen?«
»Einen deutschen Marsch? Sieg heil.«
»Ach was, nee«, ächzte Brunssen. Die Diele knarzte bitter. »Man sollte deutschen Marsch auf keinen Fall mit den Nazis in Verbindung bringen. Marschmusik ist etwas Militärisches, los, du scheiß Brett, und das hat nichts mit brauner Gesinnung zu tun.« Die Diele knarzte. »Die Marschmusik … hat in Deutschland eine so lange Tradition …, da war Hitler noch das …, komm schon, du Drecksteil …, was er auch besser geblieben wäre: … nicht … existent!«
Es krachte. Brunssen hatte es geschafft. Allerdings mit mehr Beschädigung des Balkens darunter, als ihm lieb war.
»Mann, wie solide die früher gebaut haben. Da kann sich Laminat mal schön in die Ecke stellen und schämen. Kannst du mal auf der anderen Seite annehmen?«
Linus legte den Schleifer beiseite und ging zur gegenüberliegenden Wand, auf der Brunssen die letzten zwei Dielen ebenfalls entfernt

hatte. Mithilfe eines relativ stabilen Drahtes schob er ein Audiokabel unter den Dielen hindurch. Sie hatten bereits über die Hälfte des Bodens unterkabelt. Sie schafften ein Netzwerk an Strippen, deren Enden später durch kleine Bohrungen aus dem Boden treten sollten, und zwar überall dort, wo einmal Tische stehen würden.

»Das ist das letzte«, schnaufte Brunssen. »Ich krieg langsam ’nen Krampf im Arm. Kommt da was an?«

Linus lag mit dem Gesicht auf dem Holz und tastete mit seinem Unterarm blind unter dem Boden herum. »Ich hab noch nichts.«

»Mist. Hier sind schon fünf Meter Draht durch. Das ist wieder irgendwo da drunter in die falsche Richtung gelaufen.«

»Und was jetzt?«

»Kaffee!«, war Brunssens Antwort.

Brunssen trank viel Kaffee. Zu viel. Er benutzte das heiße schwarze Getränk nicht gegen körperliche Erschöpfung, sondern um sich geistig auf einen neuen Anlauf vorzubereiten und zu motivieren.

»Wird das hier eigentlich ein Raucherclub?«, fragte er, während er zwei Becher unter dem Automaten plazierte.

»Ich denke nicht.«

»Mach doch ’n abgetrennten Nebenraum. Ist doch groß genug hier.« Er drückte einen Knopf und frisch gebrühter Kaffee rieselte in die Becher.

»Wenn du die Toiletten und das Hinterzimmer nicht mitrechnest, sind es ziemlich genau fünfundsechzig Quadratmeter. Da kann ich als Nebenraum höchstens ein Iglu-Zelt aufbauen. Da legst du dich dann rein und rauchst. Wenn du mal da bist.«

»Erstens hab ich nicht vor, zu rauchen, sondern es interessiert mich generell, und zweitens: Was heißt, wenn ich mal da bin?« Brunssen nahm die vollen Becher vom Abtropfgitter und reichte Linus einen. »Ich mache hier doch nicht jeden Sonntag den ganzen Scheiß, um dann nichts davon zu haben. Ich werde hier ständig abhängen. Sieben Tage die Woche.« Er grinste. »Das is doch wohl klar.«

Er ging zur Eingangstür und hob sie etwas an, bevor er sie aufschob.

Als Brunssen den Laden das erste Mal betreten hatte, hatte Linus vergessen, ihn zu warnen. Die großen Schaufensterscheiben links und rechts der Tür waren beinahe rausgefallen, als Brunssen die verzogene Tür gewaltsam aufgestoßen hatte.
Richten der Tür – das war eine der nächsten Aufgaben, die Linus zu erledigen hatte. Zum Schutze der wackeligen Schaufenster.
Im rechten Teil eben dieser Schaufenster hatte vor zwei Monaten ein Schild gehangen. Ein Schild, das Linus' Leben gewissermaßen verändert hatte, ohne dass er die Tragweite dieser Veränderung wirklich begriffen hatte.
Linus war auf dem Weg in die Stadt daran vorbei gelaufen. An dem Tag hatte er jene vage melancholische Zufriedenheit empfunden, die ihn seit der ersten Verabredung mit Jana begleitete. Zufriedenheit, manchmal sogar Glück. Es war aber gleichwohl ein melancholisches Gefühl, weil Linus nicht glaubte, dass es mit Jana ewig so weitergehen konnte. Manchmal war er sogar der festen Überzeugung, dass es jeden Moment vorbei sein würde.

Vielleicht waren es diese beiden Faktoren gewesen, die Zuneigung zu Jana und die Angst vor ihrem Verlust, die ihn hatten inne halten lassen, als er das Schild im Schaufenster an der Friedrich-Ebert-Straße gesehen hatte.
»Ladenfläche günstig zu vermieten«. Darunter hatte eine Telefonnummer gestanden.
Linus war an die Scheibe getreten und hatte die Hände wie einen Schirm über die Augen gelegt, um durch das spiegelnde Schaufenster etwas sehen zu können. Dann hatte er sein Handy aus der Tasche gezogen.
Er hatte das Für und Wider nicht abgewogen, hatte sich nicht mit den möglichen Konsequenzen, Ängsten, Möglichkeiten und Gefahren beschäftigt. Er hatte einfach einen kühnen Moment genutzt, um zu erfahren, wie es sich anfühlte, etwas anzustoßen, teilzunehmen am Leben, statt nur zuzusehen. Und er hatte dabei an Jana gedacht.

Hinter der Telefonnummer hatte sich kein Makler verborgen, sondern eine freundliche Frau, die Eigentümerin des Hauses. Möglicherweise war die unkomplizierte Art der älteren Dame dafür ausschlaggebend gewesen, dass Linus Mut gefasst hatte, Veränderung gewagt hatte. Allerdings hatte die Frau Linus auch ein sehr verlockendes Angebot gemacht.

Linus könne, hatte sie gesagt, den Laden ein halbes Jahr zur halben Pacht haben, wenn er ihn selbst renoviere. Die Kosten für eine solche Renovierung trügen sie jeweils zur Hälfte. Wenn er selbst viele der anstehenden Arbeiten verrichte, könne er das locker mit der gesparten Pacht bezahlen.

Linus hatte die halbe Pacht für ein ganzes Jahr verhandelt. Das hatte nichts mit kaufmännischem Geschick oder einem glücklichen Händchen im Feilschen zu tun, denn er besaß weder das eine noch das andere. Es hatte zum einen an der Gutmütigkeit der Hausbesitzerin gelegen, zum anderen an gegenseitiger Sympathie.

Am Ende war eben diese Sympathie wichtig für seine Entscheidung gewesen, die Aussicht auf günstige Pacht, auch die sehr zentrale Lage des Ladens. Und dass Brunssen ihm bei Bedarf einen Kleinkredit in Aussicht gestellt hatte, war förderlich gewesen, selbstredend, und natürlich die Tatsache, dass Linus schlicht nichts Besseres vorgehabt hatte.

Aber der wichtigste, der wahre Grund, dass er diese Sache geradezu überstürzt besiegelt hatte, dass er entgegen seiner Schwäche, seinem Unmut, seiner Angst und seiner Vernunft handelte, war Jana.

Ihr Lachen, ihr Duft, ihr Optimismus, ihr zuweilen entrückter Blick, den er auch in ihrer Abwesenheit ständig vor sich sah, ihre angenehme Stimme in seinen Ohren und eine kleine Reise nach Berlin.

Eine Reise, auf der sie ihm das Café gezeigt hatte, auf der sie in einem kleinem Nachtkino, in dem sie alleine saßen, mit ihm geschlafen hatte. Eine Reise, auf der sie bis zum Morgengrauen mit ihm getanzt hatte und ihm zum Frühstück auf den Stufen des Reichstages gesagt hatte, dass sie ihn liebt. Sie. Ihn.

Was ihn antrieb, war ihre Stärke, nicht seine.
Noch bevor der Pachtvertrag unterschrieben war, hatte Linus mit den Ladenschlüsseln und einem Schleifgerät aus dem Baumarkt in der Hand vor dem Haus an der Friedrich-Ebert-Straße gestanden.
Es war ein billiges Gerät, das bereits nach zwei Tagen seinen Geist aufgegeben hatte, woraufhin er sich ein besseres Gerät gekauft hatte, mit dem er heute über den Boden kroch.

»So, Alter! Noch die eine Scheißstrippe und dann muss ich los.« Brunssen trank seinen Becher leer und stellte ihn auf den Tresen.
Es dauerte über eine Stunde, bis sie das Kabel endlich verlegt hatten. Sie mussten auf halbem Wege den Boden aufschneiden, um den Irrläufer in die richtige Richtung zu kanalisieren.
Als sie fertig waren, klopfte Brunssen sich den Holzstaub von der Hose, trank eine kleine Flasche Wasser in einem Zug leer und verschwand ohne große Worte. Er hatte noch eine Verabredung.
Linus saugte grob den Raum durch, und dann setzte er sich auf einen der Camping-Stühle, die Jana besorgt hatte.
Kritisch betrachtete er sein bisheriges Werk.
Ohne Brunssens Einsatz an den letzten vier Wochenenden wäre er längst nicht so weit. Für einige Arbeiten hatte er Handwerker kommen lassen, die er, wie auch Werkzeuge und Material, von seinem eigenen Geld bezahlt hatte.
Aber das meiste hatten sie selbst gemacht, wobei Brunssen sein umfangreiches handwerkliches Geschick bewiesen hatte.
Auch Joscha Drink war da gewesen, um zu helfen. Seine Hilfe hielt sich zwar in Grenzen, da er meistens die Demo-CD seiner Band *Grobians* mitbrachte, die er dann mit sich selbst diskutierte, aber für Linus war das Gesellschaft, und Gesellschaft erleichterte die Arbeit, solange sie nicht von ihm verlangte, die Arbeit zu unterbrechen, um geselliger zu sein.
Joscha hatte zumindest alle Wände weiß vorgestrichen, durchaus eine Erleichterung für Linus' Hände.

Der weite, helle Raum sah im Licht der untergehenden Sonne gemütlich aus.
Stilistisch sollte es eine Mischung aus Ikea-Heimeligkeit und bunt-modernem Siebziger-Retro werden. Zumindest schwebte Linus das so vor. Die eine Seite des Raumes würde ein paar klassische Tonträger-Verkaufsregale bieten, zur Hälfte mit Neuware und zur anderen Hälfte mit gebrauchten, aber sehr ausgewählten Platten und CDs, die Linus als »Warmgehörtes« auszeichnen würde. Außerdem würde er anbieten, alte Mix-Tapes seiner Kunden aufzubereiten und digitalisiert auf CD zu brennen. Die würde er wiederum nicht nur dem Auftraggeber, sondern auch anderen interessierten Kunden anbieten. Sie würden den Vornamen und das Jahresdatum des Auftraggebers tragen, und Linus würde die Cover authentisch gestalten.
Auf der anderen Hälfte der Ladenfläche war das Café vorgesehen. Stabile helle Tische, umgeben von Regalen, auf denen sich weitere Platten, CDs und auch Bücher befanden. Alles konnte man kaufen, aber ebenso gut bloß ausprobieren.
Die Tische würden alle mit Kopfhörern ausgestattet. Jeder Gast würde die Wahl haben, die über Kopfhörersystem angebotene Tagesempfehlung zu hören oder eine von ihm selbst mitgebrachte oder hier vorgefundene CD in einem der unter den Tischen angebrachten Player anzuhören. Oder natürlich ganz auf Kopfhörer zu verzichten und leise im Hintergrund rieselnder Jazzmusik zu lauschen oder sie zu ignorieren.
Das Ganze würde wie Internet zum Anfassen sein. Die Neuware entsprach einem Einkauf bei Amazon, die gebrauchten Sachen einer Auktion bei Ebay, und das Mitbringen eigener CDs würde einer Tauschbörse wie Napster entsprechen.
Aber das würde, wie bei seinem Vorbild, dem Café in Berlin, nicht den Gewinn abwerfen, sondern das Wohlbehagen der Gäste fördern, die hier Kaffee, Tee, Säfte, Wein und besonders gutes Mineralwasser trinken würden. Und damit, so hoffte Linus, würde er dann Geld verdienen.

Linus schaltete den Halogenstrahler aus, den sie zu späterer Stunde immer zum Arbeiten benutzten, weil die Lampen noch fehlten. Es war ein zutiefst irritierendes Gefühl, den eigenen Laden zu verlassen. Jedes Mal.

3

Im Zimmer war es heiß. Sie hatten eine Flasche Wein getrunken. Zwei Faktoren, die sie ebenso verlässlich wie kräfteraubend am Schlafen hinderten.

Sie sahen sich lange in die Augen. Das schummrige Licht der Straßenlaternen verschleierte die Abgeschlagenheit in ihren Gesichtern.

»Willst du das eigentlich wirklich?«, fragte sie.

Ihre Stirn war kraus, die Augen wach. In den letzten Wochen war sie immer wieder wie frischer Wind in den Laden gezogen, hatte sich neugierig um die eigene Achse gedreht, um alles zu betrachen, und war schnell wieder verschwunden. Hatte die Zweifel mitgenommen und Energie zurückgelassen.

»Natürlich«, flüsterte Linus. Es klang, als wollte er sich selbst überzeugen, und nicht etwa sie, als er die Stimme etwas anhob, um es zu wiederholen. »Natürlich.«

Sie lächelte unsicher. »Findest du es schlimm, dass ich nicht helfe?«

»Nein«, flüsterte er. »Ich weiß, warum du nicht hilfst.«

»Ja?«

Er nickte, sein Kopf lag auf seinem rechten Ellenbogen. »Du willst, dass es meine Sache ist. Und bleibt.«

Sie nickte, scheinbar erleichtert, weil sie ihm nichts erklären musste. Ihr Kopf lag auf dem linken Ellenbogen.

Eine Weile noch sah sie ihn an, dann wurden ihre Lider schwer.

Linus stand auf, wanderte um sein Bett herum und stieg auf der anderen Seite wieder hinein. Er rutschte ganz nah an sie heran, passte seinen Körper ihrem Rücken und ihren Beinen an und schob seinen rechten Arm über ihre Hüfte. Sie nahm seine Hand, zog sie an ihr Gesicht und küsste seine Finger. Er schloss die Augen, synchronisierte sich mit der Atembewegung ihres Oberkörpers, spürte ihre Wärme in sich übergehen und atmete den Duft ihrer Haare ein.

4

Jana hatte ihn belebt, hatte das Hadern, Wüten, Zweifeln zur Erinnerung gemacht. Vorübergehend.
Sie hatte wie ein Arzneimittel funktioniert, das für die Dauer der Einnahme die Symptome linderte. Heilung hingegen konnte es nicht bringen.
Ausgerechnet an dem Samstag, den Linus so lange herbeigesehnt hatte, versagte die Wirkung seines Medikaments, verkehrte sich sogar ins Gegenteil.

Sie fahren mit Sönke Kühnemanns Wagen, einem großen Audi, direkt in die Tiefgarage des Weser-Stadions ein. Sönke Kühnemann ist Janas Chef. Einer der Stellplätze der Bank, für die Janas Agentur arbeitet, ist für ihn reserviert.
Im Schritttempo lenkt er den Wagen durch den Fanstrom am Stadion. Jana sitzt auf dem Beifahrersitz, Linus auf der Rückbank.
Linus mag die Vorstellung, dass eine ganze Stadt kollektiv an etwas glaubt, und wenn es nicht Gott ist, so ist es zumindest die eigene Fußballmanschaft.
Jubel blüht auf im Stadion und schlägt von dort Wellen durch die ganze Stadt, wenn die Mannschaft ein Tor schießt. Und wenn es eine Niederlage zu beklagen gibt, leiden die Bremer kollektiv.

Ob drei Punkte, einen Punkt oder keinen, einen Grund zum Anstoßen gibt es hinterher immer.

Es ist Linus' erster Samstag beim Fußball. In weniger als vier Stunden wird er einer der Menschen sein, die am frühen Abend am Osterdeich entlangschlendern. Er hat keinen Werder-Schal, aber er wird unter jenen Leuten wandeln, die ein Leben haben. Ganz sicher.

Ein paar Fußballfans klopfen auf die Motorhaube und das Dach des Wagens und heben vor den Scheiben siegesgewiss die Daumen.

Der Audi dringt über eine dünne Vene von außen direkt ins Herz des Stadions, während die Fans sich der pulsierenden Hauptschlagader überlassen.

Linus ist heilfroh, dass er nicht Schlange stehen muss.

Von der Tiefgarage des Weser-Stadions führen verwinkelte Treppen hinauf in den offenen Bereich, der eine vielseitige Gastronomie bereithält. Eine bunte Auswahl verschiedener Buffets, vom Edelfisch bis zur Currywurst. Überall schwirren Köche, Servicekräfte, Sicherheitsleute und gepflegte Hostessen herum, die stets lächeln und den Weg zu den Toiletten kennen.

Vom offenen Bereich gelangt man über zwei Gänge, die wie Halbringe links und rechts das Stadion umklammern, zu den Logen. Wie die Glieder einer Kette reihen sich die einzelnen Logen aneinander. Die Loge der Bank befindet sich in unmittelbarer Nähe zur Vereinsloge.

Vom Management des SV Werder trennt Linus lediglich die Loge eines Bremer Logistikunternehmens.

Es sind kaum eigene Mitarbeiter der Bank zugegen. Die meisten der zirka dreißig Anwesenden sind Kunden, die der Einladung einer Handvoll Funktionäre gefolgt sind. Man bedient sich reichlich am Buffet, trinkt Kaffee oder auch Wein von einem eigenen glanzpolierten Mahagoni-Tresen und pustet den Rauch teurer Zigarren ins Stadion hinaus. Vor der Loge wie auch vor den anderen großen Logen befinden sich ein paar überdachte Rangplätze im Freien.

»Die meisten Leute hier«, so erklärt Jana diskret, »sind weniger am Spiel interessiert als daran, Kontakte zu knüpfen.«

Linus nickt.
Jana stellt ihm die wenigen Leute vor, die sie selbst bereits kennt. Sie hat offenbar auch keine Probleme damit, den Kreis zu erweitern. Kontakte knüpfen, das A und O.
Linus merkt schnell, dass die Funktion erst mal wichtiger ist als die Persönlichkeit. Wer arbeitet wo und in welcher Position. Wer kennt wen und was bringt ihm das.
Als Linus selbst mit der Frage nach seiner Funktion konfrontiert wird, springt Jana ihm zur Seite und antwortet, er sei selbstständiger Gastronom.
Linus stutzt. Er fügt schließlich hinzu, dass er sich im Übergang von der Getränkelogistik in die Gastronomie befinde. Er hofft, Jana damit zum Lachen zu bringen, zieht erwartungsvoll die Augenbrauen hoch und beobachtet ihre Reaktion. Sie bleibt vollkommen ernst. Also lieber keine Scherze, denkt er.
Der Herr, der ihnen gegenüber steht, gibt sich zufrieden. Er hebt sein Glas und schlägt vor, dass sie nun alle eine kleine Getränkelogistik machen sollten. Mit einem Ruck kippt er sich ein halbes Glas Weißwein runter.
Linus ist eine reglementierte Situation wie diese unangenehm. Er weiß jetzt zwar, was er sagen und verschweigen soll, aber erleichtert ist er deswegen nicht.
Er fragt sich, ob Jana erleichtert ist. Erleichtert, dass er sich nicht als Gitarrist und Kistenschlepper offenbart hat. Als der, der er eigentlich ist. Welch ein unglückseliger Gedanke.
Schnell strengt das rhetorische Ausschmücken seines Daseins ihn an. Beschönigungen implizieren Mängel in der Realität. Jana hat die Entscheidung getroffen, dass sie beschönigen müssen.
Noch ein unglückseliger Gedanke.
Kurz vor Ende der ersten Halbzeit ist Linus' Gesicht zu einer verunsicherten starren Fratze geworden.
Ein Mann mittleren Alters, Prokurist bei Kraft-Foods oder ein Abgeordneter der Bürgerschaft, Linus bringt es möglicherweise durchei-

nander, steht vor ihm, zieht an einer Zigarre und tätschelt ihm kumpelhaft die Schulter. Er hat eine Knollennase, die – wahrscheinlich vom Schnapskonsum – rot leuchtet.
»Tolles Mädchen, deine Freundin. Oder Frau?«
»Nein, nein. Sie ist meine Freundin. So weit sind wir noch nicht.«
»Hm. Dann wird es ja Zeit. Bevor noch jemand kommt und sie wegschnappt, was?«
Der Mann grunzt versehentlich durch die Nase.
Linus nickt nachdenklich. Bevor jemand sie wegschnappt. Ein unglückseliges Thema.
Der Halbzeit-Pfiff ertönt. Linus wirft einen Blick zur Loge des Logistikunternehmens, wo gerade eine Runde Bier gereicht und über einen Witz gelacht wird.
»Und? Was machen Sie?«, fragt der Mann mit der roten Knollnase.
Na bitte, denkt Linus. »Kisten.«
»Container. So, so.«
»Nein. Kisten. Getränkekisten.«
»Ah. Hier, Nordmann? Oder Haake Beck, oder was?«
»Nein. Eine kleine Getränkemarkt-Kette. Drei Märkte. Drink. Schon mal gehört?«
»Drink, Drink, Drink. Ich glaube nicht. Das ist ihre?«
»Nein, ich war da kürzlich noch angestellt, auf Vierhundert-Euro-Basis. Ich habe Flaschen und Kisten sortiert.«
Der Mann lacht laut, aber als er merkt, dass Linus nicht mitlacht, verstummt er und sagt: »Tatsächlich? Na ja, muss es auch geben. Ich weiß gar nicht, wie es steht.«
Er nickt freundlich und geht auf den Rang.
Linus verlässt die Loge in die andere Richtung. Er läuft durch den offenen Gästebereich zur Toilette. Auf dem Rückweg besorgt er sich ein Bier und trinkt es im Gehen. Zurück in der Loge bestellt er sich ein weiteres, trinkt es im Sitzen.
Jana beobachtet ihn. Sie sieht besorgt aus. Als er grinst, guckt sie weg.
Er beobachtet fasziniert, wie seine Freundin in ansonsten kerzen-

gerader Haltung ein Bein vorstreckt, ohne ihren Gesprächspartner dabei auch nur eine Sekunde aus den Augen zu lassen. Ihre Hände spielen an einem Sektglas, die Konzentration auf ihr Gegenüber lässt sie streng wirken.

Es ist die Jana Laske, die er sonst nicht zu Gesicht bekommt, eine vollkommen andere Version seiner Freundin. Von der Existenz dieser Version hat er natürlich gewusst, doch eine konkrete Vorstellung hat er sich nie gemacht.

Einen Moment lang denkt er, er würde es nicht wagen, diese Freundin zu küssen.

Jana nutzt eine Gesprächspause, in der ihr Gesprächspartner einen Blick auf die Karte wirft, um zu ihm zu kommen. Endlich, denkt er. Sie nähert sich seinem Ohr und sagt: »Kannst du mit dem Trinken mal ein bisschen langsamer machen?«

Er stutzt, denn es ist nicht das, was er sich zu hören erhofft hat.

»Die jubeln einem hier ständig ein volles Glas unter. Man merkt das gar nicht.«

Er kneift die Augen zusammen und beugt sich vor, um ihr einen Kuss zu geben. Sie wendet ihr Gesicht ab. Ein Kuss ist ihr in dieser Umgebung offensichtlich unangenehm.

Welch unglückselige Reaktion.

Ein kleiner blasser Mann, den die Nadelstreifen auf seinem Anzug optisch kaum vergrößern können, nähert sich forsch von der Seite. Er begüßt Linus, lächelt ihn kurz und breit an. Dann wendet der Mann sich an Jana. Sie schenkt ihm geduldig ihre Aufmerksamkeit. Es ist ihr Job, denkt Linus. Alles Job.

Verunsicherung ist ein Zustand, der sich mittelfristig verbergen lässt. Auch in ungewöhnlichen Situationen kann man Verunsicherung kompensieren. Auch wenn Verunsicherung sich in einen angstvollen Zustand steigert, sind die Auswirkungen noch kontrollierbar. Kurzfristig lässt sich auch die Angst kaschieren, es sei denn, der Betroffene steht unter dem Einfluss einer bewusstseinsverändernden Droge.

Linus' Verunsicherung hat sich in Angst verwandelt, unbeschreib-

lich, ungreifbar und vor allem irrational. Und Linus ist ziemlich angetrunken. Die Zweifel brechen hervor wie Eiter aus einem pulsierenden Abszess.
Wer ist er, Linus Keller, dass er den Menschen gegenüber nur kühle Distanz aufbringt? Wer ist er, dass er Janas Chef bloß misstrauisch beobachtet, anstatt sich einmal für die Einladung zu bedanken? Wer ist er, dass er nur da sitzt und mürrisch durch die Gegend starrt, anstatt auf die Leute zuzugehen? Was mutet er seiner Freundin da zu? Und was mutet sie ihm zu? Er gehört schließlich nicht hierher.
Er trinkt. Schluck für Schluck, den goldenen Fluss, sieht sich um, sieht die Anzüge, beißt die Zähne aufeinander und wünscht sich, sie könnten einfach von hier verschwinden. Nur sie beide, Jana und Linus.
Er läuft noch gerade, torkelt nicht, läuft zur Fensterfront, um sich die zweite Halbzeit anzusehen. Flüchtet im Geiste auf das Spielfeld. Und er trinkt. Es schmeckt ihm. Und dieses Gefühl schmeckt.
Dieses Gefühl, anders zu sein als die anderen hier. Fehler zu finden und zu erfinden, um sich besser zu fühlen. Niemals wird er zufrieden sein.
Keiner kommt mehr zu ihm, will wissen, wer er ist. Vielleicht guckt er zu ernst. Man hat ihm schon oft gesagt, er solle nicht so böse gucken. Vielleicht hat sich auch längst herumgesprochen, dass er niemand Besonderes ist.
Er fragt sich, ob es einen Punkt in seinem Leben gegeben hat, an dem er eine andere Entscheidung hätte treffen können.
Eine Entscheidung, die ihn auf die Seite der Anzüge gebracht hätte. Regelmäßig in einer exzellent ausgestatteten Loge Fußballspiele schauen, sich an den Köstlichkeiten bedienen, ein gefragter Gesprächspartner sein. Gelten.
Warum, warum nur meint er plötzlich, das könnte für ihn erstrebenswert sein? Es ist doch ohnehin alles zu spät.
Gelten. Er hasst sich für diesen Gedanken.
Aber er braucht verdammte Basisgeltung. Ihm fehlt die Basisgeltung.

Er hat ein wenig davon gehabt, so lange er davon überzeugt war, Musiker zu werden. Aber er hat sie verloren, und plötzlich ahnt er wieder die Gegenwart des schwarzen Lochs.
Jeder hat sein schwarzes Loch. Monatelang ist er um seines herum getänzelt. Nun ist es rutschig geworden am Rand.
Er sieht sich um, mit angestrengten Augen. Da steht sie, mit ihrem Chef. So schön.
Schöner als jede der zweifelsohne schönen Hostessen.
Er hat Glück empfunden, die letzten Wochen und Monate. Hat Glück empfunden, wenn ihm von der Arbeit im Laden abends die Oberarme schmerzten, wenn er die verzogene Tür seines Ladens anhob, um sie gut zu verschließen, wenn Jana mit einer Tüte Äpfel oder Orangen vorbeikam. Er hat Glück empfunden.
Aber davon weiß er jetzt nichts.
Linus verlässt die Loge, holt sich von irgendwo her ein weiteres Bier und läuft den langen Gang entlang, an den kleinen Logen vorbei, bis er ans Ende kommt und vor einer schmalen Glastür steht. Er zieht daran. Sie ist offen.
Er gelangt hinaus auf einen kleinen Balkon, setzt sich auf betonierte Stufen und lauscht dem Stadion.
Das Spielfeld kann man von hier aus nicht sehen, aber man kann alles hören.
Er greift nach seinem Handy. Er ruft Holger an. Er lässt es sehr lange klingeln. Holger nimmt nicht ab.
Er legt das Telefon zwischen seine Beine auf den Asphalt. Er trinkt das Bier.
Am Osterdeich, vor vielen Wochen, da hat er sich noch gewünscht, einmal hier im Stadion dabei zu sein.
Nun ist er hier, mittendrin, hört den Jubel der Fans.
Er hat Janas Welt betreten, und es tut weh. Also verlässt er die Bühne.
Verdammt, er hätte nichts trinken dürfen. Trinken aktiviert emotionale Synapsen, die ihn mittlerweile ausschließlich in eine Richtung steuern. Nach unten.

So eine Scheiße, denkt er. Warum denkst du nur so eine Scheiße? Aber die Zweifel an der Richtung, die er gedanklich eingeschlagen hatte, sind sehr flüchtig.
Er gibt sich Mühe, sich an Natascha zu erinnern. An die Silvesterfeier, damals. Manchmal hilft das. Manchmal ist es heilsam, sich diese Nacht in Erinnerung zu rufen, um den Fehler nicht immer und immer wieder zu machen.
Natascha. Er kann sie sehen. Ihr Erstaunen, ihren ungläubigen Blick. Sie weiß nicht, was sie falsch gemacht hat. Er macht ihr eine Szene, fragt immer wieder, warum sie das tue, warum sie ihn nicht beachte, warum Bernd, warum alle anderen, nur nicht ihn, aber sie hat keine Ahnung, was er meint. Und sie weiß nicht, was sie sagen soll, ist auf so etwas nicht vorbereitet.
Aber er macht weiter, erhebt Anklage, draußen vor der Halle, in der kalten Silvesternacht, unter Tränen, bis auch sie endlich weint. Dann tröstet er sie, hör auf, nicht weinen, flüstert er, doch sie beruhigt sich nicht so schnell, wie er es sich gewünscht hat. Sie weint, wegen ihm, und das macht alles noch viel schlimmer. Später schläft sie in seinen Armen ein.
Aber das Erste, was sie am Morgen des neuen Jahres tut, ist deutlich. Sie dreht ihm den Rücken zu, um das, was geschehen war, Revue passieren zu lassen. Ohne ihn.

Der Schlusspfiff dringt in sein Bewusstsein. Dann Jubeln und Applaudieren. Das Spiel ist vorbei.
Das Spiel ist vorbei.
Er bleibt in der Ecke sitzen, schabt mit dem Fuß über den Beton und vergräbt sein Gesicht in den Händen. Irgendwann spürt er einen Windzug in seinem Rücken. Die Tür.
Als er sich umdreht, blickt Linus in das misstrauische Gesicht eines Angestellten des Sicherheitsdiensts. Er zeigt dem Mann die Einladung der Bank, damit er sich beruhigt. Er habe hier trotzdem nichts zu suchen, sagt der Mann und schickt Linus zurück zu den Buffets.

Jana steht in der Nähe der Treppen zur Tiefgarage. Sie hat ihn bereits im Visier, als er sie erblickt.
»Wo warst du denn?« Ihre Stimme klingt ungewohnt scharf. »Die anderen sind alle schon weg. Mein Chef wartet unten auf uns.«
»Ich war mir die anderen Logen ansehen«, lallt er.
»Find ich nicht gut. Haust einfach ab und sagst nichts.«
»Du warst doch gut beschäftigt.«
Jetzt kommt sie näher, zischt und flüstert zugleich. »Das waren teilweise Geschäftspartner. Die kann ich ja wohl schlecht einfach stehen lassen.«
»Aber mich. Mich kannst du einfach stehenlassen.«
»Ach, Linus.«
»Was, ach Linus? Ich hätte halt auch gerne Zeit mit dir verbracht. Ich meine, deinen Chef siehst du jeden Tag, oder? Fünf mal die Woche, acht Stunden. Wir sehen uns gerade noch zweimal die Woche.«
»Ja, und? Soll ich kündigen?«
»Nein. Aber hier is Freizeit.«
»Ist es eben nicht.« Ein unterdrücktes Schimpfen. Sie zieht an seinem Jackenärmel. »Komm jetzt.«
»Lass uns doch laufen. Lass uns doch am Osterdeich entlang zurückspazieren.«
»Was?« Jana sieht ihn ungläubig an. »Mein Chef steht seit zehn Minuten unten und wartet. Glaubst du, den schicke ich jetzt weg?«
»Klar. Warum nicht?«
»Bitte.« Ihre Stimme klingt fast flehend. »Mach so was nicht, Linus.«
»Was denn? Wieso denn? Wir sind doch frei. Der Termin ist vorbei. Wir können spazieren gehen. Du hast Feierabend!«
»Und wenn er uns noch zum Essen einladen will?« Jana klingt jetzt verzweifelt.
Ihre Souveränität ist auf instabilem Grund errichtet. Linus glaubt, dass nicht viele Menschen das wissen, aber er weiß es.
»Du kannst ja laufen. Ich muss jetzt runter.« Sie seufzt.
»Du lässt mich stehen, um mit deinem Chef essen zu gehen?«

Sie sieht ihn mit großen Augen an und versucht es wieder mit festerer Stimme. »Bitte. Was ist denn los mit dir, Linus? Du bist ein bisschen betrunken, oder?«
Er muss lachen. Aber es ist nicht das gewöhnliche nette Lachen, das Jana kennt, mag. Es ist ein absurder, höhnischer Laut.
Sie schaut ihn verständnislos an, diese Sekunden. Sie dreht sich um und verschwindet auf den Treppen. Diese Konsequenz überrascht Linus. Er bleibt zurück.
Er wartet darauf, dass sie wiederkommt, tippelt nervös mit den Füßen auf dem Boden und mit den Fingern an der Hose.
Zwei Sicherheitsleute am Treppenaufgang beobachten ihn. Auch einige der Hostessen am gegenüberliegenden Tor zum Rang sind auf ihn aufmerksam geworden.
Linus Gedanken lösen sich auf wie der Schaum im letzten Bier.
Er steht noch eine Weile herum, tippelt unschlüssig von einem Fuß auf den anderen.
Die Sicherheitsleute sind bald verschwunden, doch die Hostessen beobachten ihn immer noch. Wenn er hinsieht, schauen sie weg.
Sie müssen ihn für irgend jemand Besonderen halten. Für etwas Besonderes. Sie gucken so interessiert. Er ist jemand Besonderes. Gucken sie interessiert? Oder ist das Bedauern? Vielleicht.
Vielleicht bedauern sie aber auch Jana und finden ihn einfach nur lächerlich.

Linus läuft den Osterdeich entlang. Trottet denen mit dem Leben in weitem Abstand hinterher.
Er geht an die Promenade, die Schlachte. Und er trinkt, trinkt einfach weiter, Bier aus Dosen, von Getränkepavillons an der Weser, und davon vorsätzlich zu viel, und im falschen Moment, am falschen Tag, bis es spät wird und ein kühler Wind aufkommt und die Bierbänke an den Pavillons immer leerer werden.
Er ruft Holger an, wieder. Diesmal nimmt Holger ab. Sie reden kurz, über irgendwas. Über was?

Linus legt auf und setzt sich auf eine Bank.
Und dann weiß er nicht mehr, ob das Gespräch überhaupt stattgefunden hat.

Die plötzliche Kälte hat die Menschen nach Hause oder in die Kneipen getrieben.
Linus genügt es, an der harten steinernen Uferbefestigung zu sitzen, neben jemandem, dem er vertraut. Früher haben sie das oft getan.
Es fällt ihm nicht mehr schwer, das Bier durch seine Kehle laufen zu lassen, auch wenn sein Magen schon voll ist.
Er lässt sich auf die Steine zurückfallen. Er schließt die Augen und spürt die unförmigen Steine in seinem Rücken und Regentropfen auf seinem Gesicht. Sein Magen gerät in Wallung und er glaubt, sich übergeben zu müssen, doch er schluckt kräftig dagegen an.
Er öffnet den Mund und sammelt ein paar Tropfen auf seiner Zunge.
»Wasser«, hört er jemanden sagen.
Er macht die Augen auf und dreht den Kopf zur Seite. Holger sitzt neben ihm und sieht ihn mit glasigen Augen an. Er ist unrasiert, trägt eine zerrissene Lederhose und ein schwarzes Hemd. Seine Haut ist ganz blass und sein Hemd an den Schultern durchnässt.
»Das wird jetz etwas heftich mit dem Regen, hä?«, lallt Linus.
»Wir sind doch nicht aus Zucker«, sagt Holger und grinst dabei etwas schief, wie so oft. »Hast du gesehen, dass mein DSDM-Video schon über 40.500 Views hat?«
Linus reagiert nicht. Holger sagt: »Von mir aus könn wir auch ne Runde baden gehen.«
Linus stützt sich auf und richtet seinen müden Blick auf die Weser. Der Regen hat die Wasseroberfläche aufgerauht. Die Sonne ist bereits hinter dem Museum auf der anderen Seite des Flusses verschwunden, über dessen Dach sich das Kraft-Foods-Logo dreht. Es sieht aus, als gehöre es zum Museum und nicht zum dahinter liegenden Turm.
Holger spricht von Dingen, von Jana und von Linus und auch von sich selbst, aber Linus kann den Worten nicht mehr folgen.

Später sitzt Linus in der Straßenbahn. Sein Kopf lehnt an der Scheibe, mit dem Fingernagel kratzt er blaue Farbe vom Fensterrahmen. Seine Sachen sind völlig durchnässt.
Er weiß nicht, warum.

5

Seit elf Uhr morgens war Linus im Laden, hatte alle Leuchten, Hi-Fi-Geräte und Kopfhörer, die beiden Kühlschränke und den Kaffeeautomaten überprüft, hatte den Boden gefeudelt und den hellen Tresen immer und immer wieder abgewischt, obwohl der Lack bereits absolut blank war.
Schräg links über der Eingangstür war ein kleiner Fernseher installiert. Alle fünf Minuten schaltete Linus ihn ein und wieder aus, weil er sich nicht entscheiden konnte, ob er nebenbei Radio oder den TV-Sender Deluxe Music laufen haben wollte.
Und wieder wischte er den Tresen ab, aus reiner Nervosität, die zumindest bis zur Eröffnung um siebzehn Uhr anhalten würde.
Um sechzehn Uhr kam Brunssen. Das erleichterte Linus die letzte Stunde ein wenig.
Brunssen trug Jeans und ein Hawaii-Hemd, eigentlich unpassend für Anfang Oktober, aber es war weiterhin ungewöhnlich warm für die Jahreszeit.
Brunssen, der nichts von Umarmungen hielt, und schon gar nicht unter Männern, klopfte Linus von vorne herum umständlich mit beiden Händen auf den Rücken, was einer Umarmung schon sehr nahe kam, wenn auch mit Sicherheitsabstand.
»Bin verdammt stolz auf dich, Alter. Sowas muss man erst mal durchziehen. Ich kenne eine Menge Leute, die auf halber Strecke schlapp gemacht hätten.«

Brunssen ging zum Tresen und klopfte zweimal mit der flachen Hand drauf. »Aber Linus Keller zieht es durch, richtig?«
Linus nickte. Er hatte Freude an der Arbeit gehabt, manchmal, und Zufriedenheit empfunden, wegen der Fortschritte. Aber stolz? Stolz war er nur, wenn Jana im Laden gestanden und sich anerkennend um die eigene Achse gedreht hatte.
Aber jetzt endlich, nach all den Wochen, die er hier investiert hatte, fühlte es sich wahrhaftig gut an. Er rieb sich die Hände. »Ein Bier?«
»Was denn, gibt's keinen Champagner?«
»Kannst nachher einen Sekt kriegen.«
»Dann rück mal raus, das kühle Gebräu! Bin heute in Feierlaune.«
Brunssen ging zur Tür, zog sie auf und schob einen Stopper drunter. Ein frischer Luftstoß zog in den Laden.
»Ina kommt erst um acht. Aber sie hat morgen frei. Das heißt, wir werden die Letzten sein«, sagte Brunssen grinsend.
»Schön.« Linus zog zwei kalte Flaschen aus einem hohen Glaskühlschrank hinter dem Tresen. Er öffnete die Flaschen und reichte Brunssen eine davon.
»Prost!«
»Linus Keller hinter seinem eigenen Tresen.« Brunssen schüttelte den Kopf und lachte. »Ich glaub es nicht. Zum Wohl.«
Er trank die halbe Flasche in einem Zug und machte einen zufriedenen Laut. »Was ist mit Jana? Lässt sie dich hier alleine alle Vorbereitungen treffen?«
»Sie hat noch einen Termin. Sie kommt später«, sagte Linus.
Er hatte keine Ahnung, ob Jana wirklich einen Termin hatte. Sie hatte ihm am Telefon gesagt, dass sie später kommen würde, mehr nicht. Linus hatte sich verkniffen, weiter nachzufragen.
Seit sie zusammen das Weserstadion betreten und es getrennt wieder verlassen hatten, vermied er es, ihr in irgendeiner Form zu nahe zu treten.
Er zeigte Reue und hatte vor, das erst wieder einzustellen, wenn sie ihm signalisierte, dass er es durfte.

Jana war vier lange Tage nach dem Fußballspiel ziemlich sauer und – vor allem – verunsichert gewesen. So hatte er sie zuvor noch nie erlebt. Sie redete kaum, war ihm gegenüber regelrecht misstrauisch, anderen begegnete sie umso zugänglicher.
Er konnte das nicht ertragen. Er war zutiefst erleichert, als sie sich ausgesprochen und in den Arm genommen hatten. Da hatte er noch nicht gewusst, dass es danach auf eine subtile Weise noch unerträglicher werden würde.
Janas Verhalten ihm gegenüber hatte sich grundlegend verändert. Sie redete wieder auf die gewohnte Art mit ihm, sie nahm wie gewöhnlich seine Hand oder gab ihm einen Kuss, doch er spürte, dass sie sich damit selbst überlistete und dass unter der vertrauten Oberfläche neuerdings eine tiefe Verunsicherung lauerte.
Brunssen stieß Linus in die Seite. »Dass wir das alles gemacht haben, kann ich gar nicht glauben. Wie geil das aussieht. Gut, dass du den Boden in natura gelassen hast.«
Dann drehte er sich zur Tür. »Moin Lennard!«
Lennard stand in der Tür. Er trug ein Shirt, das an seinem langen, dürren Körper an einen großen Kartoffelsack erinnerte. Neben ihm stand seine Schwester Katti.
Katti war genauso dünn wie Lennard, aber wesentlich kleiner. Linus hatte sie einmal im Proberaum kennengelernt. Sie hatte dagesessen, Wasser getrunken und verträumt den Songs der *Planes* gelauscht.
Während seine Schwester unschlüssig im Eingang stehen blieb und die Hände tief in die Hosentaschen grub, sah Lennard sich staunend um. Er schob die Unterlippe vor und nickte bedächtig.
»Übertreib's nicht, sonst wird es unglaubwürdig«, sagte Linus.
Brunssen lachte.
»Katti hat Lust zu zapfen.« Lennard zeigte auf seine Schwester, und die nickte.
Linus ging zu ihr und gab ihr die Hand. »Danke. Aber ich habe keinen Zapfhahn.«
Sie zuckte mit den Schultern. »Dann mach ich eben Flaschen auf.«

»Das würde mir ein bisschen Luft verschaffen. Danke, Katti.«
Katti nickte zufrieden. Viel mehr noch als durch den schmächtigen Körperbau oder die leicht fettigen Haare erkannte man ihre Verwandtschaft zu Lennard durch eine Einfachheit, die nicht dumm wirkte, sondern auf das Wesentliche konzentriert.
Linus wollte Katti gerade den Tresen zeigen, als die Tür aufgestoßen wurde und Joscha Drink mit seiner Band samt hochtönig schnatternder Freundinnen hereinstürmte.
Linus war dankbar und erleichtert. Der Laden bekam eine gewisse Menschendichte.

Um neunzehn Uhr war der Andrang überwältigend.
Das war möglicherweise einem kleinen, aber wirksamen Werbefeldzug zu verdanken, den Jana sich ausgedacht hatte.
Sie hatte knallrote Karten drucken lassen. Es gab sechs verschiedene Sorten. Auf jeder Karte befand sich eine andere Botschaft. Aber alle glichen sich im Layout, sodass der Betrachter sie unbewusst miteinander in Verbindung brachte.
Auf drei Kartenvarianten standen die Botschaften MUSIK BALD, RHYTHMUS IM KAFFEE, UMDREHEN JETZT. Außerdem gab es eine Kartenvariante mit einem Datum und eine mit einer unvollständigen Adresse.
Das Unkonkrete, das Vage war nach Janas Auffassung genau der Clou. Man habe dieses Konzept unter anderem schon für neue Internetseiten angewandt.
Zunächst weckte man Neugier, warf Fragen auf. Denn wenn man nicht wusste, wofür geworben wurde, begann man aktiv darüber nachzudenken. Es war erwiesen, dass Botschaften, die mit Fragestellungen verknüpft waren, nachhaltiger von den Menschen aufgenommen wurden.
Jana musste es wissen. Es war ihr Beruf.
Auf einer sechsten Karte stand schließlich des Rätsels Lösung, jedoch so unkonkret, dass es wiederum Neugier weckte: MUSIK BALD,

RHYTHMUS IM KAFFEE: 30.10. BREMEN, FRIEDRICH-EBERT-STRASSE, DASEIN OHNE GRUND.

Linus und Lennard hatten insgesamt eintausend solcher Karten in der Stadt verteilt.

Dass neben Brunssen, Ina, Lennard, Katti und Joscha mit seinen Leuten um die vierzig weitere Gäste gekommen waren, die Linus nicht kannte, war vermutlich also Janas Verdienst. Ein großer Erfolg, wenn man bedachte, dass es nicht einmal ein Eröffnungskonzert gab.

Die Jungs von den *Grobians* musterten den Laden allerdings, als überlegten sie, wo sie die Instrumente für ihren ersten öffentlichen Gig aufstellen sollten.

Linus stand bis kurz vor neun die meiste Zeit am Tresen. Er unterstüzte Lennard und Katti dabei, Getränke auszugeben.

Die Leute fanden sich schnell im Laden zurecht. Den Teil mit dem CD-Verkauf hatte Linus mit selbstgebasteltem Polizeiband abgesperrt. Da der Raum dadurch etwas kleiner wurde, war die gefühlte Gästeanzahl umso größer.

Ein paar Leute standen auf der Terrasse an der Hinterseite, um frische Luft zu schnappen oder zu rauchen.

Dean Martin und klassische Bar-Piano-Musik schafften eine entspannte Atmosphäre. Die Lautstärke war so gewählt, dass man sich gut unterhalten konnte.

Jana kam um neun. Linus sah, wie sie sich staunend durch die Leute schlängelte und immerzu nickte. Sie sah zufrieden aus.

»Was ist hier denn los?«, fragte sie in einem Ton, als hätte sie nicht damit gerechnet, hier überhaupt jemanden anzutreffen.

Er nahm sie in den Arm, drückte sie, einen Moment zu lange, denn sie wand sich aus seiner Umarmung und entfernte sich einen Schritt.

»Das ist bestimmt dein Verdienst«, sagte er.

»Ach was.« Sie übte sich in Bescheidenheit, wenig überzeugend.

Er lachte. Sie verzog das Gesicht.

»Alles okay?«, fragte er.

»Alles okay«, sagte sie mit der üblichen Unterkühlung in der Stimme.

Dann wies sie mit einem Finger zur Theke. »Ich glaube, da braucht dich jemand.«

Lennard winkte.

»Ich bin gleich wieder da.«

»Lass dir Zeit. Du musst mich heute ja nicht unterhalten. Ich bin ein ganz normaler Gast.«

Er sah sie zögernd an, bevor er nickte und lächelte, sich umdrehte und zu Lennard ging.

Er spürte den Dielenboden unter seinem Gewicht nachgeben und dachte an das Knarzen, das er so oft gehört hatte, wenn er hier gearbeitet hatte. Heute war es nicht zu hören. Die vielen durch den Raum schwirrenden Stimmen, die Musik, das Klirren der Flaschen und Gläser und der fauchende Milchaufschäumer erzeugten einen erfreulich realistischen Kaffeehausklang.

Lennard lehnte sich weit über die Theke, bis er sich direkt an Linus' Ohr befand: »Du brauchst hier eigentlich nicht mehr mitmachen. Das war nur der erste Ansturm. Die trinken gemächlich. Ich schaff das schon.«

Während Lennard das sagte, wirbelte seine Schwester im Hintergrund rum. Katti war diejenige, die es schon schaffte.

Lennard fasste Linus an der Schultern und rief: »Los. Du musst dir heute unbedingt ein paar Stammkunden backen.«

Linus gehorchte und mischte sich unter seine Gäste. Ein kleiner hagerer Kerl mit Buddy-Holly-Brille, einem *Lostprophets*-Shirt und einer Lederjacke, die ihm eine Nummer zu groß war, hielt Linus einen ausgiebiegen Vortrag darüber, dass lediglich *Language. Sex. Violence. Other?* ein gutes *Stereophonics*-Album sei, weil sie ansonsten wie *Oasis* klängen, die er überhaupt nicht möge.

Linus wollte nicht unhöflich sein. Der kleine Kerl war ein potenzieller zukünftiger Kunde. Also hörte er ihm eine Weile zu.

Als der Kerl allerdings in einem belehrenden Ton einen fließenden Übergang von den *Stereophonics* zur New Romantic Ära versuchte, entschuldigte Linus sich und floh.

Noch bevor er wieder zu Jana gelangen konnte, stoppten ihn die *Grobians*. Sie hatten beschlossen, in seinem Laden ihr erstes Live-Konzert zu geben.
Linus hatte keine Ahnung, welche Voraussetzungen gegeben sein mussten, um Konzerte veranstalten zu dürfen. Trotzdem sagte er zu.
Auf die *Grobians* wirkte das wie Feierdoping, sodass Katti hinter dem Tresen wieder ins Routieren kam.
Linus fragte sich, ob die Getränke reichen würden.
Plötzlich stand Brunssen neben ihm und legte ihm eine Hand auf die Schulter. »Was meinst du? Sollten wir Nachschub holen? Ich darf allerdings nicht mehr fahren.«
»Du kannst Gedanken lesen.«
»Wo ist eigentlich der Verrückte?«, fragte Brunssen.
»Ich habe ihn eingeladen, er hat es zur Kenntnis genommen, hat allerdings nichts weiter gesagt.«
»Schätze mal, der taucht hier gleich irgendwann schön vorgeglüht auf.«
Linus zuckte mit den Schultern. Er hatte Holger lediglich per Kurzmitteilung zur Eröffnung des Ladens eingeladen. Daraufhin hatte er als Antwort erhalten:

Bin stolz auf dich. Jetzt kannst du unser planes demo in deinem laden verkaufen.

»Und? Wer fährt nun?«, fragte Brunssen.
Linus hielt Ausschau nach Jana. Wenn sie bereit war, zu fahren, würde er einen Moment mit ihr alleine sein. Er hatte das Bedürfnis danach. Sie hatte sich heute besonders distanziert verhalten.
Linus fand sie im Hinterhof. Sie unterhielt sich mit einer jungen Frau, die pausenlos an einer Zigarette zog und Jana den Rauch ins Gesicht pustete.
Jana war dankbar, dass Linus ihr einen Vorwand bot, dem Nebel zu entkommen.

Sie fuhren mit Janas Madze zur Drink-Filiale. Während der Fahrt redeten sie kaum ein Wort miteinander.
Walther war gerade dabei, Kasse zu machen.
Sie kauften drei Kisten Bier und zwei Kisten Lemon, luden sie in Janas Wagen und fuhren zurück.
Wieder schwiegen sie sich an. Es hätte an diesem Tag viel zu erzählen gegeben. Aber sie redeten nicht.
Kurz bevor sie die Friedrich-Ebert-Straße erreichten, sagte Linus: »Halt mal bitte an.«
Sie sah ihn an.
»Bitte.«
Sie fuhr in eine Seitenstraße und hielt in einer Parkbucht. Es war mittlerweile dunkel geworden. Ein stürmischer Wind zog durch die Straße und rüttelte am Wagen. Sie ließ den Motor laufen, blickte stur geradeaus.
Linus langte nach dem Autoschlüssel und drehte ihn herum. Der Wagen ruckelte kurz, dann erstummte der Motor. Erst jetzt sah sie ihn wieder an, mit hochgezogenen Augenbrauen.
»Was ist los?«, fragte er.
»Was soll denn los sein?«
Da war sie wieder, die unterkühlte Stimmlage, diese geheimnisvolle Distanziertheit.
Oft hatte Linus das reizvoll gefunden. Es hatte ihn nervös gemacht wie eine Spielart, etwas Erotisches, ein Kniff, der dafür sorgte, dass es zwischen ihnen spannend blieb und ihre Beziehung lebendig.
Jetzt nervte es bloß noch. Sie verhielt sich, als würde sie ihn unsympathisch finden. Es war anstrengend, kraftraubend und hatte ihn schon immer verunsichert.
»Du verhältst dich mir gegenüber so kalt.«
»Ach Quatsch.«
»Doch. Jetzt gerade! Dieses ach Quatsch! Das war …«
»Was?«
»Unherzlich«, sagte Linus. »Kalt eben.«

Sie schwieg. Sie sah wieder nach vorne. Er legte seine Hand auf ihren Oberarm. Jana nahm sie und führte sie wieder von sich.

»Kalt«, wiederholte er.

Daraufhin legte sie beide Hände auf das Lenkrad. Ihr Kopf senkte sich leicht zwischen die Oberarme. Sie atmete tief ein und hob den Kopf wieder. »Vielleicht müssen wir mal ein bisschen Abstand voneinander haben.«

Es gibt so viele Sätze, die nichtssagend sind, Dinge, die man einfach so dahin sagt, die keine Bedeutung haben, die nichts verändern und nichts belassen.

Und es gibt Sätze, die auf den ersten Blick zwar genauso unkonkret sind, Eventualitäten enthalten und auch Hintertüren offen lassen. In Wirklichkeit handelt es sich aber um klare Aussagen.

Linus lehnte sich im Beifahrersitz des alten Mazda zurück. Dabei formte sich sein Gesicht zu einem harten Grinsen. In seiner Brust zog ein Zittern auf, das seine Rippen erschütterte und von oben wellenschlagartig auf seine Gedärme drückte. Nein, der Alkohol war es dieses Mal nicht. Linus hatte ja kaum etwas getrunken.

Er behielt sein Grinsen, versuchte es festzuhalten, indem er die Zähne aufeinanderbiss. Dadurch verzerrte sich sein Gesicht zu einer starren Maske.

Eine Maske, die bei der kleinsten Erschütterung zerbrechen würde.

Diese Worte. Müssen mal Abstand haben. Es war genau das, was man sagt, wenn man den anderen möglichst nicht verletzen will.

Es war das, was man sagt, wenn man jemandem nicht gleich alle Hoffnung nehmen will, wenn man jemanden Glauben machen will, es könnte irgendwann nach einer angemessenen Zeit weitergehen.

Man stieß ihm nicht den Dolch ins Herz, sondern knöpfte erstmal das Hemd auf, tupfte Desinfizierer auf und hauchte einen Trost, bevor man zustach.

Seine Augäpfel lagen in Salzwasser, mehr und mehr davon quoll hervor, er atmete immer wieder ein, um sich zu beherrschen, und die Atmung wurde flacher. Und schneller.

Da wurde Jana herzlich. Ihre Stimme klang ganz weich, doch Linus wünschte, sie hätte hart und kühl weitergemacht.
»Hm?« Sie legte ihre Hand auf seinen Nacken. »Meinst du nicht, dass uns das mal ganz gut tun würde?«, fragte sie und er schmiegte seine Wange an ihren Arm und das Wasser in seinen Augen war kaum noch zurückzuhalten.
Er wandte sich der Tür zu, unschlüssig, drehte sich dann wieder Jana zu und griff nach ihrer Hand.
Ihre Hand war das erste, was er von ihr gesehen hatte. Er sah sie an, zeichnete mit dem Daumen die Lebenslinie nach. Diese Hand war in dem Internet-Café aus dem Nichts aufgetaucht.
Er nahm sie so vorsichtig wie bei ihrer ersten Berührung. Sein Herz tat weh, sein Hals war trocken, er ließ sie los, vergrub seine Hände in seinem Schoß. Er konnte sie nicht ansehen, sah zu Boden, als hätte er etwas verbrochen.
»Hey«, flüsterte sie mit brüchiger Stimme. »Sieh mich an. Bitte.«
Er versuchte es, doch sein Blick schaffte es nicht zu ihrem.
Nein, er würde nicht weinen. Er stieg aus und ließ die Tür zufallen. Sie rastete nicht richtig ein.
Er machte ein paar Schritte vom Wagen fort, kehrte um und öffnete die Beifahrertür, um sie gleich darauf wieder zuzuschlagen.
Aber weggehen konnte er nicht.
Eine Weile blieb es dabei. Jana saß im Auto und sah nach vorne, er stand daneben, berühte den Wagen nicht, stand nur daneben und wusste dabei nicht, worauf er seinen Blick richten sollte.
Irgendwann stieg sie ebenfalls aus. Sie ging um das Auto herum und wollte ihn in den Arm nehmen, doch er wich zurück.
»Fährst du mich noch mit den Kisten zum Laden oder muss ich die jetzt von hier aus tragen?«
»Ach, Mann«, sagte sie und nahm seine Hand.
»Dann lass uns.«
Er wich ihr aus und stieg wieder ins Auto. Eine Weile blieb sie draußen stehen, vertauschte Rollen, nicht lang, nicht einmal lange genug,

so dachte Linus, um klar zu machen, dass es ihr auch nicht leicht fiel. Sie stieg ein und startete den Wagen. Sie fuhren die letzten Meter. Sie redeten nicht miteinander.

Vor dem Laden öffnete Jana ihren Kofferraum. Sie wollte ihm helfen, die Kisten zu tragen, doch Brunssen kam ihnen schon entgegen und nahm ihr eine Kiste ab. Und Linus drehte sich zu ihr und sagte: »Du brauchst hier nicht zu arbeiten. Bist hier ein ganz normaler Gast.«

Sie sah ihn traurig an.

»Richtig?« Er versuchte ein normales Lächeln, doch er war sicher, dass es misslang. Es fühlte sich zumindest misslungen an.

Er trug zwei Kisten auf einmal, wackelte krumm in den Laden, weil es viel zu schwer für ihn war.

Brunssen kam ihm entgegen und holte den Rest. »Los, Jana. Wagen parken, feiern kommen!«, hörte Linus ihn rufen.

Jana reagierte nicht.

Während Brunssen kurz darauf die Getränke unter dem Tresen verstaute, stand Linus daneben, sah zum Schaufenster hinaus und beobachtete, wie Jana zögerlich in ihren Wagen stieg und losfuhr.

»Jana fährt noch eben den Wagen parken«, schnaufte Brunssen.

Linus blickte weiter aus dem Fenster. »Hat sie das gesagt?«

Brunssen tauchte unter dem Tresen hervor und schlug sich die Hände aneinander ab, um getane Arbeit zu signalisieren.

»Wo sollte sie sonst hinwollen?«

Das Rauschen der Autobahnen

1

Es war ein Ausblick wie durch verschmierte und zerkratzte Gläser einer Sonnenbrille. Ein matter Schleier, dessen er sich nicht entledigen konnte, weil der Schleier nicht auf den Dingen lag, sondern über ihm selbst.
Schnell war ihm klar geworden, dass er den Abend, die Nacht, nur ertragen konnte, indem er aufbrechen würde, sich schleunigst in Bewegung setzen und von hier verschwinden würde, egal wohin. Hauptsache Bewegung, raus aus der verschleierten Zone, weg von der Dämmerung.
Lennards alter Ford Taunus röchelte vor sich hin, spuckte Ruß und Öl und klapperte da, wo es dem Fahrer am unbehaglichsten war. Unter dem Fahrersitz.
Es war kurz vor zehn, der Lichtkegel des Wagens glitt über den Asphalt. Linus fand, dass zu viele Leute unterwegs waren. Wohin, so fragte er sich, wollen die nur alle? Warum saßen sie nicht zu Hause vor dem Fernseher? Warum gehörte das kurze Stück Autobahn zwischen Bremen und Hamburg an diesem Abend nicht ihm alleine? Wenigstens an diesem einen Abend. Verdammt.

Er hatte Lennard um neun Uhr angerufen und gefragt, ob er sich für eine Nacht den Ford borgen dürfe. Er hätte ebenso gut Brunssen anrufen können, dann hätte er jetzt in einem komfortablen Mercedes gesessen, ohne Klappern und Vibrieren.
Aber Brunssen hätte er vorher erklären müssen, wofür er den Wagen brauchte. Danach war ihm nicht zumute gewesen.
Linus wollte überhaupt nicht über sich reden. Etwas in ihm fühlte sich brüchig an. Er musste es gut verpackt an einen sicheren Ort bringen, statt es zu öffnen.
Daher Bewegung. Daher Lennard, denn der fragte nichts, machte kein neugieriges Gesicht, sagte bloß: »Klar. Steht hier. Komm vorbei. Tank ist aber leer.«
Eine halbe Stunde später hatte Linus bei Lennard vor der Tür gestanden und sich die Autoschlüssel geben lassen. Das war eine Sache von einer Minute gewesen.
Linus hatte »Hi« gesagt, Lennard »Hi« erwidert, dabei seinen Arm gehoben, an dem die Autoschlüssel baumelten. Linus hatte seine Hand aufgehalten, Lennard losgelassen, Linus aufgefangen und gesagt: »Bring ihn morgen wieder«, worauf Lennard geantwortet hatte: »So lange du willst«, und Linus hatte genickt, war eingestiegen und zur nächsten Tankstelle gefahren.
Der Ford schaffte hundertsechzig Kilometer pro Stunde, doch ab hundertzwanzig wurde das Klappern so bedrohlich und der Motor so laut, dass Linus mit einer Geschwindigkeit von zirka hundert auf der rechten Spur blieb. Gelegentlich drängelte ein Lkw, wenn Linus, in gedankliche Starre geraten, die neunzig unterschritt. Und ein paar Mal überholte er, wenn ihm der Raum zwischen zwei Lastern zu bedrohlich wurde.
Doch die meiste Zeit bekam er so was gar nicht mit. Er lenkte den Wagen einfach nur geradeaus. Nicht denken, nicht fühlen, ab und zu innehalten um sicherzugehen, dass in ihm noch alles verschlossen war.
Richtung Hamburg, einfach nur, weil Hamburg nicht Bremen war.

Weil Hamburg nicht Jana war, weil in Hamburg nicht sein Scheitern war, weil Hamburg woanders war.
Irgendwo vor Hamburg nahm er eine Abfahrt, die er nicht kannte. Bei aller Apathie – die einfachsten menschlichen Bedürfnisse ließen sich nicht ignorieren.
Linus stieg eine steile Böschung hinab, um sich unter einer Autobahnbrücke zu erleichtern. Als er zum Wagen zurückging und dabei das Rauschen der Autobahn hörte, verspürte er die Traurigkeit wie einen Riss in seinem Inneren.
Das Rauschen der Autobahnen – für ihn war es Akustik gewordenes Fernweh. Es löste Sehnsucht nach einem anderen Leben aus. Es war Ausdruck der Vielfalt der Leben. Es wies in die Ferne, dorthin, wo die anderen waren, wo man keine Details erkennen konnte und zu Vermutungen gezwungen war, zum Träumen. Es wies dorthin, wo es immer besser war als hier.
Er stieg wieder in den Wagen, startete den Motor und fuhr zurück auf die Autobahn. So sehr er auch versucht hatte, sich zu überlisten und sein Herz verschlossen zu halten, die Verpackung platzte auf, etwa dreißig Kilometer vor den Elbbrücken. Er klammerte sich an das Lenkrad. Er hätte nicht anhalten dürfen. Dieses Rauschen.
Einen Moment lang dachte er, wie sinnlos dieser Benzinverbrauch doch war. Ein geradezu absurder Gedanke in seiner Lage. Nein, nein. Es war nicht sinnlos. Er war hier. Er war nicht zu Hause, nicht in seiner Wohnung.
Verdammt. Es war die sinnvollste Autofahrt, die er je gemacht hatte. Sie erlaubte ihm, laut zu fluchen und zu reden und zu schimpfen. Niemand konnte ihn hören.
Und er schimpfte, schimpfte mit sich und mit Jana, und er fluchte, schrie Tiraden über die Plattenindustrie, ohne zu begreifen, welcher gedankliche Pfad ihn vom einen zum anderen geführt hatte.
Aber er war dort, sah sich vor dem Schreibtisch eines imaginären A&R Managers stehen, sah sich auch auf der Waldbühne stehen, zu Beginn eines großen Benefiz-Konzertes, mit einer Gitarre um den

Hals, sah sich auch am Rednerpult des deutschen Bundestages in Berlin, sah unter den Gästen auf den Rängen die verdutzten Vertreter einer TV- und Musikindustrie und er brüllte ihnen entgegen, wie einfältig und arrogant sie seien, erhob Anklage, fragte sie, wie man so schäbig sein konnte, ganze Völker zu betrügen und mit Dreck vollzustopfen.

Er schlug auf das Lenkrad, er schrie gegen die Windschutzscheibe. Er fühlte sich an Holger erinnert, denn er sagte Dinge, die Holger bereits gesagt hatte. Dinge, die man in einem Moment noch für wahr hält, im nächsten Moment lächerlich findet.

Die Wahrheit ist irgendwo dazwischen und Wut macht blind für gute Argumente.

Aber diese ohnmächtige Wut auf eine Welt, die seine Kunst niemals zu schätzen gewusst hatte, die ihm nie die Aufmerksamkeit gegeben hatte, die er sich gewünscht hatte, war lächerlich. Zu oft hatte er diese Wut empfunden, zu unsinnig war sie. Und sie verschaffte ihm ohnehin keine Erleichterung mehr.

Aber er schimpfte und schrie weiter, musste es tun, und merkte nicht, dass er sich selbst anschrie. Tränen rannen seine Wangen herab und er hämmerte wie benommen auf das Lenkrad, bis es zu vibrieren begann.

»Du bist so arm!«, schrie er.

Es war so lächerlich. Er war lächerlich. Jana war fort. Ja, er war lächerlich. Andere hatten es geschafft, gute Musiker hatten es geschafft. Er war lächerlich. Er war nicht erwachsen. Scheiß Luftballon. War so lange vor seiner Nase rumgeflogen, hatte ihn in eine dämliche Starre gebracht.

Eine Nadel hätte er nehmen sollen, schon als er zwölf war. Hannah hätte eine Nadel nehmen sollen, als er noch ein Kind war. Sie hätte jenen hohlen Traum sofort zerstechen sollen. Eine lange spitze Nadel, und dann das Scheißding zerstören. Dieser Scheißballon.

»Scheißeeeeee!«, schrie er und seine Spucke schoss auf die Frontscheibe, ein feiner nasser Staub, dem der Scheibenwischer nichts an-

haben konnte. Linus spürte, unterbewusst, dass er selbst der Ballon war.
Er war der Ballon, und in dieser Nacht würde er landen, auf seiner Basis, würde aussteigen, sich umsehen und erkennen, wie öde alles aussah. Seine Landebasis war kein Ort, an den man gerne heimkehrte. Alles wirkte verwaist, unaufgeräumt, wie ein Haus, in dem niemand ist, niemand wartet.
Die Elbbrücken. Bald würde er irgendwo anhalten. Und seine Ankunft, wo auch immer, würde offenbaren, dass das Ziel, welches auch immer, nur geografischer Natur war.
Er fuhr am Holiday Inn vorbei, der Verkehr wurde dichter und bald zäh. Er kannte sich nicht aus, wusste nicht, wie er fahren sollte, ließ sich treiben, eine Weile.
Bald stand er auf der Reeperbahn, ausgerechnet, und er wischte sich die feuchten Wangen trocken, schmierte mit dem Ärmel seines Pullovers den Rotz über die Scheibe und kurbelte das Fenster ein Stück runter, weil seine verklebten Augen frische Luft brauchten.
Mit der Luft gelangte der Geruch von Bier und Urin in das Wageninnere. Der Verkehr drang müde über die Meile.
Obdachlose Trinker lamentierten, andere lagen gekrümmt auf Zigarettenkippen, Teerflecken und festgeklebten Kaugummis. Junge besoffene Männer ehrten in ihrer Mitte einen komatösen Junggesellen, noch jüngere besoffene Mädchen gaben sich abgeklärt, als sei die Reeperbahn mit ihren gepflegten hinterzimmerschmutzigen Pornoläden, ihren dunklen, stinkenden, duftenden Kneipen, ihrem zwiespältigen Charme, der allgegenwärtigen Ahnung seelischer Gebrechen nichts weiter als eine Swimmingpool-Party auf MTV.
Linus hasste es. In diesem Moment hasste er diesen Scheiß.
Er hasste die betrunkenen Gehirne und die Eltern, die ihre Kinder hierherkommen ließen. Er hasste es, dass ihm der Anblick des Lidl-Marktes ein heimischeres Gefühl vermittelte als der Anblick seiner eigenen trockenen Hände auf dem Lenkrad. Er wollte das nicht.
Es knallte an der Beifahrerscheibe. Er zuckte zusammen. Ein grölen-

der Typ mit glasigem Blick und schmutzigem Stoppelbart bedeutete Linus, ihn einsteigen zu lassen. Linus Blick fiel auf den Knopf der Beifahrertür. Unten. Dicht.
Er kurbelte die Scheibe auf der Fahrerseite hoch, der Verkehr kam wieder ins Rollen und er fuhr los, ohne den Typen noch mal anzusehen.
Am Ende der Meile studierte er die Richtungsschilder. Endlich fand er einen Ort, der ihm bekannt war, an dem er sein wollte, in dieser Stadt.
Er hielt sich links, dann rechts. Bald kamen ihm die Straßen vertrauter vor, bald stand er an einer Ampel und konnte etwas nach rechts blickend schon die Binnenalster erkennen.
Hannah war früher ein paar Mal mit ihm hierhergefahren. Andere waren in die Schweiz oder nach Italien gefahren, wochenlang, Hannah hatte Hamburg oder Sylt vorgezogen, und weil Linus nichts anderes gekannt hatte, war es für ihn das Größte gewesen.
Er bog in den Neuen Jungfernstieg ein. Er parkte Lennards Ford vor dem Eingang des Hotels Vier Jahreszeiten. In dem kräftigen Licht über dem roten Teppich des Hotels fühlte er sich beobachtet. Nur wenige Meter von ihm entfernt stand ein Concierge.
Er startete den Motor wieder, fuhr noch ein paar Meter weiter, bis er eine zweite Parklücke fand, in die er schließlich einparkte.
Er schaltete den Wagen ab, blieb einen Moment sitzen und lauschte dem blechernen Knacken des abkühlenden Motors und den Stimmen des Concierges und eines Gasts vor dem Hotel.
Es war kurz vor Mitternacht.
Den ganzen Tag hatte er gehofft, Jana würde anrufen. Nachdem sie am Freitagabend die Getränkereserve geholt hatten, war Jana nicht wieder zur Eröffnung gekommen. Linus hatte sich daraufhin maßlos betrunken.
Besonders, nachdem alle Gäste, die er nicht kannte, gegangen waren, hatte es für ihn kein Halten mehr gegeben. Dass Brunssen sich solidarisch gezeigt und mitgetrunken hatte, hatte es nicht besser gemacht.

In einem irreführenden Rum-Cola-Rausch am Abend hatte er gedacht, alles würde gut werden, und er, der große Ladenbesitzer, würde binnen kurzer Zeit irgendwie auch Jana zurückgewinnen. Und vielleicht, so hatte er noch gedacht, betrunken wie er war, würde aus dem einen Laden sogar eine Kette werden. Vielleicht würde er das Konzept verkaufen, dann würde er Franchisegeber sein.

Doch was immer man in besoffenem Geiste glaubt, zerfällt am nächsten Tag zu Staub.

Und Linus' Erwachen am Morgen war nur der Beginn eines viel größeren Erwachens gewesen.

Apathisch hatte er in seinem Zimmer gesessen und das Telefon angestarrt, hatte nicht gedacht, nur gefühlt.

Linus nahm seine Jacke vom Beifahrersitz, stieg aus, schloss den Ford ab und lief ein paar Schritte zum Wasser.

Von Norden wehte der Wind musikalische Bruchstücke aus dem Alsterpavillon zu ihm hinüber. Er krallte sich an das metallene Geländer und atmete die Atmosphäre.

Er schaltete sein Handy aus, eine Maßnahme, die eigentlich keinen Sinn machte, weil ohnehin niemand anrufen würde. Aber es gab ihm das Gefühl, selbst über seine Abgeschiedenheit entschieden zu haben.

Linus, ein Trotzkopf, auch das noch.

Er lief los, startete die erste von insgesamt sechs Umrundungen der Binnenalster, nüchtern, wach und im vollen Bewusstsein, dass er alleine war.

Die Signale der Stadt beruhigten ihn. Die Stadt schlief nicht.

Als seine Füße zu schmerzen begannen, setzte er sich auf eine Bank an der Nordseite der Binnenalster. Wenige Bänke von ihm entfernt schleuderten ein paar Jungs ihre leeren Bierflaschen gegen die Außenmauern der Aufgänge zur Brücke.

Linus ließ sich davon nicht beeindrucken. Sein Blick hatte sich an die ruhige Wasseroberfläche geheftet, auf der sich die Spiegelungen

gelber und weißer Lichter streckten. Lichter der Häuser auf der gegenüberliegenden Seite. Der Fernsehturm war beleuchtet, zwei Kräne konnte man erkennen und ein Bürohaus, hoch und hell und weit hinter der Gebäudereihe um das Alsterhaus.
Er stand auf, ging eine paar Schritte ans Wasser und entdeckte zwei Schwäne, die feine Risse in die Wasseroberfläche schwommen, welche hinter ihnen auseinanderströmten, bis sie sich schließlich auflösten. Die Schwäne waren ungefähr gleich groß. Das Männchen reckte seinen Hals in die Luft.
Linus dachte daran, wie er mit Jana auf der Teerhofbrücke gestanden hatte, Rücken an Rücken, und er den Kopf gestreckt hatte, um größer zu wirken.

2

Der männliche Schwan ist unmerklich kleiner als der weibliche. Sie schwimmen eine Weile nebeneinander auf der Alster. Bald schwimmen sie in Kanalisationen und im Nichtschwimmerbecken eines Hallenbades.
Linus kennt das Hallenbad. Er kennt es aus Kindertagen. Und den Graben hinter der Grundschule, in dem die Schwäne auf Schlamm und Moos schwimmen, kennt er auch.
Er sitzt neben der Badewanne in seiner Mietwohnung in Bremen. Der weibliche Schwan schwimmt in der Wanne und redet unaufhörlich, der männliche Schwan ist kaum noch zu sehen, gibt nur noch dünne Laute von sich. Er ist ganz klein geworden, seine Stimmbänder sind proportional zu seiner Körpergröße geschrumpft, sodass er kaum noch in der Lage ist, Töne hervorzubringen, die ein menschliches Ohr wahrnehmen kann. Bald ist er gar nicht mehr zu hören und schließlich kann Linus ihn auch nicht mehr sehen.

Sein Blick forscht immer wieder in der kleinen Wanne, als gäbe es Ecken, in denen er sich verstecken könnte, aber die gibt es nicht.
Linus fragt den weiblichen Schwan, wo der männliche ist und sie antwortet, er sei doch da, und er fragt, wo, und sie sieht sich um, reckt ihren schönen langen Hals und bemerkt erst jetzt, dass er nicht mehr zu sehen ist.
Sie spricht mit Janas Stimme und sagt, sie wisse nicht, wo er sei. Und dann spricht sie mit Hannahs Stimme und sagt, er müsse nicht sie fragen, wo der andere sei.
Und dabei zuckt sie immer und schwimmt unruhig in der Wanne umher, als würde etwas in ihrem Federkleid sitzen und sie zwicken.

Als Linus erwachte, blickte er auf die Rückseite des Vordersitzes. Die Scheiben waren von innen beschlagen, feine Tropfen rannen an der Heckscheibe herab.
Im ersten Moment fühlte er sich ausgeschlafen.
Er hatte die Nacht zwar nicht im Vier Jahreszeiten verbracht, aber doch immerhin davor.
Er stieg aus und lief ein paar hundert Meter und wenige Straßen weiter, bis er zur Mönckebergstraße kam. Die Geschäfte hatten geschlossen, es war Sonntag. Ein Straßenräumdienst beseitigte die Spuren der Nacht.
Linus frühstückte bei einem Bäcker, lief zurück zum Wagen und fuhr los. Schnell fand er den Weg aus der Stadt.
Erst als er wieder die Elbbrücken passierte und Hamburg im Rückspiegel allmählich kleiner wurde, kam das Gefühl zurück, wegen dem er hierher geflohen war. Es war noch in Bremen. Es wartete dort auf ihn. Und er ahnte, dass es ihm früher oder später auch nach Hamburg gefolgt wäre.
Die gesamte Fahrt über redete er sich gut zu, er müsse vernünftig sein, Montag den Laden aufschließen und der beste musikalische Berater und Gastgeber in ganz Bremen werden, doch sobald er an Jana dachte, fühlte er sich wieder schlecht und jede Motivation war dahin.

Ihm fiel ein, dass er in der Nacht sein Handy ausgeschaltet hatte. Vielleicht hatte sie ja versucht, ihn zu erreichen. Er verspürte Hoffnung, natürlich, das konnte er auch.

Er gab seine PIN ein und wartete darauf, dass das Telefon den Betriebszustand erreichte.

Anschließend gestand er dem Telefon natürlich noch einen Moment zu, denn in der Regel konnte es etwas dauern, bis der Server vom Satelliten die Meldung erhielt, dass er wieder im Netz war, und der Server seinerseits die ihm bestimmten Nachrichten zustellte. Natürlich, das konnte dauern.

Als nach zehn Minuten immer noch keine Nachricht eingegangen war, erinnerte Linus sich daran, dass es einmal vorgekommen war, dass er eine Kurznachricht von Brunssen erst zwei Stunden nach Einschalten seines Telefons erhalten hatte, obwohl Brunssen sie schon am Vortag abgeschickt hatte.

Nach fünfzehn Minuten piepte es tatsächlich. Linus fuhr auf einen Parkplatz, ließ den Motor laufen und kurbelte das Fenster runter, bevor er auf sein Handy sah.

Die Nachricht stammte von Holger:

Sorry, dass ich nicht bei deiner sache dabei sein konnte. Hab momentan viel umme ohren. Du wirst von mir hören, auch wenn ich nichts von dir höre. Ich plane was großes.

Linus schleuderte das Handy auf den Rücksitz, legte den Gang ein und fuhr zurück auf die Autobahn. Früher hatte er wenigstens noch Protest-Verse von Holger bekommen oder mal eine geistreiche Mitteilung zum vermeintlichen Untergang des Abendlandes.

Alles, was er jetzt von ihm zu lesen bekam, war ein emotionsloser Dreizeilengruss.

Es war eine Nachricht, die offensichtlicher nicht verraten konnte, dass Holger gerne mehr erzählen würde, wenn doch bloß jemand nachfragen würde.

Linus brachte es nicht fertig, in Bremen eine der Abfahrten zu nehmen. Er fuhr auch an Delmenhorst und Oldenburg vorbei, fuhr Richtung Meer. Gegen Mittag erreichte er Wilhelmshaven.
Achtzigtausend Einwohner, eine Arbeitslosenquote von knapp fünfzehn Prozent, wechselnde Stadtväter, die fortlaufend danach strebten, das Tourismuspotenzial der Stadt zu nutzen, mehr daraus zu machen als einen traditionellen Marinestandort und die primäre Schiffsverbindungsstelle nach Helgoland.
Linus fuhr hinter einer langgezogenen Promenade entlang, die aus sterilen hellroten Ziegelsteinen erbaut war und wenig einladend aussah.
Er parkte den Wagen nahe dem Helgoland-Kai auf einem gebührenpflichtigen Parkplatz, der sich gegenüber einer privaten Segelanlage befand.
Er bestieg die Deichtreppe. Er wusste nicht, was er erwartete, was er überhaupt noch erwartete vom Herumtreiben. Vom nicht zu Hause sein. Die Flucht hatte ihre scheinbar heilende Wirkung verloren.
Als er an die Kuppel des Deiches gelangte, bestätigte sich seine Ahnung. Es war ein hässlicher Ort.
Das Meer war dunkelgrau, vor dem Deichhang alter Rasen, kein Sand, glatte Fliesen, kein Naturstein, Eisenrohre, keine hölzernen Stege.
Linus zögerte auf der Spitze des Deiches, wollte umdrehen, doch die Vorstellung sich fortzubewegen, Auto zu fahren, konnte seine Stimmung nicht mehr bessern.
Er zog den Reißverschluss seiner Sommerjacke bis unters Kinn hoch, steckte die Hände in die Taschen und trottete die schmale Deichtreppe zum Meer hinab. Er setzte sich auf graue einbetonierte Fliesen.
Ein paar Meter von ihm entfernt spielten zwei junge Mütter mit ihren Kindern. Auf dem Deichrasen saßen vereinzelt Leute mit wetterfesten Jacken. Eine Gruppe Jugendlicher trotzte der Tristesse, indem sie sich mit einer Kiste Lemonbier um einen Ghettoblaster versammelten, der hawaiianische Klänge brummte.
Das Meer erschien Linus hier längst nicht so geschmeidig und beein-

druckend, wie er es sonst empfunden hatte. Hier sah er darin bloß eine furchterregende graue Gewalt, die sich um nichts und niemanden scherte. Schon gar nicht um Menschen, die seine Nähe suchten, um ihm von ihren Problemen zu berichten. Menschen, die hofften, das Wasser würde einige ihrer Sorgen verschlucken.
Linus beobachtete die spielenden Kinder.
»Nicht so weit ans Wasser«, rief eine Mutter.
Nicht so weit ans Wasser, dachte Linus. Nicht so weit ins Wasser.
Er musste daran denken, wie empfindlich er früher an der Hüfte gewesen war. Er hatte immer zu hüpfen begonnen, wenn er so weit im Meer stand, dass kalte Wellen seine Hüfte umspülten.

»Nicht so weit ins Wasser.«
Nein, weiter wollte er auch gar nicht, weil es so kalt an der Haut war. Er ging wieder zurück, bis nur noch die Füße im Wasser standen. Er sah an sich hinab, auf die knochigen zitternden Knie und dann blickte er zurück und sah Hannah auf ihrem Handtuch sitzen und winken. Er setzte sich in den Sand, drehte seinen Hintern hin und her, um einen festen Sitz zu erlangen. Er zeichnete Bahnen in die feuchte Oberfläche. Er legte den Kopf ganz schief, bis er das Gleichgewicht verlor und umkippte. Er kicherte leise, der Sand kratzte auf seiner Wange und er sog den feuchten warmen Geruch von Meerwasser und Sand ein. Er wünschte, sie würden irgendwann einmal nach Sylt ziehen. Es war der schönste Ort der Welt.
Er blickte nach rechts. Nur wenige Meter entfernt baute Mark eine Burg mit vielen Türmen von unterschiedlicher Größe und Gestalt. Immer wieder blieben Leute stehen und staunten und sagten »Toll!« und fragten: »Hast du die ganz alleine gebaut?«
Linus grinste. Ohne es zu merken, den Blick noch auf Mark gerichtet, fing er an, einen Burggraben auszuheben. Er häufte den Sand in der Mitte auf. Hannah rief, er solle sich nicht mehr so viel Mühe machen, sie würden gleich gehen. Und so beeilte er sich und formte mit den Händen seine Mauern und Türme und malte Verzierungen in die

glattgestrichenen Oberflächen und baute ein Stück Holz und Cola-Dosen aus dem Mülleimer ein, und dann setzte er sich daneben und wartete, dass jemand vorbeikam.
»Linus, wir müssen jetzt los!«, rief Hannah und er drehte sich um und sah Hannah zu, wie sie ihr Handtuch ausschüttelte. Und dann sah er erschrocken Mark an, der wie verrückt auf seiner Burg herumhüpfte, sie damit zerstörte. Und Linus fragte ihn, warum er das tue und Mark antwortete: »Weil es meine ist.«
Hannah rief wieder nach ihnen und Mark lief zu ihr, ohne sich noch einmal umzusehen. Linus winkte ihr. Sie sollte sich seine Burg ansehen, doch sie rief, er solle endlich kommen, sie würden sonst nichts mehr zu essen kriegen.
»Nur ganz kurz!«, schrie Linus, aber Hannah und Mark stapften schon durch den Sand zur Promenade und Linus stand unentschlossen neben seiner Burg und wusste nicht, ob er sie auch zerstören sollte, aber er brachte es nicht fertig, weil niemand außer ihm sie gesehen hatte.
Er lief los, blieb immer wieder stehen und drehte sich um und sah zu seiner Burg zurück, und er sah Leute am Wasser entlanglaufen, die seine Burg bald bemerken würden. Hannah und Mark waren schon auf der Treppe zur Promenade, Linus fischte im Laufen seine Sandalen aus dem Sand, rannte ihnen hinterher und drehte sich wieder um, damit er es sehen konnte, wenn die Leute an seiner Burg stehenblieben. Er war schon an der Treppe und sah sich wieder um, doch da waren sie schon an der Burg vorbei. Der höchste Turm war zusammengefallen und Linus wusste nicht, ob das Wasser ihn zerstört hatte oder ob die Leute einfach drübergelaufen waren.
Er lief hoch zu Hannah und Mark und erzählte Hannah von seiner Burg, und dass sie morgen wiederkommen mussten, um sie sich anzusehen, oder was davon noch übrig war.
Und dann, als sie durch die Einkaufsstraße zum Hotel gingen, fing Hannah plötzlich an zu lachen, weil Mark seinen Kopf durch den Ärmel gestülpt hatte, sodass er aussah wie ein Alien oder Geist, weil

nur seine vom engen Stoff heruntergezogenen Augen zu sehen waren. Und Linus lachte mit, weil es wirklich komisch aussah und dann zog er seinen linken Arm aus dem T-Shirt und steckte seinen Kopf hindurch, bis es genauso aussah wie bei Mark und er taumelte hinter ihnen her, wie Mark es getan hatte. Und Hannah sagte: »Jetzt haben wir also zwei Geister«, und er grinste, was Hannah aber nicht sehen konnte, weil sein Mund unterm T-Shirt versteckt war und sie sowieso nicht mehr guckte.

Mark hatte sein T-Shirt wieder gerade gezogen und der Kopf guckte wieder aus dem großen Loch in der Mitte, wie es sich gehörte. Er nahm Hannah die Handtasche ab und sagte, er würde gerne Pommes essen und Hannah sagte, für große Burgenbauer gäbe es im Hotel bestimmt auch Pommes.

Und Linus taumelte hinter ihnen her, wie ein Alien, und er prallte aus Versehen gegen einen dicken Mann, der ihn an den Schultern festhielt, ihm fest in die Augen sah und ihn dann zur Seite schob, damit er weitergehen konnte.

Linus rückte sein T-Shirt wieder gerade, lief zu Hannah und wollte ihr den Bastkorb mit den Handtüchern und der Sonnencreme abnehmen, doch sie trug ihn lieber selbst. Linus sagte, er wolle auch Pommes für Burgenbauer und Hannah seufzte: »Kriegst du, Linus, kriegst du.«

Teil vier

Ordentlich was los

1

Bereits in den ersten Tagen entwickelte sich eine gewisse Routine, zwangsläufig.

Linus kam morgens um neun Uhr in den Laden, schaltete den Kaffeeautomaten ein und ließ sich von der Maschine ein Getränk machen, während er eine erste Auswahl an Musik für den Tag traf.

Nebenbei verfolgte er die Nachrichten im Radio oder sah sich auf dem kleinen Fernseher über dem Eingang das Programm von Deluxe Music an.

Er versuchte, nicht zu viel nachzudenken. Seine Autofahrt quer durch Norddeutschland hatte einen emotionalen Tiefpunkt markiert. Es war Zeit für Pragmatismus.

Er würde den Laden ein paar Wochen betreiben, würde aufrecht hinter dem Tresen stehen und den Dingen ihren Lauf lassen. Niemand könnte ihm dann vorwerfen, dass er es nicht versucht hätte.

So viele nette kleine Geschäfte, so viele gut gemeinte Ideen, aber in Bremen hatte vieles einfach keinen Bestand. Man konnte diese Stadt fast wöchentlich mit der Gewissheit durchstreifen, dass sich in der Einkaufswelt irgendetwas verändert hatte.

Entweder war die kreative Schneiderin mit den Dumpingpreisen aus dem Bahnhofsviertel verschwunden oder die kleine Eckkneipe im Viertel nicht mehr mit »Hugo's«, sondern mit »Demnächst Neueröffnung« bezeichnet. Wo gestern noch ein traditionelles Lederwarengeschäft war, eröffnete im nächsten Monat eine neue Subway-Filiale. Und in den Räumen des kleinen Spiele-Ladens wurde eine Woche später Döner für zwei Euro verkauft.
Linus fragte sich, warum es bei ihm anders sein sollte. Ausgerechnet bei ihm. Ausgerechnet mit diesem seltsamen, langweiligen Laden.
Tatsächlich war die erste Woche nicht sehr ermutigend gewesen. Besonders in den ersten drei Tagen hatte sich das Interesse an dem neuen Geschäft sehr in Grenzen gehalten.
Am Montag kam niemand.
Der Dienstag begann nicht besser. Am Nachmittag lungerten immerhin zwei Typen vor dem Laden rum, guckten ab und zu durch das Schaufenster und rauchten. Eine Art von Interesse, immerhin, wobei es ebenso gut sein konnte, dass sie ihn ausrauben wollten. Vielleicht warteten sie auf den geeigneten Moment.
Der geeignete Moment war allerdings ständig, weil sich im Laden schließlich keine Kundschaft befand.
Die Typen sahen jung aus, als seien sie erst seit Kurzem volljährig. Der Größere war etwas grobschlächtig, hatte knallrote Haare, blasse und verpickelte Haut und trug eine schwere alte Lederjacke.
Der andere war zierlich. Er trug unter einem strengen Seitenscheitel eine Buddy-Holly-Brille und eine etwas modischer geschnittene Lederjacke.
Linus beobachtete die Jungs über die volle Länge des *a-ha*-Albums *Hunting High and Low*, welches er für seinen Verkauf spaßeshalber mit einem Aufkleber »Brandneu« versehen hatte.
Schließlich ging er raus und fragte sie, ob sie nicht einen Kaffee trinken wollen. »Ihr könnt ihn auch hinten auf der Terrasse trinken. Da könnt ihr rauchen. Geht auf's Haus.«
»Alter. Das nenn ich mal nett«, sagte der grobschlächtige Rotschopf

mit heller Stimme. Der andere nickte nur und lächelte freundlich. Er sah scharfsinnig aus, intelligent. Aber Optik kann täuschen, dachte Linus.
Sie tranken ihren Kaffee im Laden und verzichteten zunächst auf Zigaretten. Der Rothaarige ließ sich in einen Sessel sinken, blätterte lustlos in einem Veranstaltungsmagazin und sagte: »Coole Location.«
Der andere wies mit dem Kopf in die Vinyl-Ecke und fragte: »Kann ich mir die mal ansehen?«
»Dafür sind sie da«, sagte Linus. Und er fand es nicht einmal komisch, hier mit den Jungs zu reden, obwohl diese Situation neu für ihn war. Sie waren schließlich genau das, was er brauchte. Leute, die Lust hatten, in seinem Laden rumzuhängen. Sie waren Kundschaft.
»Wenn du was findest, können wir es auch über die Anlage laufen lassen«, erklärte Linus.
Dem Jungen gefielen die New Wave Sachen besonders gut. Er blätterte eine Weile darin, zog irgendwann eine *Flesh for Lulu* – 12 Inch hervor und wendete sie begeistert in seinen Händen: »Das gibt es nicht, dass du so was hast. Ich darf doch du sagen?«
Linus konnte sich nicht vorstellen, dass der Junge sich in der New Wave und New Romantic Ära wirklich auskannte. Aber er war froh, überhaupt Resonanz auf seine Ware zu erhalten.
»Linus«, sagte er.
»Mücke«, antwortete der Junge.

Am Mittwoch kam Mücke ohne seinen Kumpel wieder. Er hatte die Lederjacke gegen ein Cordsakko getauscht, trug aber wieder das Buddy-Holly-Gestell unter dem Scheitel und trank vier Chai Tee Latte, die er selbst bezahlte. Er sagte, er wolle eine gute Sache unterstützen. Mücke musste ein Spitzname aus der Schule sein. Ein netter Kerl, und für einen Siebzehnjährigen erschien er überdurchschnittlich schlau. Linus wusste es zu schätzen, einen ersten Gast zu haben. Dennoch blieb Mücke bis zum Feierabend der Einzige.
Am Donnerstag kam Lennard mit seiner Schwester Katti. Linus hatte

den Eindruck, sie würden sich besonders lange bei ihm aufhalten, um ihm einen Gefallen zu tun. Während Katti gelangweilt auf einem Stuhl saß und offensichtlich die Absicht hatte, ein Loch in ihren Kaffeebecher zu rühren, trieb Lennard sich die meiste Zeit vor den Schaufensterscheiben herum.

Mal setzte er sich an seinen Tisch auf der linken Seite, mal auf der rechten Seite, aber immer direkt vor die Scheiben. Anschließend lungerte er minutenlang auf der Verkaufsseite am Fenster rum und zog mit staunenden Gesten Platten aus dem Regal, hielt sie hoch, drehte sie, und steckte sie zurück.

Er wollte nach außen hin demonstrieren: Seht her, Leute. Hier ist was los!

Katti wurde das bald zu langweilig. Sie verabschiedete sich knapp, bedankte sich für den Kaffee und trottete nach Hause.

Am frühen Abend betraten zwei Frauen das Café.

Sie setzten sich ans Fenster und bestellten französischen Rotwein. Linus schätze sie auf Mitte dreißig. Er legte eine *Best of Duran Duran* auf.

Lennard trieb sich immer noch auf der Seite mit den CDs rum. Er tat jetzt zu allem Überfluss auch noch so, als würde er Linus nicht kennen.

»Haben sie auch ältere Sachen von *Duran Duran*?«, rief er.

Linus konnte sich das Lachen nicht verkneifen. Auch die Frauen schienen Lennards Vorstellung durchschaut zu haben. Sie grinsten.

Da bekam Linus zum ersten Mal ein Gefühl dafür, wie es wäre, wenn der Laden wirklich laufen würde. Ein Gefühl dafür, was es bedeutete, Gäste zu haben. Die beiden Frauen würde er nicht vergessen. Mücke in allen Ehren, aber diese beiden Frauen waren seine ersten wirklichen Gäste.

Als ihre Karaffe leer war, spendierte er ihnen noch ein Glas aufs Haus. Er war so dankbar, dass er ihnen am liebsten eine ganze Flasche mit auf den Weg gegeben hätte.

Um kurz vor acht gingen sie schließlich. Im selben Moment kam

Brunssen herein und nickte Linus anerkennend zu. »Sieh an, die werte Kundschaft. Warum gehen die schon?«
Linus kam hinter seinem Tresen hervor und gab Brunssen die Hand. In dem Moment steckte ein junger Kerl seinen Kopf durch die Tür und fragte, ob sie schon schließen würden.
Brunssen flüsterte: »Du musst abends länger öffnen.«
»Ab nächste Woche bis zweiundzwanzig Uhr«, rief Linus dem Jungen zu. Der nickte und sagte: »Alles klar, dann nächste Woche vielleicht.«
Lennard kam hinter einem CD-Regal hervor und schlug Brunssen auf die Schulter. »Na, Alter. Ordentlich was los hier, was?«
Brunssen sah sich um, und da nun außer Linus und Lennard niemand mehr im Laden war, prustete er ob der unpassenden Aussage laut los und Linus und Lennard fielen mit ein. Es dauerte fast eine Minute, bis ihr schallendes Lachen wieder verebbte.
Brunssen machte den Vorschlag, in der alten *Planes*-Besetzung im Steintorviertel was trinken zu gehen.
Linus schaltete Anlage, Automaten und Lichter aus, schloss den Laden zu und sie liefen zu Fuß Richtung Viertel, zuerst zu dem Haus in der Humboldtstraße, in dem sich Holgers Wohnung befand.
Es war ein bisschen wie früher, als sie zusammen als Band durch die Straßen getrottet waren und sich in gewisser Weise bedeutsam fühlten, weil über ihnen die Hoffnung schwebte, dass sie es noch schaffen konnten.
Holger war nicht zu Hause. Linus fand das schade, gleichwohl entspannte es ihn. Sie waren zwar eine unvollständige, dadurch aber wesentlich ruhigere Runde.
Brunssens Stimmung konnte das zudem nicht trüben. Er drückte zwar noch ein paar Mal den Klingelknopf, der lediglich mit »Holger« beschriftet war, aber dann sagte er fröhlich: »Na gut, dann los.«

Sie saßen vorm Litfass, einer gemütlichen Kneipe im Steintorviertel. Auf dem Weg hierher war Linus klar geworden, dass es nicht nur das vertraute Gefühl war, mit der Band unterwegs zu sein, was ihn so fröhlich stimmte. Vielmehr war es die Nähe zu Menschen, denen er vertraute.

Er hatte die Woche weitgehend alleine verbracht und das hatte ihn an die Zeit erinnert, bevor er mit Jana zusammen gewesen war. Das war im Grunde noch gar nicht so lange her, gerade mal ein halbes Jahr. Linus sah sich schon wieder am Osterdeich sitzen und sich anderer Leute Leben vorstellen, vielleicht mit einem Glühwein in der Hand.

Brunssen bestellte eine Runde Bier. Generös verkündete er, dass die Getränke auf seine Rechnung gingen. Dann wurde er seltsam konzentriert und schien nur darauf zu warten, dass das Bier kam.

Als es endlich soweit war, griff er seinen Humpen, sah Linus und Lennard abwechselnd an und sagte:

»Also, Leute. Ich weiß zwar nicht, wie ich es sagen soll, aber …«, sein Blick kam auf Linus zur Ruhe, »… ich werde Vater.«

Linus saß unbeweglich da, bemerkte selbst, dass seine Gesichtszüge sich verhärteten und schluckte.

Brunssen sah ihn an, legte ihm sofort die Hand auf die Schulter und sagte: »Alter, es ehrt mich, dass du so gerührt bist.«

Und plötzlich musste Linus lachen. Lennard guckte erstaunt und machte so ein seltsames dummes »He he«, dass Linus noch mehr lachen musste und dann sagte Brunssen: »Na, Alter, ordentlich was los hier, was?«

Jetzt konnten sich alle drei nicht mehr zusammenreißen und lachten laut und ungehemmt über »He he« und »Ordentlich was los hier« und »Ehrt mich, dass du so gerührt bist«, wobei Brunssen und Lennard nicht erfuhren, warum Linus über Letzteres am meisten lachen musste.

2

An einem Mittwoch Mitte November stellte Linus zufrieden fest, dass er jeden Tag Kundschaft hatte.

Natürlich bedeutete das nicht, dass er langfristig bestehen oder gut davon leben konnte. Er war trotzdem zufrieden, schließlich gab es den Laden erst seit einem knappen Monat.

Dass besonders die jüngere Kundschaft in den letzten Tagen deutlich zugenommen hatte, hatte einen ganz bestimmten Grund. Mücke.

Wie sich herausgestellt hatte, waren Joscha Drink und Mücke auf die gleiche Schule gegangen. Während Joscha aber bereits studierte, befand Mücke sich kurz vor dem Abitur.

Joscha war am Morgen zwischen zwei Vorlesungen im Laden gewesen und hatte erzählt, dass Mücke, obwohl er selbst kein Instrument spielte, ein erstaunlich umfangreiches Musikwissen und einen besonders erlesenen Geschmack besitze und außerdem sehr beliebt sei.

Kurzum: Mücke war ein Trendsetter. Joscha zufolge hatte er nicht nur auf seinem Gymnasium, sondern auch im Kreise seines älteren, ebenso stadtbekannten Bruders Higgi überzeugend für den Laden geworben.

Joscha hatte erzählt, dass Mücke vollkommen aus dem Häuschen war, seit er in Linus' Laden das längst verschollen geglaubte Album *The Wrong People* der britischen New-Wave-Band *Furniture* entdeckt hatte. *Furniture* hatten Mitte der Achtziger einen kleinen Hit namens *Brilliant Mind*, der auf dem Soundtrack des John-Hughes-Films *Some Kind Of Wonderful* enthalten war. *Some Kind Of Wonderful* war wiederum Mückes Lieblingsfilm. Und so kam das eine zum anderen und Mücke hatte sich zur wandelnden Gratiswerbung entwickelt.

An jenem denkwürdigen Mittwoch wurde es trotz der erneuten Geschäftigkeit am Vormittag ab fünfzehn Uhr ruhiger.

Abgesehen von Brunssen, der jeden Mittwochnachmittag auf einen Kaffee vorbei kam, war niemand mehr im Laden.

Brunssen saß am Tresen und drehte seinen leeren Becher in den Händen, während Linus ein paar CDs einsortierte.
Über dem Eingang flimmerte lautlos der Fernseher. Brunssen hatte einen Nachrichtensender eingestellt, um ab und zu einen Blick auf das Laufband mit den Aktienkursen werfen zu können. Dazu trällerte leise eine der vielen auf den Markt geworfenen *Greatest Hits* von *Spandau Ballet*, die Brunssen ebenfalls ausgewählt hatte, um, wie er sagte, dem Laden das gewisse Flair zu verleihen.
»Hast du die Werbung gesehen, wofür die Gold missbraucht haben?«, fragte er.
»Das war Bindenwerbung.«
»Richtig«, sagte Brunssen. »Aber was für ein Arsch.«
»Wer?«
»Na, der Arsch von dem Binden-Starlet.«
»Ich erinnere mich.«
Brunssen nickte. »Der Bereich geht bei Ina neuerdings immer weiter auseinander.«
»War da nicht was?«
»Ja, ich weiß. Sie ist schwanger. Richtig. Da muss man wohl geduldig sein, was?« Brunssen rieb mit der Hand über seinen wohlgenährten Bauch. »Wollen wir Pizza bestellen?«
Linus lachte. »Du solltest Ina niemals am selben Tag sagen, dass wir uns wöchentlich 'ne Pizza kommen lassen und sie auf ihren Hintern achten soll.«
Brunssen kratzte sich am Kopf. »Du hast recht. Ich bin ein Chauvinist. Ein Schwein.«
»Der Trend geht ja zum Hängebauchschwein.«
»Vorsicht. Ich nehm dir den Laden auseinander.« Brunssen rutschte von seinem Hocker und machte sich am Kaffeeautomaten zu schaffen. »Kann der Kasten auch Espresso?«
Linus blickte vom CD-Regal auf. »Dafür gibt es sogar einen Knopf.«
Brunssen sah hinauf zu einem Schild, auf dem sich eine Übersicht aller Getränke mit Preisen befand. »Steht aber nichts auf der Karte.«

»Doch. Kleiner Mafiosi.«
»Ah. Kleiner Mafiosi. Eins vierzig. Guter Preis.« Er wandte seine Aufmerksamkeit wieder dem Automaten zu und nach einer Weile sagte er: »Da gibt es aber keinen Knopf für Kleiner Mafiosi.«
»Auf dem Knopf steht Espresso.«
»Ah. Natürlich. Mein Koffein-Konsum bringt mich wohl durcheinander.« Während Brunssen bedächtig die Vorbereitungen für seinen ersten Mafiosi traf, wechselte Linus die Inlays der letzten Gebrauchtkäufe bei Ebay.
Zu seinem Konzept gehörte, dass jede gebrauchte CD eine nagelneue Plastikhülle ohne Kratzer, Risse oder schmierige Aufkleberrückstände erhielt.
Er hörte Brunssen mit der Tasse über das Abtropfgitter des Kaffeeautomaten schrammen. Kurz darauf gab der Automat ein arbeitsames Fauchen von sich.
»Klappt's?« fragte Linus, ohne aufzusehen.
Brunssen antwortete nicht. Der Automat verstummte. Nach einer Weile fragte Linus: »Schmeckt dir der Kleine Mafiosi?«
»Wo geht die Musik aus?«, fragte Brunssen. Seine Stimme klang abwesend und dennoch eindringlich.
Linus rutschte eine CD von Elvis Costello aus der Hand. Als er sie aufhob, stellte er fest, dass die Plastikhülle einen Bruch erlitten hatte.
»Immer fallen CDs auf die Scharniere. Ist dir das schon mal aufgefallen? Brot fällt auf die Butterseite und CDs auf die empfindlichen Ecken.«
Linus ging nach hinten, um eine neue Plastikhülle zu holen.
»Wo geht die Mucke aus?«, hörte er wieder. Dieses Mal klang Brunssen drängender, irgendwie aufgeregt.
»Die Anlage steht auf dem Tresen!«, rief Linus. »Wie bei jeder anderen Anlage gibt es auch da einen Volume Regler, mit dem …«
Die Musik erstummte. Linus hörte eilige Schritte auf den Dielen.
»Wo ist die Fernbedienung für den Fernseher?«
»Was?« Linus kam wieder nach vorne.

Brunssen stand zwischen Eingang und Tresen, seinen Kopf in den Nacken gelegt. Er starrte auf den Fernseher über der Tür. Ohne seinen Blick davon zu lösen, sagte er: »Die Fernbedienung, Linus. Mach schon.«

Linus sah zum Fernseher, während er hinter den Tresen ging, um die Fernbedienung zu suchen. Die Kulisse der Nachrichtensendung war ihm vertraut. Der Bericht war aus Bremen, man erkannte deutlich das markante Bürgerschaftsgebäude am Marktplatz.

Im Vordergrund war ein LIVE-Schriftzug eingeblendet und darunter ein Nachrichten-Laufband.

»Das ist ja bei uns!«, stellte Linus erfreut fest.

Brunssen zog einen Stuhl unter den Fernseher und stieg drauf, um die Lautstärke direkt am Gerät einzustellen.

»Bis du in die Füße kommst!«, brummte er und kletterte wieder vom Stuhl.

So standen die beiden da, die Hände in den Hosentaschen, starrten den Fernseher an und lasen Informationen vom oberen Laufband ab, das etwas langsamer über den Bildschirm zog als das Laufband mit den Aktienkursen.

Vor allem aber betrafen diese Informationen sie wesentlich unmittelbarer als die Aktienkurse.

+++ Mann kündigt Drachensprung an +++ Verwirrung auf dem Bremer Marktplatz +++ noch kein Motiv bekannt +++ Polizei vermutet Beziehungsdrama +++

Eine am Marktplatz installierte Webcam wurde ab und zu zwischengeschaltet. Was auf den stotternden, pixeligen Aufnahmen zu sehen war, erinnerte an den Freimarkt oder den Weihnachtsmarkt. Die Buden fehlten, aber der Platz war voller Menschen.

Bisher war neben der Webcam scheinbar nur eine Kamera vor Ort, die immer wieder zwischen den Schaulustigen, einem Reporter von Radio Bremen und dem Dach des Gebäudes schräg hinter der Bürgerschaft hin und her schwenkte.

Der Reporter machte einen aufgeregten Eindruck, schien schlecht in-

formiert und tat sich schwer, mit ein paar kurzen Sätzen die Situation zu beschreiben.
Die Kamera zoomte derweil auf den kleinen Turm des Gebäudes, der im Grunde nicht mehr war als ein aufgesetztes oberstes Stockwerk mit kleinerem Radius als das darunterliegende Stockwerk.
»Momentan kann man ihn nicht sehen«, sagte der Reporter.
»Das ist der Turm der alten Baumwollbörse«, stellte Brunssen fest.
Die Kamera zoomte, verwackelt, immer wieder hin und zurück und der Reporter wiederholte ständig sein Halbwissen, sprach mal von Suizidabsichten, dann wieder von Extremsport. Brunssen und Linus starrten hin, unbeweglich, unentspannt, und dann, in einem zufällig ruhig gefilmten Moment, sah man auf dem Turm ein Gesicht aufblitzen, nur ganz kurz, aber es war da.
Das Bild verwackelte wieder, die Kamera fuhr zurück in den Weitwinkel, um sich zu orientieren und einen neuen Anlauf zu nehmen. Der Reporter entschuldigte sich für die Aufnahmen.
»Wir hoffen hier noch auf eine zweite Kamera, die bessere Bilder liefern sollte«, sagte er. Es folgte eine von der Regie eingespielte Zeitlupe der gerade gemachten Aufnahme.
Trotz der für Zeitlupe typischen Verzerrung der verwackelten Bilder konnte man das Gesicht eines Mannes erkennen. Es sah aus wie eine Karikatur. Die hochgezogenen Augenbrauen, die zusammengepressten Lippen und die vom Wind in alle Richtungen gewirbelten Haare.
»Ich hab's irgendwie gewusst«, sagte Brunssen.
Linus nickte. »Ich auch.«

Brunssen schlug auf das Lenkrad, Linus kratzte sich am Kopf, obwohl es ihn nicht juckte.
»Dieser Idiot, dieser, dieser …«, fluchte Brunssen und hupte, weil vor ihm jemand trödelte. Dann überholte er die Straßenbahn, setzte über die Schienen und rief: »Ich Idiot, hab mich falsch eingeordnet!«
»Wenn du den Wagen jetzt in die Straßenbahn lenkst, sind wir auch keine Hilfe mehr«, sagte Linus, die Hand am Dachgriff.

Brunssen reagierte verzögert, aber einsichtig. »Hast recht. Verdammt.«
Dann schlug er wieder mit der Hand auf das Lenkrad und rief: »Radio!«
Linus hatte die Hand schon am Knopf und schaltete ein.
»… befindet sich immer noch auf dem Dach. Er droht mit Konsequenzen, sollte jemand zu ihm auf den Turm steigen. *Ist es richtig, dass ein Hubschrauber des NDR unterwegs ist?* Richtig, Annika. Wir erwarten einen Hubschrauber des NDR. Die alte Baumwollbörse ist, mal abgesehen vom Bremer Dom, das höchste Gebäude am Platz. Die Kollegen vom Fernsehen können aber von der Aussichtsplattform des Doms keine aufschlussreichen Aufnahmen machen.«
Brunssen musste der Straße ein paar hundert Meter bis zur nächsten Wendemöglichkeit folgen, schlug dort das Lenkrad ein und wendete in halsbrecherischer Weise. Dann gab er wieder Gas und drehte das Radio noch lauter, viel zu laut.
»Das heißt also, dass zurzeit niemand die genaue Lage auf dem Dach kennt? Richtig, Annika. Die Polizei geht weiterhin davon aus, dass es sich nur um eine Person handelt. Aber auch die Polizei erhofft sich vom Einsatz des Hubschraubers Genaueres. *Heißt das, dass letztendlich auch die Polizei vom Hubschrauber und den überlieferten Fernsehbildern profitiert?* Das ist richtig, Annika. Den hoffentlich schnell überlieferten Bildern, muss man sagen. Letztendlich könnte auch die Polizei mit einem eigenen Hubschrauber nichts anderes machen als zu beobachten und die Lage zu überblicken. Das geht mit der Presse ebenso gut, das hat man hier erkannt und deshalb kooperiert man. *Danke, Jonas. Soweit Jonas Peek für Radio Bremen zur Lage auf dem Marktplatz in Bremen.«*

Brunssen und Linus schlugen sich bald durch die stadtfesttaugliche Menge von Schaulustigen auf dem Marktplatz.
Vor der Bremer Bürgerschaft standen Feuerwehrleute. Es sah aus, als wollten sie ein Sprungnetz aufbauen.

Linus wusste nicht, wohin er gehen sollte. Brunssen offensichtlich auch nicht.
Sie blieben stehen, versuchten, sich einen Überblick zu verschaffen.
Linus hörte die überlauten Gespräche der Feuerwehrmänner. Sie schienen uneinig zu sein, inwiefern ein Sprungnetz sinnvoll war, denn vom zurückversetzen Turm, auf dem sich die gefährdete Person befand, konnte man zunächst einmal nur einen Stock tiefer auf eine Art Plattform springen.
Linus und Brunssen gingen ein paar Schritte zur Südwestseite. Vor dem Haus Schütting, rechts neben der Baumwollbörse, stand ein Reporter. Er hielt sich ein N24-Mikrofon unters Kinn und auch er stellte die Frage nach dem Sinn eines Sprungnetzes. Ihm gegenüber stand ein Mann mit Daunenweste, Käppie und einer Schulterkamera. Die Karikatur eines Kriegsfotografen.
Brunssen und Linus blieben in der Nähe vor dem Haus Schütting stehen. Sie starrten wie alle anderen zum Turm hinauf und lauschten auf das, was der Reporter sagte.
Der Mann auf dem Turm habe angekündigt, mit einem Drachen in das gegenüberliegende Gebäude zu fliegen.
Linus atmete tief durch. Sein Herzschlag normalisierte sich ein wenig. Kein öffentlicher Suizid.
Auch Brunssen sah erleichtert aus. Zumindest für einen Moment. Aber plötzlich sah er Linus an, kniff die Augen zusammen und auf seiner Stirn zuckten zwei große Falten. Linus ahnte, was ihn beschäftigte, als Brunssen es auch schon aussprach.
»Der fliegt nicht einfach so und grundlos in irgendein Gebäude.«
»Nein«, sagte Linus. »Es muss …«
»… einen Grund geben?«
Linus nickte. »Etwas Idealistisches.« Er schaute sich um. Auf dem Bremer Marktplatz gab es nichts, was Holgers besonderen Unmut hätte auf sich ziehen können. Oder war sein Ziel die Rathsapotheke, stellvertretend für die Pharmaindustrie, die sich unzähliger Tierversuche schuldig gemacht hatte? Was für ein absurder Gedanke.

Sie liefen auf die andere Seite des Marktplatzes zu einer Reihe von fünfstöckigen Giebelhäusern.
In den Erdgeschossen der Häuserreihe befanden sich neben der Rathsapotheke ein Steakhaus, ein Tonkeller und das Becks Bistro.
Linus fragte sich, ob Holger es möglicherweise auf eines der oberen Stockwerke abgesehen hatte.
Er suchte die Fassade ab. Nichts wies darauf hin, was die oberen Stockwerke beherbergen mochten.
Brunssen zog Linus an der Jacke ein paar Meter aus der Menge und deutete auf die beiden Gebäude ganz links.
Große, zwischen dem zweiten und dritten Stock angebrachte Buchstaben verrieten schließlich doch, was sich in diesen Häusern befand. »Ärzte« stand dort in schlichten Buchstaben geschrieben. Sie näherten sich einer weißen Tafel, die sich am Eingang eines der Giebelhäuser befand und eine konkretere Auskunft gab.
HNO, Gastro, Kardiologie, Psychiatrie, Urologie, Neurologie, Frauenärzte. Hier war die ganze Palette medizinischer Versorgung vertreten. Die Tafel endete oben mit einer Marketing-Agentur im vierten Stock.
»Hat er vielleicht Probleme mit einem Arzt?«, fragte Brunssen.
»Ich weiß nicht.« Linus zuckte mit den Schultern. Dabei fiel sein Blick auf eine Reihe mit Klingelschildern.
Obwohl er nicht glaubte, dass die Schilder mehr verrieten als die Tafel, suchte er erst die Reihe des rechten Gebäudeteils ab und machte dann ein paar Schritte, um die Klingelschilder am Eingang der linken Gebäudehälfte zu inspizieren.
Brunssen stemmte die Hände in die Hüften. Nachdenklich sah er zum Turm der Baumwollbörse hinauf und rief: »Vielleicht hat er Ärger mit dem Urologen!«
Linus beachtete ihn nicht. Sein Blick suchte die Schilder ab.
Brunssen schien jetzt Spaß an der Sache zu haben: »Oder das Marketing-Büro hat es abgelehnt, für seine unikate Beklopptheit zu werben.«

Linus winkte Brunssen zu sich, legte ihm eine Hand auf die Schulter und wies mit dem Kopf zu den Klingelschildern. Einen kurzen Moment dauerte es, dann sagte Brunssen: »Ach du Scheiße!« und Linus wusste, dass er es gelesen hatte.

»Seit wann haben wir MTV in Bremen?«, fragte Brunssen entgeistert.

»Ein kleines Büro gibt es hier schon länger. Die waren vorher nur nicht hier, sondern irgendwo in der östlichen Vorstadt. Ich war da mal mit Holger, eine Demo-CD abgeben.«

»Ich erinnere mich dunkel. Also sind sie umgezogen.«

Linus nickte. Sie drehten sich um und sahen wieder zum Turm hinauf.

Ab und zu sah man Holger am Geländer. Soweit man erkennen konnte, war er mit irgendetwas beschäftigt. Er schien Vorbereitungen zu treffen, für was auch immer.

Linus bemerkte plötzlich, dass die Meute auf dem Marktplatz etwas leiser wurde, bis das aufgeregte Geschnatter vorübergehend fast verstummte.

Aus der Ferne näherte sich das scharfe, schneidende Knattern eines Hubschraubers.

»Jetzt hab ich Holger so lange nicht gesehen und ausgerechnet bei seiner Verwandlung zum Drachen-Man treffe ich ihn wieder.« Brunssen schüttelte ungläubig den Kopf.

Linus lachte und merkte dabei, wie verkrampft er war. Das Lachen entspannte ihn.

»Drachen-Man«, wiederholte er, worauf Brunssen wiederum lachen musste.

»Als Pinkel-Man war er ja schon ein Held bei der Youtube-Gemeinde«, sagte Brunssen. »Über vierhunderttausend Aufrufe hat er mittlerweile.«

»Nach Demo-Man und Pinkel-Man jetzt der neue Coup des einzigartigen Aktionskünstlers Holger. Drachen-Man.«

Brunssen bekam sich nicht mehr ein vor Lachen. »Hoffentlich pinkelt er nicht im Fliegen.«

»Ich hoffe nur, er hat beim Drachenkauf nicht gespart«, scherzte Linus.
»Was soll er denn sparen?«, Brunssen zuckte mit den Schultern. »Wo nichts ist, kann man nicht sparen.«
Plötzlich schnürte sich Linus' Hals zu. Er sah sich um, sein Lächeln starr ins Gesicht gebrannt. Wo nichts ist, kann man nicht sparen. Der Satz pendelte wie eine Abrissbirne in seinem Kopf umher, die immer heftiger gegen seine Stirn schlug.
Sein Blick heftete sich auf den Eingang des Becks Bistro. Sofort rannte er los. Die Ränder des Marktplatzes waren glücklicherweise weitgehend menschenleer.
Alle tummelten sich in der Mitte des Platzes. Linus kam schnell durch und gleich als er das Bistro betrat, entdeckte er, was er gesucht hatte. Hinter der Theke stand auf einem glatten halbhohen Schrank ein kleiner Fernseher, den längst niemand mehr beachtete.
Alle Gäste und das gesamte Personal hatten den Laden verlassen, um sich alles live ansehen zu können. Dabei hatte die Fernsehübertragung spätestens in diesem Moment einen entscheidenden Vorteil.
Die Vogelperspektive.
Das Knattern des Propellers drang in das Bistro. Der Hubschrauber kreiste über dem Turm der Baumwollbörse und lieferte ein ziemlich scharfes Bild von Holger. Er bewegte sich konzentriert und geschäftig von einem Ende einer seltsamen Konstruktion zum anderen.
»Wie hat er das bloß alles da hoch bekommen?«, fragte Linus laut, ohne eine Antwort zu erwarten.
»In Einzelteilen.«
Brunssen lehnte am Tresen und tippte mit einem Finger auf eine polierte goldfarbene Zapfanlage. »Ich glaub, ich zapf mir 'n Pils.«
Er nahm sich ein kleines Aquavit-Glas und zapfte sich ein Miniaturbier. »Der Kerl hat das von langer Hand geplant«, sagte er. »Der ist da tagelang ein- und ausmarschiert und hat die Sachen aufs Dach geschleppt. Glaubst du, den Pförtner interessiert, wer da rein geht? Ich nicht.«

Er hob das Glas und nippte an seinem winzigen Bier. »Du auch?«
Linus schüttelte den Kopf.
»Keine Sorge, ich kenne den Inhaber«, sagte Brunssen.
»Dann grüß ihn von mir«, entgegnete Linus.
Er machte sich ernsthaft Sorgen. In der Übertragung der Hubschrauberkamera erkannte er, dass Holger ein Seil vom Drachengestell löste. Danach zeigte er der Kamera im Hubschrauber allen ernstes einen erhobenen Daumen, als sei er Mitglied eines Spezialkommandos, das Meldung machte. Wieder schüttelte Linus den Kopf.
Dann schob Holger sich mit dem Rücken unter seine Konstruktion wie ein Mechaniker unter ein Auto.
»Geht der jetzt in den Pilotensitz?«, fragte Brunssen.
»Schon möglich.« Linus' Blick blieb wie hypnotisiert auf den Bildschirm gerichtet. Und immer ging ihm dieser Satz durch den Kopf: Wo nichts ist, kann man nicht sparen.
Brunssen hielt erneut sein Aquavit-Glas unter den Zapfhahn und sagte: »Ich habe noch nie etwas gesehen, das so wenig nach Fliegen aussieht wie das Ding da.«
Er wies mit dem überschäumenden Glas auf den Fernseher und dann lachte er wieder, doch als Linus ihn ansah, verschwand seine Belustigung auf der Stelle.
Man konnte ihm ansehen, dass ihm gerade bewusst wurde, welche Wahrheit er da ausgesprochen hatte.
Linus rannte hinaus auf den Marktplatz. Er stolperte förmlich durch die Schaulustigen, quer über den Markt.
Er lief seitwärts, machte kleine Sprünge über Füße oder Hunde, sagte Entschuldigung, darf ich mal, Entschuldigung, stieß an Arme und Schultern, 'Tschuldigung, entschuldigen Sie, drängte unwirsch vorbei, 'Tschuldigung, kann ich mal, danke, erntete Beschimpfungen und Kopfschütteln.

Der Eingang zur Baumwollbörse war versperrt. Mehrere uniformierte Beamte standen auf der Empore, einige befanden sich im Vorraum

des großen Gebäudes, zusammen mit einem Anzugträger, der sich ein Handy ans Ohr hielt.
Linus sah sich alle Männer genau an. Er wollte alles richtig machen. Und das begann damit, den richtigen Menschen anzusprechen. Er entschied sich für einen kernigen Uniformierten mittleren Alters. Der Mann sah freundlich und einigermaßen intelligent aus. Er hatte rotblonde Haare, blasse Haut, große Augen. An seiner Uniform steckte ein Namensschild: McStrokes. Vermutlich ein Ire. Ein Ire?
»Entschuldigung?«
Der Beamte sah ihn an, sagte aber nichts.
»Ich bin …« Linus hielt einen Moment inne und dachte über die richtigen Worte nach. »Ich bin eine Art Vertrauensperson des Herrn da oben auf dem Dach.«
Der Beamte legte seinen Kopf schief. »Ein Kumpel vom Drachenflieger?«
Linus hob die Schultern. Für einen Moment fürchtete er, mit der Wahl des Iren falsch gelegen zu haben. Er wog den Kopf hin und her. »So kann man es auch sagen.«
»Und?«
»Ich denke, ich könnte mal mit ihm reden. Ich glaube nämlich …« Wieder suchte Linus nach einer guten Formulierung. »… das Ding, mit dem er zu fliegen gedenkt, tja, das scheint mir nicht sehr flugtüchtig.«
»Das scheint uns auch so.«
»Ich meine es ernst«, sagte Linus eindringich. »Wenn Sie mich nicht rauflassen, wird er sich möglicherweise was antun, ohne es zu wollen.«
McStrokes sah Linus nachdenklich an, zögerte einen Moment, der gefühltermaßen weit über das übliche zeitliche Empfinden eines Moments hinausging.
Endlich hob er sein Funkgerät ans Ohr, ohne Linus dabei aus den Augen zu lassen. Es gab ein kurzes Rauschen. Dann sprach er. »11 14 kommen.«

»11 14«, kratzte es aus dem Funkgerät.
»Habt ihr schon jemanden draußen?«
Es rauschte kurz und knackte und dann kam die Antwort: »Nein. Wir haben noch mal vorsichtig die Tür aufgemacht. Der Typ sagt, wenn jemand rauskommt, passiert ein Unglück.«
»Soll heißen?« Der Beamte sah Linus weiterhin an, während er ins Funkgerät sprach.
»Soll heißen, Sander diskutiert gerade mit ihm die Grundsätze der Flugarchitektur.« Es rauschte und knackte. »Sprich, Sander versucht ihn davon zu überzeugen, dass er sein Ziel mit dem Teil wohl kaum erreichen wird.«
»Ist er bei ihm?«
Rauschen und Knacken. »Nein. Sie schreien sich auf fünfzehn Meter Entfernung unter einem Hubschrauber an, Sander sitzt auf der Treppe zum Dach und der Typ ist bei seiner seltsamen Konstruktion, jederzeit bereit zum Sprung.« Rauschen, dann Knacken. «Sagt er zumindest.«
»Ich hab hier unten jemanden, der sagt, er sei Vertrauensperson«, sagte der Ire.
»Hat der Typ 'nen Betreuer, oder was?«
»Nicht direkt.«
»Familie?«
Der Ire zog die Augenbrauen hoch, als wolle er Linus auffordern, das zu bestätigen. Und so nickte Linus und der Beamte sagte: »Ja.«
Rauschen und Knacken. »Dann schick ihn hoch.«

Sander war ein kleiner Mann. Linus fiel neben der Größe zuerst die vernarbte Gesichtshaut und das volle Haar auf. Sander trug eine Uniform, eine mit drei Sternen auf der Schulterklappe. Er befand sich am Turmaufgang des Gebäudes.
Es war noch ein zweiter Beamter zugegen. Er stand an der Fahrstuhltür und fummelte gelangweilt an seinem Funkgerät herum.
Das Misstrauen stand Sander ins Gesicht geschrieben, als Linus ihm

klarzumachen versuchte, dass er die angekündigte Familie war. Dennoch weihte Sander ihn mit wenigen prägnanten Sätzen in die Lage ein.

Er erklärte ihm, dass man zunächst in Erwägung gezogen hatte, sich einfach zurückzuhalten. Man sei davon ausgegangen, dass die Konstruktion nicht fliegen würde. Da die gefährdete Person sich auf dem zurückgesetzten Turm befände, würde er lediglich drei Meter tief auf den Gebäudevorsprung runterstürzen. Ein paar Knochenbrüche vielleicht. Damit würde man leben können.

Doch jemand wandte ein, dass es möglich sei, dass sich der Drachen über die drei Meter bis zum Abgrund bewegen könne, wenn er im falschen Moment Auftrieb von einer Windböe erhalte. Da es sich aber nur um unkontrolliertes Segeln handeln konnte, sei ein Absturz danach so gut wie sicher.

Abgesehen davon, dass man es ohnehin nicht zulassen könne, dass ein abgewrackter Freak in das Büro eines bundesweit bekannten Musikfernsehsenders flog.

Als Sander seinen Kurzvortrag beendet hatte, stand ihm unverändert deutliche Skepsis ins Gesicht geschrieben. Offensichtlich war ihm klar, dass Linus kein Familienmitglied war.

Aber es schien ihm nicht so wichtig zu sein. Anstatt sich einen Ausweis zeigen zu lassen und irgendwelche Fragen zu stellen, bot er Linus an, ihn auf das Turmdach zu bringen.

Linus' Verhältnis zu Holger war dem Beamten also egal, solange er nur irgendwie dazu beitragen konnte, diese Situation zu einem schnellen, unkomplizierten Ende zu bringen.

Linus versuchte, verständig und besonnen zu wirken. Keine einfache Sache, denn er befand sich unter zeitlichem Druck. Holger würde auf niemanden warten. Das Fernsehen war da, einen Mangel an Zuschauern konnte er nicht beklagen, und Holger verstand das alles hier sicher nicht als Warnung, als Hilferuf, verbunden mit der Hoffnung, man würde versuchen, ihn umzustimmen. Nein, Holger hatte sich fest vorgenommen, mit der Spitze dieses verdammten Drachens in das Büro dieses Fernsehsenders zu fliegen. Er wollte das. Er wollte es ebenso, wie er am Bremer Roland eine Revolution für gute Musik hatte starten wollen, ebenso, wie er den Leuten von DSDM beim Casting auf die Bühne hatte pinkeln wollen, ebenso, wie er für Linus hatte da sein wollen, neulich, als sie betrunken an der Weser gelegen hatten. Er hatte das alles gewollt und er hatte es getan. Und diese konsequente Statistik war angesichts der jetzigen Situation ziemlich beunruhigend.

»Es wäre vielleicht gut, wenn ich da alleine rauf könnte.«

»Wenn sie da rausgehen, springt er«, entgegnete Sander.

»Der springt, wenn ich nicht rausgehe«, sagte Linus.

Und Sander dachte nach.

Eine ganze Weile standen sie an der kleinen Treppe, die auf das Dach des Turmes führte. Es roch nach feuchtem Putz und Beton und der Wind pfiff durch die Ritzen der Stahltür. Linus war nervös. Er rechnete damit, dass Sander eine Entscheidung von höherer Stelle einholen würde, um sich selbst abzusichern.

Dann aber machte Sander klar, dass er trotz seines jungen Alters selbst der Entscheidungsträger war. Und womit sollte er das besser tun als mit einer Entscheidung?

Er stieg von der ersten Stufe, lehnte sich an die graue Wand am Fuß der Treppe und gab Linus mit einer Handbewegung den Vortritt.

»Bevor Sie da rausgehen, machen Sie ihm unbedingt klar, dass Sie kein Polizist sind.«

Der Drachenflieger

1

Der Himmel war zu einer dem Drachenflieger würdigen Kulisse geworden. Hinter weißen Wolkenschleiern leuchtete die tief stehende Sonne rot hervor. Bald würde sie hinter den Häusern der Stadt verschwinden.

Linus fragte sich, ob die Sonne sich damit für immer von Holger verabschieden würde. Der Drachen würde nicht fliegen.

Da stand er, Holger, rastlos und mit einem Hang zum Theatralischen, einer, der niemals für nur eine Sekunde den Eindruck vermittelte, sich mit dem, was er vorfand, zufrieden zu geben.

Ein verwirrter abgewrackter Ritter auf einem Kreuzzug, dessen Sinn nur er selbst kannte.

Linus war bei Holgers Heldentaten fast immer dabei gewesen, hatte gesehen, wie er einem angefahrenen Hasen das Genick gebrochen hatte, wie er in ein schmuddeliges Hafenbecken gesprungen war, um eine Möwe zu retten, deren Flügel ölverklebt waren, hatte Holgers schlimmste Abfuhr bezeugt, die ihm eine amtierende Miss Sachsen bei der Werbeveranstaltung eines Autohauses erteilt hatte, hatte ihn in Einkaufspassagen pinkeln sehen, zuletzt auch beim Megastar-

Casting, und war Zeuge gewesen, wie Holger alten Damen über die Straße half.
Und dieser Mann, der volltrunken Schlagzeug spielte, bis die Drumsticks brachen und die Felle rissen, dieser Mann war neben Brunssen die einzige Vertrauensperson, die Linus hatte.
Und Holger würde er wirklich alles anvertrauen. Wann immer er jemanden brauchte, Holger würde da sein. Linus hatte keine Familie. Er hatte Holger und Brunssen.
Aber wie lange noch? War Holger bewusst, dass diese Fehlkonstruktion ihn das Leben kosten konnte, dass es möglicherweise seine letzte Aktion sein würde? Hatte Linus die Anzeichen übersehen oder sie verdrängt?
Vielleicht wusste Holger, dass der Drachen nicht fliegen konnte, vielleicht hatte er sein Schlagzeug verkauft, den Erlös den Punks in der Lloydpassage gespendet und das Klingelschild an seiner Wohnung abgeschraubt. Vielleicht hatte er das Schild auch dran gelassen und seinen Vornamen mit einem schwarzen Trauerbalken verziert. Zuzutrauen wäre es ihm.

Das Knattern des Hubschraubers zerschnitt die Luft, der Rotor wälzte sie um. Der Helikopter flog eine stete Acht über dem Turm. In den Momenten, in denen er die Kreuzung seiner eigenen vorgezeichneten Schleife passierte, verstand man sein Wort nicht mehr.
Linus merkte das, als er sich mit einem kräftigen »Also gut!« anzuspornen versuchte, seine Worte aber selbst nicht hörte.
Holger lag in über zehn Metern Entfernung unter seiner Konstruktion, deren unmittelbarer Anblick Linus nicht etwa beruhigte, sondern seine Befürchtungen bestätigte.
Vom vorderen Ende einer kurzen Mittelstange reichten zwei lange Querstangen zu den Flügelspitzen. Dünne Endstangen hielten den dunkelblauen Stoff auf Spannung. Vorne am Drachen prangte in der Mitte eine Art Ramm-Nase. Es sah nach dem klassischen Aufbau eines Drachenfliegers aus, allerdings waren die Maße besorgniserre-

gend. Die Flügelflächen erschienen Linus bei Weitem nicht groß genug. Eine Tragekonstruktion für einen Menschen konnte Linus nicht sehen. Sie musste sich logischerweise unter den Flügeln befinden.
Holger zog unentwegt an der unteren Leine. Er tat dies vermutlich, um sich zu vergewissern, dass die Leine gut hielt.
Nein, sterben will Holger an diesem Abend nicht, dachte Linus. Aber er wird es, wenn er sich mit diesem Ding vom Dach stürzt.
»Hey!«, schrie Linus.
»Gehen Sie zurück!«, schrie Holger. Dann blickte er unter dem linken Flügel seiner Konstruktion hervor.
Zuerst zog er erstaunt die Augenbrauen hoch, aber gleich darauf tat er so, als überrasche Linus ihn bei etwas Belanglosem wie Fernsehen oder Zeitung lesen.
»Ah, du bist's. Schön. Kannst mir helfen!«, rief er. Dabei schnallte er die gerade gelöste letzte Leine wieder an das Geländer. Er schien zu glauben, sein Drachen könnte ohne diese Sicherung sonst vorzeitig abheben.
Gemessen an den Umständen, in denen er sich befand, machte Holger einen recht vernünftigen Eindruck. Das hatte Linus auch nicht anders erwartet.
Diese Aktion war nicht der Auswuchs einer emotionalen Überreaktion, nicht im Affekt begangen oder unter dem Einfluss von Drogen. Nein, diese Sache war von langer Hand geplant.
Linus dachte an Holgers letzte Kurznachricht. Du wirst von mir hören, ich plane was Großes, hatte er geschrieben.
Während Linus sich zeitweise abgekapselt und seine Depression gepflegt hatte, war Holger losgezogen und hatte sein Versprechen wahr gemacht. Das musste man ihm lassen. Dafür, dass er das ganz alleine gemacht hatte, war es durchaus etwas Großes.
Er hatte die Aufmerksamkeit einer kompletten Großstadt, zweier norddeutscher Rundfunkanstalten und des Privatfernsehens erlangt. Bisher.
Linus machte zwei Schritte in seine Richtung, sehr langsam, gera-

dezu bedächtig. Er hatte schon viele Filme gesehen, in denen es auf dem Dach einer amerikanischen Großstadt zu einer solchen Situation gekommen war. Immer ging der Psychologe sehr langsam auf den Gefährdeten zu.
Holger unterbrach seine Arbeit und sah Linus eben so belustigt an, als wollte er sagen: Beweg dich doch normal, wir sind hier nicht im Kino.
»Hast es auf MTV abgesehen, was?«
Holger nickte und überprüfte erneut die Konstruktion, indem er an den Verbindungspunkten und Nähten rüttelte und an den Strippen zog. »Du kennst das Spiel. Irgendjemand muss den Leuten mal in den Arsch treten.«
Dann sah er wieder auf und rief: »Freu dich, Linus, der jemand bin ich. Das wirst du irgendwann deinen Kindern erzählen.«
»Falls ich welche bekomme!«, rief Linus zurück.
Holger prüfte weiter, und Linus fragte sich, ob Holger das nur aus Verlegenheit tat, ob er etwas tun musste, in Bewegung bleiben musste, damit er nicht den Mut verlor.
»Da mach dir mal keine Sorgen. Die richtige Frau hast du doch schon. Ein Haufen super Gene sind das. Wenn ihr nicht ein paar vernünftige Kinder gebacken bekommt, wer dann?«
Linus fragte sich, ob dies der richtige Zeitpunkt war, um Holger auf den Stand der Dinge zu bringen.
Vielleicht würde es ihm die Blödsinnigkeit dieser Aktion vor Augen führen, weil es ihn irgendwie auf den Boden den Tatsachen zurückholen würde. Normale Neuigkeiten von bedingt normalen Menschen. Möglicherweise war Holger seit Tagen in einer Art Rauschzustand, der das Festhalten an dem Plan bis zur finalen Durchführung überhaupt erst ermöglichte.
Andererseits fand Linus seine Neuigkeiten angesichts der Situation äußerst belanglos.
Er sagte es trotzdem: »Wir sind nicht mehr zusammen.«
Der Helikopter schwirrte jetzt wieder direkt über ihren Köpfen. Hol-

ger wartete einen Moment, zog entschuldigend die Schultern hoch, bis der Hubschrauber sich wieder etwas entfernt hatte.

»Das tut mir leid!«, rief er.

Der Windschlag der Rotorblätter hatte ihm eine neue, wilde Frisur verpasst. Er griff nach einem offensichtlich liegen gebliebenen Seil. Doch anstatt sich zu wundern, warum dieses Seil nicht Teil seiner Konstruktion war, begann er einfach, es aufzurollen. Dabei sah er Linus an. »Umso wichtiger, dass du hier bist, Alter. Sie wird dich im Fernsehen sehen.«

Er zeigte nach oben in den Himmel, ohne nachzusehen, wo genau der Hubschrauber sich jetzt befand. »Sie wird dich sehen und ihre Freundinnen werden sagen: Das ist dein Ex? Warum ist er dein Ex? Er ist berühmt.«

Linus lächelte schwach. »Ich hab unsere Freundschaft in letzter Zeit ziemlich vernachlässigt.«

»Welche Freundschaft?«, fragte Holger.

Bei diesen Worten spürte Linus ein Ziehen im Magen. Er versuchte nicht mal im Geiste zu widersprechen. Holger hatte vollkommen recht. Was sollte das schließlich für eine Freundschaft sein, wenn man sich nicht einmal die Mühe machte, auf Kurznachrichten, dieser minimalsten und unverbindlichsten Form des Kontakts, zu antworten? Linus' Holger-SMS-Archiv bestand schon aus über fünfundfünfzig Nachrichten, von denen er bestenfalls zehn beantwortet hatte.

»Du hast recht. Ich bin in letzter Zeit kein guter Freund gewesen!«, rief Linus.

Holger lachte. »War 'n Scherz. Nu mach dir mal keine Sorgen.«

Linus wäre über diesen Scherz gerne beleidigt gewesen, denn er belegte, dass Holger mit ihm spielte.

Aber stattdessen empfand Linus Erleichterung. Und das passte besser zu dem Verhältnis, das sie hier oben auf dem Turm der Baumwollbörse zueinander hatten.

Linus verhielt sich defensiv, ja geradezu reumütig. Holger hingegen ließ keinen Zweifel daran, dass er seine Sache durchziehen würde

und dass es eine sehr untergeordnete Rolle spielte, ob Linus nun hier war oder nicht.
Sie verhielten sich wie Sandkastenfreunde, die sich gestritten hatten und sich nun langsam wieder annäherten.
»Geht das auch für zwei Personen?« Linus deutete auf den Drachen. Er wusste für den Moment nichts anderes zu sagen.
»Das bezweifle ich.« Holger zog den Reissverschluss einer großen Sporttasche zu seinen Füßen auf und hob einen mittelschweren Ghettoblaster heraus. »Wir wären zu schwer und würden vermutlich zwei Stockwerke unter MTV landen. Also im Keller.«
Linus nickte. »Wie soll das alles hier ablaufen? Kann ich was helfen?«
Holger dachte nach. »Ja. Vielleicht kannst du das tatsächlich. Also pass auf.«
Er stemmte die Hände in die Hüften und blickte um sich. »In der Tüte da vorne befindet sich ein Transparent. Das wird zuerst aufgespannt, und zwar an den beiden Haken, die sich an den äußeren Punkten des Geländers befinden. Das Plakat ist fünf mal drei Meter groß. Trotz des Turmvorsprunges wird man es unten sehen können. Zumindest von ganz hinten.«
»Wie hast du das ganze Zeug hier bloß hoch bekommen?«
Holger zuckte mit den Schultern. »Getragen. Also … nachdem das Transparent …« Er dachte nach. Er war zerstreut. »Nein, bevor das Transparent runtergelassen wird, starte ich den Ghettoblaster. Ich hoffe, er ist laut genug. Ich habe hier …«, er zeigte auf ein großes, altes Megaphon, das er mit Isolierband am Geländer angebracht hatte, »… einen eher unkonventionellen Verstärker. Wird nicht schön klingen, aber man wird es hoffentlich hören. Ist einfach nur Musik. Der Soundtrack zum Flug praktisch. Und dann …«
Er stellte sich breitbeinig vor seinen Drachen. »Na ja, den Rest wissen ja schon alle.«
Linus zog sich die Jacke am Kragen zu. Es war sehr kühl auf dem Turm, starke Windböen fegten immer wieder über die Empore und zerrten jetzt tatsächlich an den Flügeln des Drachen.

»Welchen Song wirst du spielen?«, rief Linus, und gleichzeitig wurde ihm bewusst, dass es ihn wirklich interessierte. Es war kein Zeitschinden, er wollte es wissen.

Holger grinste überlegen. »Nun, mein Freund. Das hier ist eine große Sache. Da bedarf es großer Musik, die sich lyrisch der Thematik widmet, um die es hier geht.«

Linus zog die Augenbrauen hoch.

»Ich werde *Rage Hard* spielen«, sagte Holger theatralisch.

»Warum denn ausgerechnet die alte Retorte?«, fragte Linus.

»Zynismus. Eine Mahnung. Und der Hinweis, dass selbst die Retorten damals mehr Klasse hatten.«

Linus lächelte wehmütig. »Ach, Holger. Die Musik ist wieder deutlich besser geworden. In den letzten zwei Jahren haben es eine Menge guter Bands ins Radio geschafft.«

»Ja. Aber diese Bands haben es trotz, nicht wegen MTV geschafft. Verstehst du? Während hunderte guter Bands in irgendwelchen Kellern verkommen, zeigt MTV kotzende Stuntmen und hirnlose Bunnys in der Playboyvilla.«

Plötzlich drangen vom Marktplatz die Geräusche panikartiger Geschäftigkeit empor. Holger sah verwundert nach unten. Der vordere Teil des Marktplatzes lichtete sich in einem atemberaubenden Tempo. Die Leute rückten zusammen, an den Rand des Platzes, an die Fassaden und in die Seitenstraßen, die vom Platz weg führten.

Holger drückte sich das Fernglas an die Augen. Offensichtlich suchte er den Marktplatz nach Gründen für die plötzliche Flucht ab. »Haben die 'ne Fliegerbombe zu entschärfen? Hab ich mir den falschen Tag ausgesucht?«

Linus wusste zunächst auch keine bessere Erklärung. Er war aufgeregt und blieb doch stumm. Aber dann dämmerte es ihm. Unter den Schaulustigen musste sich die Nachricht, dass der Drachen vermutlich nicht ans Ziel gelangen würde, wie ein Lauffeuer verbreitet haben. Oder die Polizei hatte aus genau dem Grund die Räumung des Marktplatzes angeordnet.

Denn theoretisch konnte Holger bei einer unsanften Landung jeden treffen, und zwar schneller, als die Menschen ihre himmelwärts gerichteten Köpfe in Deckung bringen konnten.
Linus' Brustkorb vibrierte, er unterdrückte das heftige Bedürfnis, laut zu lachen. Er riss sich zusammen, als er Holgers irritierten Blick sah.
»Weißt du mehr als ich? Dann solltest du's mir vielleicht sagen.«
»Nein, nein«, sagte Linus. »Tut mir leid. Ich denke einfach nur … na ja … es könnte doch sein, dass man sicher gehen will, dass du niemandem auf den Kopf fällst.«
Linus betete, dass dieser Wink mit dem Zaunpfahl Holger treffen würde, doch wie es schien, war er viel zu zerstreut, um etwas zu merken.
»Hm. Tja«, war das Einzige, was er sagte. Er richtete sein Fernglas auf die Fassaden der gegenüberliegenden Gebäude. »Nun guck sich das einer an. Dieser Wichser.«
»Was?«
»Komm her. Sieh dir das an.«
Nur langsam näherte Linus sich. Er hatte Angst, etwas Falsches zu tun. Bisher hatten sie sich immer noch aus gut drei Metern Entfernung zugerufen.
Holger konnte diese Zurückhaltung offenbar nicht verstehen. Er setzte das Fernglas ab und winkte ihn her. »Na komm schon. Worauf wartest du?«
Als Linus neben ihm stand, drückte Holger ihm das Fernglas in die Hand. Linus hob es vor die Augen.
»Siehst du das?«
Linus suchte unkoordiniert die Fassade ab. Unten hatte sich der Lärm wieder etwas gelegt. Die Leute hatten ihren neuen Ausguck bezogen und konzentrierten sich wieder auf das Geschehen.
Holger zeigte mit dem Finger auf die Stelle, die Linus sich ansehen sollte.
»Da. Das mittlere Fenster direkt unter dem Ärzte-Schild«, sagte er.
Schließlich konnte Linus es sehen.

An einem offenen Bürofenster im zweiten Stock stand ein blonder Mann in braunem Sakko, unter dem ein knallgelbes T-Shirt aufblitzte. Neben ihm zappelte eine brünette junge Frau herum, die mit einem Handy telefonierte und immer mal wieder vom Fenster verschwand, um kurz darauf überstürzt zurückzukommen.

»Der Typ besitzt doch tatsächlich die Dreistigkeit, sich ans offene Fenster zu stellen.«

»Wer ist das?«, fragte Linus.

»Das ist der MTV-Typ. Angeblich hier, um einen Überblick über das Musikgeschehen im Land Bremen zu erlangen. Die verbuchen das wahrscheinlich unter dem irreführenden Begriff Nachwuchsförderung.«

»Und?«

»Das ist hohles Geschwätz. Ausgerechnet die wollen den Nachwuchs fördern? Von wegen. Die wollen es sich bloß auf die Fahnen schreiben. Die sind hier, um ihre Scheiße besser verkaufen zu können. Während die Regierung immer zentralistischer wird, breitet sich die kommerzielle Seuche nach förderalistischem Vorbild aus und unterwandert ganze Städte und Dörfer. Es ist wie mit Subway, H&M und Starbucks. Jetzt kriegt jede Großstadt ihr eigenes MTV-Büro, damit man unmittelbare Kontrolle über die Geschmäcker ausüben kann.«

Linus nickte zögerlich. »Möglicherweise hat er seine Fenster auch geöffnet, weil er verhindern will, dass du seine Scheiben kaputt machst.«

»Quatsch!« Holger spuckte dieses Wort mit Verachtung aus. »Der glaubt doch nicht mal daran, dass ich es zu ihm rüber schaffe.«

Linus sah wieder hinüber zum Büro.

Das war seine zweite Chance. Der erste Wink hatte Holger bereits verfehlt. Linus beschloss, deutlicher zu werden.

Er räusperte sich und fragte: »Glaubst du denn daran, dass du rüberkommst?«

Holger kniff die Augen zusammen und legte seinen Kopf schief, bevor er Linus schließlich ansah. Er schien eine ganze Weile lang nachzudenken. Schließlich sagte er: »Ach so.«

»Was?«, fragte Linus scheinheilig, obwohl er bereits wusste, dass Holger ihn durchschaut hatte.
»Jetzt weiß ich, warum du hier bist.« Holger entfernte sich zwei Schritte von ihm und sah ihn dabei an, als wäre Linus ein Überbringer der Pest. »Du glaubst nicht, dass ich da rüberkomme.«
Linus schwieg zunächst, aber er konnte nicht mehr zurück. Also nickte er, lächelte dabei und hoffte, dass jetzt nicht genau das Unglück passieren würde, das er zu verhindern versuchte.
»Du willst mich hier schön vom Dach holen, damit der Asi-Typ ungeschoren davon kommt. Dieser Wichser mit seinem verstandsverachtenden Fernsehsender. Überleg dir gut, auf wessen Seite du stehst, Keller. Wir waren ein Team. Weißt du noch, als wir beim Casting waren?«
Linus nickte.
Holger legte sein Fernglas in die Tasche und zog langsam den Reissverschluss zu. »Die haben wir ganz schön nass gemacht, was?«
»Nass im wahrsten Sinne des Wortes«, sagte Linus. »Aber du hättest einen besseren Kameramann verdient gehabt.«
Plötzlich hörte Linus hinter sich ein Klappern.
Die Dachluke wurde aufgedrückt. Sander steckte seinen Kopf hervor.
»Gehen Sie zurück!«, schrie Holger. Und obwohl seine Stimme ernst und durchdringend klang, grinste er Linus dabei an, als sei das alles hier ein Dummer-Jungen-Streich.
Linus sah, dass Sander sich etwas duckte. Er rief: »Hier ist jemand vom Radio. Der will mit Ihnen reden.« Und als Holger nichts antwortete, fügte Sanner hinzu: »Das sollte doch in Ihrem Interesse sein, oder?«
Linus' Blick wanderte zwischen Holger und Sander hin und her, als verfolge er ein Tennisspiel.
Linus nickte Holger ermutigend zu. Vielleicht würde er zufrieden sein, wenn er sich über den Reporter mitteilen konnte. Vielleicht würde es ihm Genugtuung verschaffen. Dann konnte er auf seinen Flug verzichten.

Linus wollte daran glauben, obwohl er Holgers Wollen-Machen-Statistik kannte.
»Also gut!«, rief Holger. »Schickt ihn her.«
Linus machte ein paar Schritte in Richtung Dachluke. Er wollte Holger Gelegenheit geben, mit dem Reporter alleine zu sein. »Wo willst du denn hin?«, rief Holger.
»Ich setze mich da vorne auf den Sims, dann kannst du in Ruhe dein Interview geben.«
»Interview geben. Klingt gut, oder?« sagte Holger und dann imitierte er mit einer wirbelnden Handbewegung einen Adligen und rief: »Er möge kommen!«
Der Reporter war ein untersetzter Mann, gekleidet in Wildlederjacke, Jeans und Lederschuhen. Ganz vorsichtig kam er näher.
Um seinen Hals baumelte ein kleiner Rekorder und in der Hand hielt er ein Mikrophon. Er richtete es auf Holger, als wäre es eine Waffe, die ihn in Schach halten sollte.
Der Helikopter kam wieder näher. Es war unmöglich, zu verstehen, was sie redeten.
Linus ließ sich auf dem Sims nieder und beobachtete die beiden.
Holger lehnte entspannt neben dem Reporter am Fahnenmast in der Mitte des Turmdaches. Die beiden schienen sich sogar zu verstehen, sie lächelten.
Der Reporter machte ein verständnisvolles Gesicht, und doch war an dem Blick etwas Seltsames.
Als der Mann plötzlich Holgers Arm ergriff und ihn ihm auf den Rücken drehte, glaubte Linus, in seinem Gesicht immer noch so etwas wie Sympathie zu erkennen.
Sympathie. Aber als er genauer hinsah, entpuppte sich das verkappte Lächeln des Reporters als Ausdruck verbissener Konzentration. Besonders, als er Holger zu Boden gebracht hatte und halbwegs über ihn gebeugt schrie: »Person unter Kontrolle!«
Als Linus zur Dachluke sah, quollen bereits mehrere Beamte aus ihr hervor. Sie strömten auf Holger und den Reporter zu, der kein Re-

porter war und Holgers Gesicht mit dem Knie auf den Betonboden drückte.
Holgers Wange war verschoben. Wie das Gesicht eines Kindes, wenn es seine Wangen mit den Händen nach vorne quetscht. Aber hinter dieser Fratze sah Linus seine Augen. Ein in dieser entstellten Komposition eingearbeiteter Blick, ein Vorwurf.
Holger musste denken, dass Linus Teil dieser Aktion war, dass er gewusst hatte, wie man ihn überwältigen wollte. Er musste denken, Linus habe sich instrumentalisieren lassen, gegen seinen eigenen Freund.
Holger wurde unsanft von den Beamten hochgerissen und unnötig durchgeschüttelt. Sie hielten ihn zu zweit fest.
Zwei andere machten sich über seinen Drachen lustig.
»Wir hätten ihn fliegen lassen sollen!«, riefen sie. »Hätten wir einen Bekloppten weniger gehabt.«
Holger sah Linus an, als wolle er sagen: Sieh nur, mit was für Arschlöchern du dich verbündet hast. Und sie zerrten an ihm, und als Linus die Tragweite des Geschehens der letzten Minute erfasst hatte, fühlte er sich so elendig, dass er die Beamten am liebsten von Holger losgerissen hätte. Doch ihm war klar, dass das zu nichts führen würde. Also tat er das Einzige, was er noch tun konnte.

2

Die Beamten hatten nicht gemerkt, dass Linus sich langsam in Richtung des Geländers bewegt hatte. Zwei von ihnen waren damit beschäftigt, Holger seine Personalien zu entlocken, während der Rest seine Konstruktion begutachtete.
Sie nahmen Linus nicht einmal wahr, als er schon ein Bein über das Geländer gehoben hatte.

Er hatte keine Ahnung, was er sagen sollte, aber er war sich sicher, dass er schnell auf sich aufmerksam machen musste. Denn wenn Holger erst einmal abgeführt war, würde er wohl nichts mehr ändern können.

»Okay!«, rief er.

Niemand hörte es, er selbst kaum, weil der Hubschrauber wieder direkt über dem Turm schwebte.

Aus vollem Halse schrie er: »Ey!«

Die schrille Frequenz drang durch die knallenden Propellerschüsse zu einem Beamten durch. Er sah zu Linus herüber. Eine Weile stand er verwundert da, dann alarmierte er seine Kollegen.

Nacheinander wandten sich ihm alle Köpfe zu. Sander sah sofort genervt aus, Holger hingegen überrascht. Die anderen Anwesenden wussten nicht, wie sie gucken sollten.

Der Helikopter entfernte sich wieder ein Stück.

»Ich werde jetzt da runter gehen!«, rief Linus. Er zeigte mit dem Finger auf den etwa vier bis fünf Meter tieferen Vorsatz des Turmes, der etwa drei Meter breit und durch ein weiteres Geländer gesichert war. Hinter diesem Geländer allerdings, da kam nichts mehr. Da ging es fünfzig Meter in die Tiefe.

Ohne eine weitere Reaktion abzuwarten, hangelte Linus sich ungelenk vom Geländer herunter, bis er schließlich an der Außenfassade des Turmes hing.

Das war eigentlich nicht schlimm, da seine Füße nur etwa zwei Meter vom Boden der nächsten Plattform entfernt waren. Vom Marktplatz drang die Reaktion der Schaulustigen zu ihm herauf. Murmeln, Tuscheln, Raunen vereinte sich zu einem hörbaren Klangteppich.

Was war nur passiert, dass plötzlich er, Linus Keller, zum Protagonisten dieser Aktion geworden war? Er zappelte und ruderte mit den Beinen.

Er hatte Angst. Aber er musste loslassen, sonst würde man ihn nicht ernst nehmen.

Plötzlich spürte er einen festen Griff an seinem Handgelenk. Er sah auf und blickte in ein vernarbtes Gesicht. Sander hielt seinen Arm fest und sah ihn mit zusammengekniffenen Augen an.

»Schluss!« sagte er verärgert.

Linus ließ beide Hände vom Geländer los, Sander war überrascht, konnte seinen Griff nicht schnell genug festigen und Linus' Arm rutschte aus seiner Hand.

Linus landete ungelenk auf den Füßen. Ein Schmerz durchfuhr sein linkes Fußgelenk.

»Wie war das jetzt eigentlich?«, rief Sander genervt. »Bist du der Betreuer oder brauchst du selbst einen?«

Linus antwortete nicht. Sander versuchte es anders. Drohend richtete er einen Finger auf Linus. »Das wird teuer hier. Macht euch da nichts vor. Das zahlt ihr!«

Linus ging zum Geländer des Vorsprungs und schwang ein Bein darüber, als würde er ein Fahrrad besteigen.

Neben Sander beugten sich jetzt zwei weitere Beamte über das Geländer.

»Mach doch keinen Scheiß jetzt!«, rief Sander.

»Ist Holger noch da oben?«, rief Linus zurück.

Einer der Beamten neben Sander rief: »Vorname ist Holger!«.

»Lassen Sie uns zehn Minuten hier oben. Danach kommen wir freiwillig runter. Ich verbürge mich dafür, dass er nicht fliegen wird.«

Sander schüttelte lächelnd den Kopf.

Sein Kollege rief: »Ihr seid hier überhaupt nicht in der Situation, Forderungen zu stellen. Also hör auf mit der Show und steig von dem beschissenen Geländer!«

Sander, der immer noch zwischen den anderen hockte, richtete sich auf. Er sprach zu seinen Kollegen. Linus konnte nichts davon verstehen. Auf jeden Fall verschwanden die Männer daraufhin, wenn auch widerwillig. Sander beugte sich wieder zu Linus und fragte: »Was will er denn?«

Linus zog die Augenbrauen hoch.

»Na, dein Kumpel. Was will er?«

»Ich glaube, er will bloß sein Transparent aufhängen und einen Song spielen. Der Flug ist ihm gar nicht so wichtig.«
»Was steht auf dem Plakat?«, fragte Sander wieder.
»Ich habe keine Ahnung. Irgendwas Revolutionäres!«
Linus überlegte, ob es sinnvoll wäre, nun auch das zweite Bein hinter das Geländer zu schwingen, um seine Forderung noch einmal zu bekräftigen. Er schaute nach unten und erstarrte. Er sah in knapp fünfzig Metern Tiefe die Leute auf dem Marktplatz und die Pflastersteine, auf die er aufschlagen würde, wenn ihn jetzt die Kräfte verlassen würden. Ihm wurde schwindelig.
»Du wirst doch ohnehin nicht springen!«, rief Sander.
Das stimmte. Linus wollte nichts lieber als wieder auf die richtige Seite des Geländers, auf die Seite des Lebens, zurück und dann runter vom Turm und dann rein in Brunssens Mercedes und dann irgendwo einen Tee trinken. Aber er konnte nicht. Er durfte nicht.
Ein entscheidender Moment. Wenn das alles hier nicht vollkommen sinnlos und peinlich enden sollte, musste Linus Keller jetzt konsequent sein.
Er krallte seine Hände an das Geländer, bis seine Fingerknochen weiß hervortraten. Er überprüfte den Stand seines linken Fußes und stellte fest, dass er komplett auf dem Steinboden stand, also nicht einen Zentimeter über den Abgrund lugte. Es war ein unwirkliches Bild. Sein Fuß, in seinen alten abgewetzten Dockers, und darunter, unter diesem Relikt seines Lebens, diesem ihm so vertrauten Anblick, der Abgrund, das Ende. Diese Höhe, das Ungewisse, die Option auf Tod. Jetzt würde eine Sekunde Unachtsamkeit reichen, den Himmel das letzte Mal gesehen zu haben.
Aber er konnte es nicht abbrechen. Die Welt würde Zeuge eines ungeschönten Falles von Verlierertum. Szenen, die so erbärmlich wären, dass man sie anschließend nicht einmal im Internet aufrufen würde. Linus hatte das kleine Youtube-Videofenster förmlich vor Augen. Es würde zeigen, wie er auf dieser Empore die Nerven verlieren und aufgeben würde. Darunter würde die Zahl der Aufrufe angezeigt. 47

Views. Und die Zahl würde nicht steigen. Holger hätte verloren, die ganzen Vorbereitungen wären umsonst gewesen. Und das nur, weil Linus sich eingemischt hatte.
Vielleicht wäre Holger selbst ein Drachenunglück lieber gewesen als dieses unwürdige Ende.
Als er von seinen Schuhen aufsah, blickte Linus in Sanders nervöses Gesicht. Meine Schuhe, dachte Linus. Schuhe, Mehrzahl.
Und er erkannte, was Sander so beunruhigte. Linus hatte sein zweites Bein bereits über das Geländer gehoben und stand nun mit beiden Füßen kurz vorm Abgrund.
Er traute sich nicht, etwas zu sagen, weil er auf einmal dachte, dass Männer sich ja immer bloß einer Sache auf einmal widmen konnten. Das war ihm lange eingebleut worden, in diesem Moment glaubte er daran und hatte große Angst, seine Hände würden versagen, wenn er seinen Mund benutzen würde.
Er sah Sander an, mehr flehentlich als drohend. Und er war froh, dass der Hubschrauber gerade nicht in der Nähe war, so blieb der Welt und ihm eine Großaufnahme von seinem wenig heldenhaften Gesichtsausdruck erspart.
Sander sah sich unschlüssig nach seinen Kollegen um. Linus schwieg.
Nach einer gefühlten Ewigkeit sagte er schließlich: »Zehn Minuten!«
»Ich will ihn da sehen, wo Sie jetzt sind und er soll mir sagen, dass er alleine ist, sonst bewege ich mich hier kein Stück weg.«
Hatte er das gesagt? Er hatte. Offensichtlich konnte er doch reden und sich gleichzeitig festhalten. Vielleicht waren sein Hände auch bloß in eine Starre geraten.
Sanner wandte sich um. »Gebt mir mal alle eure Handschellen!«, rief er seinen Kollegen zu.
Dann verschwand er.

3

Holger stand am Geländer, ruhig und entschlossen. Ein Kapitän auf der Brücke, einer, der einen Sturm aufziehen sah.
»Jetzt nicht loslassen«, sagte er. Dann lachte er schrill.
Linus beugte sich mit dem Oberkörper weit über das Geländer Richtung Plattform. Vorsichtig hob er das linke Bein darüber und verharrte. »Bist du alleine?«
Holger nickte und rief: »Am Ende sind wir immer alleine.«
Linus ließ die Schulter hängen und rollte die Augen zur Seite.
»Scherz!«, rief Holger.
Linus zog sein zweites Bein rüber. Erst jetzt merkte er, unter welcher Anspannung er gestanden hatte. Bis dahin hatte es auch gar keine Möglichkeit gegeben, über all das hier nachzudenken.
Aber nun drängte sich ihm ein Gedanke förmlich auf. Aberwitzig. Ja, es war aberwitzig, dass ein erwachsener Mann mit einem selbstgebauten Drachen einen Fernsehsender angreifen wollte. Allerdings war es auch lächerlich.
Und es war nicht weniger lächerlich, dass ein Mann auf einem Turm vor Publikum damit drohte, sich das Leben zu nehmen, falls man den Drachenflieger nicht frei ließe.
Aber letztendlich stellte sich die Frage, was lächerlicher war: Ein Transparent auszurollen, ein Lied zu spielen und dann zu verschwinden oder sofort zu verschwinden und die Welt im Unklaren darüber zu lassen, was das alles hier überhaupt sollte.
Plötzlich wurde Linus klar, dass es jetzt ein Leichtes sein würde, Holger und ihn zu überwältigen. Die Polizisten konnten sich an Holger heranschleichen, theoretisch konnte hinter ihm bereits jemand in Lauerstellung sein.
Und um Linus zu verhaften, bräuchten sie nur eine zwei Meter entfernte Tür aufzustoßen und sich auf ihn zu stürzen. Mission accomplished.

Holger schien das Gleiche zu denken. Seine überhebliche Gelassenheit war plötzlich verschwunden. Er sah sich um, und blickte dann in den Himmel. »Der Hubschrauber kommt gar nicht wieder. Komisch, oder?«
Tatsächlich hatte Linus nicht bemerkt, dass der Hubschrauber sich schon eine ganze Weile in einiger Entfernung aufhielt.
»Glaubst du, der Bulle hat die Fernsehflieger weggeschickt?«, fragte Holger.
Linus zuckte mit den Schultern.
»Was jetzt?«. Scheinbar hatte Holger seinen eigenen Plan aus den Augen verloren.
»Hol das Transparent und wirf es runter. Wenn ich es von hier runterhänge, wird man es besser sehen können.«
Holger streckte den Daumen hoch. »Yeah.«
Er verschwand und kam kurz darauf mit dem Transparent wieder. Er ließ es zusammengefaltet über das Geländer rutschen. Es landete direkt vor Linus Füßen.
»Okay, Alter. Ich bereite hier oben alles vor«, sagte Holger.
Linus zuckte zusammen. Welche Art Vorbereitung meinte Holger? Wollte er etwa doch den Drachen benutzen?
»Aber lass den Drachen stehen!«, rief er.
Holger sah ihn entgeistert an. »Wie meinst du das?«
»Wir machen es ohne Drachen!«
»Ohne Drachen? Was meinst du damit? Glaubst du, den lasse ich jetzt hier stehen?«
»Scheiße, Holger! Du hast die Bauanleitung aus einer Kindersendung, hast sie einfach nur vergrößert.«
»Wie jetzt?«
»Ist das nicht der Drachen aus dieser Bastelsendung?«
»FingerTipps? Spinnst du?«
Linus zuckte mit den Schultern. »Ich dachte …«
»Nun, im Prinzip ist es der Drachen, ja. Aber ich habe ein paar Sicherungen hinzugefügt.«

»Na prima. Also doch. Deine Sicherungen kannst du vergessen. Das Ding fliegt nicht! Es wird dich umbringen. Es ist Kinderkacke!«
»Schon gut. Musst mich ja nicht gleich so runtermachen.« Holger kratzte sich am Kopf. »Der Bulle hat hier ein paar Handschellen aneinandergeschlossen und den Drachen damit am Fahnenmast angekettet.«
»Gott segne ihn!«, rief Linus erleichtert. »Könnte mein Freund werden.«
»Der Bulle?«
»Ja, genau.« Linus zog das schwere Transparent über den Betonboden zum Geländer. Er hoffte bloß, dass die Botschaft auch entsprechend würdig und geistreich war und nicht so was wie »Musik ist tot und lebt« oder »MTV raus aus Deutschland« darauf stand.
»Dann mach die Mucke klar!«, rief Linus. »Ich knote das Transparent fest.«
Holger verschwand wieder vom Geländer. Linus faltete das Transparent der Länge nach auseinander und fand schnell die kurzen Seile an einer Seite, die Holger angebracht hatte. Er knotete sie oben am Geländer fest.
Holger und Linus mussten das Transparent jetzt nur noch zusammen anheben und über das Geländer schubsen, dann würde es sich mit einem Schwung aufblättern.
»Fertig?«, hörte er Holger rufen.
Er sah hinauf. Holger hatte das Megaphon ein Stück in die Mitte versetzt. Den Ghettoblaster hatte er dahinter auf einem Karton platziert.
»Ich bin so weit.«
Holger steckte sich die Fernbedienung des Ghettoblasters wie ein Kampfmesser zwischen die Zähne und kletterte über das Geländer. Dann ließ er sich fallen.
Er ging direkt auf Linus zu und umarmte ihn. Dabei nuschelte er irgendwas, das Linus nicht verstand, weil er immer noch die Fernbedienung im Mund hatte. Es klang wie: »Nas is has de has his has schless ut.«

Linus nickte und sagte: »Ja ja.«
Holger löste die Umarmung, nahm die Fernbedienung aus dem Mund und ging zur linken Seite des Geländers. Linus nahm die rechte Position ein. Gleichzeitig griffen sie nach dem Transparent.
In diesem Moment überkam Linus wieder die Angst, auf Holgers Plakat könnte etwas vollkommen Bescheuertes stehen, mit dem er von diesem Tag an für immer in Verbindung gebracht würde. Jetzt war es zu spät.
Er sah Holger an und der guckte zurück und Holger rief: »Ich zähle von drei runter und zwischen zwei und eins mache ich die Mucke an!«
Linus nickte. »Wehe, da steht Scheiße auf dem Plakat.«
Holger grinste. »Keine Sorge, Alter. Das wird dir gefallen. Fertig? Also dann.«
Linus warf einen Blick in den Himmel. Es war fast dunkel geworden, aber hinter den Wolken drang vom Horizont das Licht der Sonne hervor und ließ die Strukturen der Wolken gut erkennen.
Linus atmete tief ein. Er roch den Duft der Stadt. Er bekam einen riesigen Hunger auf Bratnudeln mit Hühnerfleisch.
»Hey.«
»Hm?«
»Hättest du nicht auch Lust auf Essen?«
Holger sah etwas irritiert aus, schüttelte kurz den Kopf und fragte: »Fertig?«
Linus nickte.
»Drei!«, rief Holger.
Wir könnten uns zum Essen noch zwei Flaschen Tiger-Bier dazubestellen, dachte Linus.
»Zwei!«
Holger hielt die Fernbedienung wie ein Zepter vor sich, sein Daumen schwebte über der Play-Taste. Er grinste diabolisch, dann drückte er, und als der erste Ton aus dem Megaphon kreischte, warf er die Fernbedienung mit einer lässigen Geste von sich.

Linus sah ihr nach, und ein Schmerz in den Ohren machte ihm klar, dass das Megaphon die Musik durchaus bis nach unten zu den Leuten und Kameras transportieren würde.
»Eins!«, rief Holger.
Sie ließen los. Linus sah über das Geländer.
Das Transparent entblätterte sich elegant.
Die Musik war seltsam. Das war nicht *Rage Hard*. Auch keine bisher ungekannte Version davon. Linus kannte jede Version. Cindy Lauper hatte *Rage Hard* niemals gecovert.
Holger sah regelrecht bedeppert aus, und er verharrte bewegungslos wie eine Statue.
Er hatte den falschen Song gestartet.
Und so standen sie da, alle beide, bewegunglos, beschämt, und das Megaphon verstärkte für alle in nerven- und ohrenzerfetzendem Kreisch-Sound Cindy Laupers *Girls Just Wanna Have Fun*.
Und Linus sah Holger an. Und Holger sah Linus an. Und weil es ohnehin nicht mehr zu ändern war, weil Holger die Fernbedienung vom Turm geworfen hatte, weil sie längst auf den Steinen des Hanseatenkreuzes zersprungen war, richtete er sich auf, als hätte alles seine Ordnung. Stolz blickte er in den Himmel, als würde es überhaupt keinen Unterschied machen, ob hier nun *Rage Hard* oder *Girls Just Wanna Have Fun* gespielt würde.
Wie ein siegesreicher Feldherr stand Holger da, schien mit sich und der Welt zufrieden und zeigte das schiefste Grinsen, zu dem er fähig war.
Linus lehnte sich etwas über das Geländer. Er versuchte zu erkennen, was auf dem Transparent stand.
Er musste sich weit vorbeugen, um etwas erkennen zu können.
Dann sah er es.
Er verharrte einen Moment, den Blick auf das Transparent gerichtet.
Er schloss die Augen, lehnte sich wieder zurück und dann wieder vor, um sich zu vergewissern, ob er auch richtig geguckt hatte.
Dann dachte er gar nichts mehr.

Linus Keller

Einer der Einträge bei Youtube lautete »Schwule auf dem Dach!«, wohl aufgrund der Annahme, dass sich zwei Männer vorsätzlich zu *Girls Just Wanna Have Fun* amüsiert hatten.
Ein anderer Clip trug den Titel »Aktivisten in Bremen«, noch ein anderer lautete »Demo für die Farbe Schwarz.«
Deutungen der Aktion waren bei Youtube darauf begrenzt, den Videomitschnitten jene mehr oder weniger geistreichen Überschriften zu geben und die Nutzer zum Kommentieren einzuladen.
Die Medien hingegen spekulierten bundesweit, welche Bedeutung ein unbeschriebenes Transparent in Verbindung mit dem Song *Girls Just Wanna Have Fun* haben mochte. Während die meisten Zeitungen schnell die Lust an der Nachricht verloren, die Sache als chaotischen Linksaktivismus abtaten – die *Bild* schrieb von den Auswüchsen einer Hartz-IV-Verzweiflung – und schnell interessantere Schlagzeilen fanden und erfanden, deutete ein Journalist der *Süddeutschen Zeitung* fünf Tage später etwas in ihre Aktion hinein, das selbst Holger sich in seinen kühnsten Momenten nicht hätte ausdenken können.

Als Brunssen den Laden betrat, kamen ihm ein paar junge Leute entgegen, die ausgelassen lachten und mit Plastiktüten hantierten.

Er lehnte sich an den Tresen und wartete, bis sich die Tür hinter ihnen geschlossen hatte.
»Was sehe ich da? Deine eigenen Tüten?«
Linus verschränkte die Arme vor der Brust. Die überhebliche Macherpose. »Und es ist sogar gekaufte Ware drin.«
Es waren beige Tüten mit einer schwarzen Fläche in der Mitte. Linus hatte sie billig im Internet erstanden. Es waren Fehlproduktionen. Auf der schwarzen Fläche hätte eigentlich ein Schriftzug stehen sollen. Lennard war bei Ebay auf die Tüten gestoßen und meinte, sie könnten an das Transparent am Gebäude der Baumwollbörse erinnern. Leeres schwarzes Transparent auf sandfarbenem Gebäude. Schwarze freie Fläche auf beiger Tüte. Linus fand die Idee gar nicht schlecht.
Und besonders, nachdem Holger in einem Interview im Regionalfernsehen *buten un binnen* immer wieder Linus' Laden erwähnt hatte, was die Kundenzahl zumindest vorübergehend erhöhte, hatte Linus sich eingebildet, man würde beim Anblick der Tüte vielleicht an die Aktion auf der Baumwollbörse denken.
Natürlich erkannte niemand die Parallele. Man hielt seine Tüten einfach für das, was sie waren. Beige Tüten mit einem schwarzen Feld, auf dem ganz offensichtlich die Schrift fehlte.
»Gib mir einen Kaffee«, sagte Brunssen. »Oder nein, einen Cappu.«
»Was immer du willst«, sagte Linus. Er stellte eine Tasse unter den Automaten und schaltete ihn ein.
»Wie macht Holger sich?«, fragte Brunssen.
Linus sah zu, wie der heiße, dampfende Kaffee aus dem Automaten lief.
»Erst mal haben wir vereinbart, dass er nur zweimal die Woche nachmittags, beziehungsweise bis abends arbeitet. Letzten Dienstag hat er fünfzig Euro eingenommen, weil er jedem, der hier rein kam und ein Autogramm haben wollte, CDs aufgeschwatzt hat. Und dann hat er allen den Artikel aus der *Süddeutschen* kopiert und in die Tüte gesteckt, als Mahnung, wie er sagte.«

»Ein Artikel in der *Süddeutschen*? Zeig her.«
Linus durchsuchte einen Stapel Zeitungen unter dem Tresen nach dem entsprechenden Kultur-Teil.
Jana war auf den Artikel gestoßen, als schon keiner mehr damit gerechnet hatte, dass überhaupt noch etwas geschrieben würde. Sie war eine Woche nach der Aktion im Laden aufgetaucht, hatte grinsend die Zeitung hochgehalten und gerufen: »So, jetzt bin ich aber stolz auf dich!«
»Jetzt wo ich berühmt bin, kommst du zurück«, hatte Linus geantwortet.
»Schwule auf dem Dach? Meinst du die Art von Berühmtheit?«
Linus hatte den Artikel gelesen und sofort nur noch einen Gedanken gehabt: Dieser Journalist bekommt einen Preis.
Er bekommt den Preis für die erstaunliche, ja geradezu geniale Deutung eines eigentlich gar nicht deutbaren Ereignisses.
Und Linus dachte: Was dieser Mann schreibt, muss die Wahrheit werden.
Sofort hatte er Holger angerufen, ihm den Artikel vorgelesen und ihn darauf geeicht, zukünftig nur noch diese Version als Hintergrund ihrer Aktion zu verbreiten.
Er hatte Holger schwören lassen. Und hatte ihn beschworen, niemandem zu verraten, was auf der richtigen Seite des Transparents gestanden hatte, beziehungsweise, dass es überhaupt eine richtige Seite gegeben hatte.
Linus schob Brunssen den Artikel über den Tresen und stellte ihm den Cappuccino daneben. Brunssen nahm die Tasse an den Mund, schlürfte einen Schluck und machte ein Ah-Geräusch. »Dein Cappu ist der beste! Was ist denn nun mit Jana? Läuft da wieder was?«
Linus schüttelte den Kopf. »Allenfalls Freunde, jetzt, wo ich doch so ein geistreicher Kämpfer für den gesellschaftlichen Umbruch bin.«
Er nickte dem Artikel zu. Brunssen beugte sich dicht über das gefaltete Zeitungspapier.
Die angemarkerte Stelle aus der *Süddeutschen Zeitung* lautete:

Im Grunde muss man sich nicht lange fragen, welche Botschaft die jungen Männer aus Bremen mit ihrer Aktion vermitteln wollten. Es war der zynische Hinweis auf eine egoistische Gesellschaft, die für nichts mehr auf die Straße geht. Ein riesiges Transparent ohne Schriftzug steht sinnbildlich für die immer lauter auftretende Inhaltsleere in unserer Gesellschaft. Wir haben nichts zu sagen, aber wir sagen es laut. Hohl geht die Welt zugrunde. Der Song »Girls Just Wanna Have Fun« unterstreicht überdeutlich die Intention der Urheber.
Der angekündigte Drachenflug war nur Mittel zum Zweck. Ein wirkungsvolles Instrument, um die Aufmerksamkeit einer Gesellschaft zu erlangen, die sich von weniger als lebensgefährlichem Theater nicht mehr beeindrucken lässt. Leider ist die Vermittlung ihrer Botschaft an dem eigenen Anspruch gescheitert. Keiner hat sie entschlüsselt.

Brunssen sah hoch. »Der Typ ist genial. Wenn ich du wäre, würde ich das eins zu eins übenehmen, wenn noch mal jemand fragt, was …«
Linus hob eine Hand, nickte bedeutsam und stellte den Zeigefinger senkrecht vor seine Lippen. Brunssen hielt sich zur Bestätigung die Hand vor den Mund.
Linus faltete den Artikel wieder zusammen, schob ihn unter die anderen gesammelten Berichte, und Brunssen trank verwundert seinen Cappuccino.
Irgendwann sah er von seiner Tasse auf. »Sag mal …«
»Hm?«
»Also, Ina kriegt bald ihr Kind, also unser Kind natürlich, und ich denke das wird sehr zeitintensiv. Also, ich denke, es wird mich sehr in Anspruch nehmen. Versteh mich nicht falsch, ich freu mich tierisch auf den kleinen Rabauken, aber ich denke, ich werde auch mal ne Auszeit brauchen, irgendeinen Ausgleich … ich …«
»Klar. Also wenn's nicht gerade jedes Wochenende ist, spring ich mal ein. Musst mir nur zeigen, wie das mit den Windeln läuft.«
Brunssen kratzte sich nachdenklich am Kinn. »Ja. Danke.«
»Kein Thema.«

»Wobei ich eigentlich, ich wollte, ich dachte ...«
»Patenonkel?«
»Nee, ich wollte dich fragen, ob du nicht, also ob ihr nicht Lust hättet, nur so zum Spaß, als Ausgleich, ohne Hintergedanken, also ohne jetzt irgendwas erreichen zu wollen, nur so, vielleicht zwei-, dreimal im Monat ...« Dann verstummte er.
Linus zog die Augenbrauen hoch und grinste. »Der Banker will wieder Mucke machen.«
»Na ja.« Brunssen war verlegen wie ein Schulmädchen vor dem ersten Kuss. »Nur von Bankgeschäften wird man auch nicht glücklich. Hätte nicht gedacht, dass mir das Gezupfe mal fehlen würde.«
Linus wandte sich wieder ab und wischte die Abtropfschalen aus. »Weißt du, so ein Laden hier, der macht viel Arbeit.«
Er hoffte, das Grinsen, das ihm im Gesicht stand, würde man ihm nicht anhören. »Und die Musik, na ja, die ist ja kein Brotberuf, wie wir festgestellt haben. Und nur so aus Lust und Laune, da muss man sich natürlich überlegen, was einem das bringen soll.«
»Spaß!«, entgegnete Brunssen. »Spaß. Wobei ich natürlich verstehen könnte, wenn du jetzt nicht mehr ...«
Linus drehte sich um. »Wir könnten Musik ohne Texte machen. Das würde einem Transparent ohne Schrift gleichkommen.«
Brunssen nickte ernsthaft. »Hm. Keine schlechte Idee. Ich meine, so richtig geile Instrumental-Bands gibt es nicht viele. Contriva fällt mir ein. Vielleicht wäre das sogar eine Lücke am Markt!«
Linus hob abwehrend die Hände. »Wer spricht denn hier gleich vom Markt?« Er genoss diesen unerwarteten Rollentausch.
»Nur so ein Gedanke«, sagte Brunssen. »Das Geile an Musik ohne Text wäre ja tatsächlich, dass man es auch für Soundtracks und als Jingles und was weiß ich wofür nutzen könnte. Also die Verwertbarkeit wäre multi, dingens ...«
Linus hob die Augenbrauen.
»Äh, egal. Lassen wir das.«
Linus nickte. »Aber wenn du mal nen Babysitter brauchst ...«

Halbe Sachen

Cathy ist etwas dicker geworden, seit Linus sie das letzte Mal gesehen hat. Aber sie hat immer noch die gleiche liebenswerte Ausstrahlung wie damals. Und sie verteidigt damit ein sehr amerikanisches Attribut, nämlich einen erfrischenden, wenn auch zeitweise anstrengenden Optimismus.

Cathys Mimik ist wesentlich. Alles, was sie sagt, wird mit passenden Blicken und Gesichtsausdrücken oder Nuancen garniert.

Zuerst dachte Linus, Cathy albert rum, wenn sie verwundert die Augenbrauen hochzieht oder abschätzend die Lippen aufeinander presst, aber noch bevor er darüber lachen konnte, wurde ihm klar, dass es ihre Art ist, kein Scherz.

Linus hat ein paar Tische zu einer provisorischen Kaffeetafel zusammengeschoben.

Direkt am Fenster sitzt Lennard, daneben Brunssen und Ina. Sie trägt eine weite Leinenhose und ein weites rotes Shirt. Mit einem etwas abwesenden Lächeln reibt sie sich den straffen Bauch.

»Wann ist es denn so weit?«, fragt Mark.

Er sitzt ihnen gegenüber, hat bisher kaum etwas gesagt. Er hat nur dagesessen und sein Blick hat verwundert aber auch neugierig den Laden erforscht. Das Reden hat er Cathy überlassen.

»Dauert noch ein paar Monate«, antwortet Brunssen.
»Hallo?« Ina stößt ihn an der Schulter an. »Geht's denn wohl auch etwas genauer?«
»Kein halbes Jahr mehr«, sagt Brunssen. Ina gibt ihm den nächsten Stoß.
Cathy lacht. Mark kratzt sich den Kopf und schaut aus dem Fenster.
Linus beobachtet ihn. Er hat sich verändert. Er hat immer noch dieselbe glatte Haut, kaum Falten, kein einziges graues Haar, ist schlank und sportlich wie früher. Und doch ist etwas grundlegend anders.
Es sind die Augen. Marks Augen sind trüb und glanzlos geworden. Und darunter liegen dunkle Schatten, wie Fremdkörper in seinem sonst erstaunlich jugendlichen Gesicht.
Linus schenkt der Reihe nach Filterkaffee nach. Als er bei Mark ankommt, hält der seine Hand über die Tasse und wiegt nachdenklich den Kopf.
»Hast du vielleicht auch einen Whiskey?«
Cathy schaut ihn an, er wirft ihr einen flüchtigen Blick zu und sieht dann wieder zu Linus. »Oder einen Saft?«
»Klar. Ich hab alles.«
Während Linus in das kleine Hinterzimmer geht, nimmt er erleichtert zur Kenntnis, dass sich am Tisch zumindest zaghaft ein Gespräch entwickelt.
Er ist froh, dass er Brunssen und Ina eingeladen hat und dass auch Lennard zufällig vorbeigekommen ist. Er weiß nicht, wie das Wiedersehen mit Cathy und Mark ansonsten ausgesehen hätte. Vielleicht hätten sie sich ein paar Fragen gestellt und dann schweigend beieinander gesessen, unfähig, sich zu entspannen.
Linus lässt sich Zeit dabei, das Hinterzimmer nach einer Tüte Apfelsaft zu durchforsten. Er nutzt es als kurze Auszeit. Er braucht das.
»Ist wirklich toll, dass du hier so ein Geschäft hast.«
Cathy lehnt im Türrahmen. Er zuckt mit den Schultern, versucht freundlich auszusehen.
»Doch. Es ist ein starke Leistung, weißt du.«

»Danke.«
»Meinst du, ihr solltet vielleicht mal einen Spaziergang machen, Mark und du? Ihr habt euch vielleicht viel zu erzählen?«
Linus zuckt mit den Schultern.

Es fahren nicht viele Autos, der übliche Sonntagsverkehr. Es ist einer der ersten wirklich kalten Tage. Die Autoabgase sind deutlich in der ansonsten klaren Luft zu erkennen.
Linus und Mark Keller laufen gemächlich auf dem Osterdeich entlang.
»Und wie sieht es mit den Frauen aus?« Mark klingt bemüht. Scheinbar ist ihm nicht sehr wohl dabei, mit seinem Halbbruder über persönliche Dinge zu reden.
Linus zuckt mit den Schultern. »Keine Ahnung. Wir müssen noch herausfinden, ob es Freundschaft oder mehr ist.«
»Wie heißt sie?«
»Jana.«
Schweigen. Sie laufen die Zufahrt zum Weserstadion hinunter. Leere Parkplätze, Zufahrten und Flächen, kein Spiel heute, ein verwaist wirkender Ort. Einige Jogger umkreisen das Stadion.
»Ich hab dich sitzen gelassen.«
Linus zieht die Augenbrauen hoch.
»Ich meine, nach Muttis Tod. Ich hab mich nicht gemeldet.«
Linus zuckt mit den Schultern. »Ich ja auch nicht.«
»Cathy hat immer gesagt, Mark, du bist der Ältere. Du musst ihn anrufen. Du kannst nicht von Linus erwarten, dass er das macht. Er ist noch fast ein Kind, hat sie gesagt.«
Mark lacht, Linus lächelt, schweigt.
»Aber ich war selbst noch ein Kind, weißt du. Und ich hab mich auch gar nicht verantwortlich gefühlt, weil … du weißt schon. Ich hab mir ein Foto von Mutti auf den Nachtschrank gestellt, es jeden Tag angefasst und angesehen und sie gegrüßt, wohin auch immer.«
Er starrt den Boden vor seinen Füßen an. »An dich habe ich einfach

nicht gedacht. Gar nicht, verstehst du? Überhaupt nicht. Als wenn es dich nie gegeben hätte.«

Linus bleibt stehen. Er dreht sich in alle Richtungen. Er hat Mark nie so viel reden gehört. Und das, nachdem er ihn jahrelang gar nicht gehört hat.

»Wollen wir uns mal hinsetzen?« Mark steuert eine Holzbank an, setzt sich kerzengerade auf die Kante und stützt die Hände auf die Knie.

»Du bist ständig in meinen Träumen rumgegeistert«, sagt er. »Immer wenn ich von Mutti geträumt habe, warst du auch dabei. Und wenn ich völlig andere Dinge geträumt habe, warst du plötzlich mitten drin. Und wenn ich morgens aufgewacht bin, musste ich dann doch an dich denken. Solange ich im Bett gelegen habe. Wenn ich aufgestanden bin, auf dem Weg vom Bett zum Bad, da habe ich dich wieder vergessen. Das ging. Einfach so. Bis letztes Jahr.«

Unbewusst hat Linus die Sitzhaltung von Mark übernommen. Nun sitzen sie beide kerzengerade nebeneinander, die Hände auf den Oberschenkeln und den Blick geradeaus gerichtet.

»Letztes Jahr hab ich einen Film gesehen.« Marks Stimme klingt eintönig. »Keine Ahnung, wie der hieß. Irgendwas Billiges, Fernsehproduktion, Fox, ist ja auch egal. Jedenfalls musste ich dadurch an Muttis Beerdigung denken. Und daran, wie stark du warst. Zumindest kamst du mir so vor.«

Er schiebt die Hände auf den Oberschenkeln vor und zurück. »Du hast mich getröstet und ich habe gedacht, du hättest Mutti nicht geliebt, weil du nicht geweint hast, und dass du sie ja auch gar nicht so geliebt haben kannst, wie ich, weil … du weißt schon.«

Linus dreht den Kopf, wendet den Blick von seinem Halbbruder ab.

»Aber es ist nicht wahr. Du bist einfach nur anders. Ich meine, ich weiß nicht, wer deine Eltern sind, aber sie haben dir Stärke vererbt, sie haben … ich meine, du hast das alles über die Bühne gebracht, nach Muttis Tod. Vielleicht bist du genetisch mit weniger Emotionen ausgestattet, dafür mit mehr Stärke.«

Mark lacht gezwungen, schiebt seine Hände wieder über die Beine.
»Da hast du es vielleicht besser getroffen. Jedenfalls war es nicht richtig von mir, mich nicht zu melden und dich mit allem alleine zu lassen. Weil ich ja ihr richtiger …«
»Lass gut sein.«
»Nein, versteh mich nicht falsch. Du bist auch ihr …, aber du weißt schon.«
»Du redest dich um Kopf und Kragen.«
»Es tut mir leid.« Mark sitzt kerzengerade. Seine Hände kommen auf den Knien zur Ruhe. »Alles.«
Linus lässt sich aus seiner ebenso geraden Haltung gegen die Rückenlehne fallen und verschränkt die Arme vor der Brust.
»Wie ist Burlington so? Ich meine so zum leben.«
»Du solltest mal zum Indian Summer nach Vermont kommen. Ich schwöre dir, du hast keine Ahnung, wie viele Farben ein Wald haben kann.«
»Ja, das ist das, was man immer hört. Indian Summer und Ben und Jerry's Eis.«
Mark lehnt sich ebenfalls zurück, versucht, sich zu entspannen. »Soll ich dir mal was verraten?«
»Hm?«
»Ich hab manchmal fest daran geglaubt, dass du mal so was wie ein Rockstar wirst.«
In Linus Gesicht wächst ein Lächeln. Es steigert sich zu einem unterdrückten Lachen und mündet in einem unverständlich hervorgepressten Laut.
Mark sieht ihn erstaunt an. »Wirklich. Ich hab das wirklich geglaubt.«
»Ja?«
»Klar.«
»Na denn.«
»Machst du dich über mich lustig?«
»Nein, nein.« Linus muss immer noch grinsen. »Eher über mich. Da vorne ist ein Kiosk. Gehen wir uns ein Bier holen?«

»Gute Idee. Ich muss eigentlich aufhören, aber heute sollten wir unser Wiedersehen feiern.«
»Du musst aufhören?«
»Ja. Ich hab … mir tun … mir tun manchmal die Hände weh. Ich glaube, ich krieg Gicht oder sowas. Das ist ein Zeichen, dann sollte man aufhören. Es macht die Hände kaputt.«
»Ich glaube …«, sagt Linus, »… oft macht es auch eine Beziehung kaputt.«
Mark nickt wissend. »Du hast recht. Du hast vollkommen recht.«
Sie stehen auf und laufen zu einer nahegelegenen Treppe am Deich.
»Cathy wollte unbedingt Kinder. Als festgestellt wurde, dass sie keine bekommen kann, hat sie sich ein Hobby gesucht. Zuerst einmal die Woche, und mittlerweile verbringt sie drei Abende in der Woche in ihrem Bücher-Club. Mir war langweilig, weißt du? Ich habe die Abende zu Hause vor dem Computer verbracht. Hab jedesmal ein Sixpack Miller Light in mich hineingeschüttet. Irgendwann habe ich das Light gegen Budweiser ausgewechselt. Doppelte Dosis, verstehst du? Und ich weiß gar nicht mehr, ob ich damit angefangen habe, weil sie im Bücherclub war, oder ob sie im Bücherclub war, weil ich … Huhn oder Ei? Ich habe keine Ahnung.«
Linus schweigt. Er hat sein Apfel-Explosionsgemälde vor Augen, die Szene im Stadion, Silvester mit Natascha, das ganze Elend.
Als sie den Kiosk erreichen, blicken sie auf heruntergelassene schmutzige Jalousien.
»Ach, schade«, sagt Mark.
»Wir sollten zurückgehen.«
Mark nickt. »Ja. Ist ohnehin besser.«
»Ja.«

Es ist bereits dunkel, als sie wieder am Laden sind. Es brennt Licht. Gelächter und ausgelassene Gespräche dringen auf die Straße.
Jana ist da. Sie trägt einen dunkelroten Hosenanzug und dezente Schminke. Wahrscheinlich ist sie direkt von der Arbeit hergekommen.

Neben ihr steht Holger. Er trägt eine graue Stoffhose, Chucks und einen gelben Jean Pascal Pullover. Seine schwarzen Haare sind streng zurückgegelt.
Ein unwirkliches Bild, nicht bloß wegen des Outfits, sondern weil die beiden sich nie zuvor begegnet sind und nun nebeneinander stehen, als würden sie sich seit Jahren kennen.
Aber es ist real. Sie stehen dort. Sie scherzen.
Es sieht aus, als halte Jana einen Vortrag, als sei Holger ihr Assistent und die Kaffeerunde ihr Publikum.
Abgesehen von Brunssen. Er achtet nicht auf das, was Jana sagt. Zunächst bemerkt er nicht einmal, dass Linus wieder da ist. Er sitzt über eine aufgeschlagene Zeitschrift gebeugt, liest etwas und schüttelt ungläubig den Kopf.
Holger boxt Linus in die Seite. »Hey, Raúl! Der Jahresrückblick!«, sagt er.
»Raúl, der Jahresrückblick?« Linus schaut Holger verständnislos an.
»Stern«, sagt Jana. »Herr Brunssen, bitte lassen sie doch den Herrn Keller auch mal lesen.«
»Die Herren Keller«, sagt Mark. Er reicht Jana die Hand.
»Ah, der verschollene Halbbruder.« Jana lächelt.
Mark legt Linus eine Hand auf die Schulter. »Ja, der verschollene Halb…bruder.«
Brunssen schiebt die Zeitschrift über den Tisch: »Das bist du! Linus, das bist tatsächlich du!«
Linus beugt sich vor, stützt die Arme auf den Tisch und betrachtet das Foto.
Holger und Linus flankieren das schwarze Transparent, das an der Außenfassade der Baumwollbörse hängt. Darunter steht:

November: Gesellschaftspolitischer Bankrott? Die Bremer Aktionskünstler Holger Jungscheidt und Linus Keller halten der Gesellschaft den blankpoliertesten Spiegel des Jahres vor.

»Das ist nicht viel, aber immerhin«, sagt Jana. Sie zupft unbewusst an Linus' Ärmel herum.
Mark und Cathy sehen sich fragend an. Ina erzählt den beiden von Holgers und Linus' Aktion. Lennard bereichert ihre Ausführungen mit haarsträubenden Einzelheiten.
»Ausgerechnet der, der nicht dabei war, will's am besten wissen!«, sagt Brunssen.
»Okay, Leute, okay, hört zu!«, ruft Holger. »Also. Die Tatsache, dass Linus' ehemalige und hoffentlich auch zukünftige Werbetexterin uns den Jahresrückblick präsentieren konnte, ist eigentlich nicht der Grund für meine Anwesenheit. Aber es ist durchaus eine Bereicherung. Ein toller Opener. Oder, um es anders zu sagen: der passende Aufheizer. Na ja, sagen wir, es ist praktisch die Vorband zu …«
»Komm auf den Punkt, du Aktionskünstler«, sagt Brunssen.
»Gut gut. Also …« Holger presst Hände und Lippen zusammen und fängt dann an, vor dem Tisch auf und ab zu gehen.
»In meiner Funktion als Betreuer der Rechte der üblichen Konsumenten, als Quasi-Sprachrohr eines Teils der Gesellschaft, der sich nicht mehr als Sprachrohr der Gesellschaft verstanden wissen will, weil er der nicht gehörte Teil ist und somit gar nicht als sprechend bezeichnet werden kann, sofern man davon ausgeht, dass jemand, der nicht gehört wird, auch nicht spricht …«
»Am besten Ohren zuhalten«, flüstert Brunssen zu Cathy gebeugt.
»… also, in dieser Funktion habe ich, dieses mal ohne meinen Raúl, eine weitere Kennzeichnung unseres kulturellen Niedergangs vorgenommen. Und, eines vorweg, dieses mal handelt es sich nicht um urinale Kennzeichnung.«
»Ich werd ganz nervös bei dem Gequatsche«, sagt Brunssen.
»Er ist gorgeous. Ein original guy«, meint Cathy.
»Er ist nicht ganz dicht«, brummt Brunssen.
»Herrschaften!«, ruft Holger. »Nun beruhigen wir uns doch wieder!«
»Dann sag doch endlich, was du willst!«, entgegnet Lennard genervt.
Holger wirft einen Blick auf seine Armbanduhr.

Allein, dass er eine Uhr trägt, findet Linus erstaunlich.
»Was ich will? Die Fernbedienung!«, sagt er und streckt die Hand aus.
Linus ahnt, worauf die Sache hinausläuft. Er holt die Fernbedienung vom Tresen und schaltet den kleinen Fernseher über dem Eingang an.
»Welches Programm?«, fragt er. Er fühlt sich gut, geradezu entspannt. Er ist sich sicher, dass Holger wieder irgendetwas Seltsames getan hat, trägt es aber mit Fassung.
»Kanal 7«, antwortet Holger in verschwörerischem Tonfall.
Linus schaltet um.
»Das ist American Idol. Ihr habt das auch!«, ruft Cathy begeistert.
»Bei uns heißt es *Deutschland sucht den Megastar*«, erklärt Jana. »Ach du Scheiße!« Brunssen hält sich die Augen zu.
»Geil!«, sagt Lennard.
»Das bist du?«, fragt Cathy ungläubig.
Mark kann nichts sagen, denn er kriegt sich vor Lachen nicht mehr ein.
Linus starrt verträumt auf den Fernseher. Er muss sich eingestehen, dass er enttäuscht ist.
Er fand Holgers *Wild-Boys*-Interpretation gut. Er hat dieses Mal mit einer ähnlichen Darbietung gerechnet, vielleicht *I Just Died In Your Arms*, nur ohne urinale Begleitung.
Stattdessen steht Holger einfach nur da, mit schiefem Grinsen, in den heiligen Hallen der DSDM-Endrunde, wo auch immer sie aufgezeichnet worden ist. Abgesehen von einer Vinyl-Schallplatte, die vor seinem Genital klebt, ist er vollkommen nackt. Auf seiner Brust steht mit Lippenstift geschrieben: Rage Hard!
»Ich fass es nicht. Ich geh nach Hause!«, sagt Brunssen.
Cathy blickt mit fassungslos geöffnetem Mund auf den Bildschirm.
Linus macht einen Schritt auf den Schlagzeuger zu, hebt die flach geöffnete Hand. »Schlag ein, Fidel!«
»Yeah! Clap Hands ist wieder angesagt.« Holger schlägt ein.
»Wisst ihr, was ich glaube?«, sagt Jana. Sie klingt erstaunt, als komme die Erkenntnis erst mit dem Aussprechen der Worte. »Du machst

dich damit nicht mal zum Affen. Weil … weil du nicht irgendjemand bist, sondern der … der Aktionskünstler aus Bremen.«
»Ich brech zusammen«, sagt Brunssen.
Linus lehnt an seinem Tresen. Er sieht sich seine Gäste der Reihe nach an. Er folgt ihren Blicken, schaut zum Fernseher.
Holger tänzelt im gekreischten Hagel des Publikums über die DSDM-Bühne. Er ist ein Flitzer, mit einer Schallplatte vor dem Glied und mit nacktem Hintern. Auf seinem Rücken steht mit Lippenstift geschrieben: DSDM ist doof.
Linus stemmt seine Hände auf den Tresen, hebt sich rückwärts auf die Arbeitsfläche und läßt die Beine baumeln.
Er empfindet tiefe Zufriedenheit. Er lässt sie zu, kostet sie aus und hofft, dass es ihm eine gute Übung ist.